中國古典文學基本叢書

中州集校注

第四册

〔金〕元好問 編
張靜 校注

中華書局

中州戊集第五

史御史肅 三十首

肅字舜元，京兆人〔一〕，僑居北京之和衆〔二〕。幼孤，養於外家，天資挺特，高才博學。作詩精緻有理，尤善用事。古賦亦奇峭，工於字畫。業科舉爲名進士，立朝爲才大夫。優於政事，嚴而不苛，所至有聲，吏畏而安之。累以廉陞，歷赤縣及幕官〔三〕。入爲監察御史，遷治書，出刺通州。大中黨獄起〔四〕，爲所詿誤〔五〕，謫靜難軍節度副使〔六〕。大安初，召爲中都路轉運副使，超户部正郎。復坐鐫降同知汾州事〔七〕。卒官。舜元素尚理性之學〔八〕，屏山學佛〔九〕，自舜元發之。晚年頗喜養生，謂人可以不死。嘗欲棄官學道，而竟止於此，可哀也已。詩號《澹軒遺稿》，今在燕都鄭庭幹家〔一〇〕。其平生則見之屏山《故人外傳》云。

【注】

〔一〕京兆：金路、府名，治今陝西省西安市。金初京兆路京兆府領長安、咸寧、藍田、臨潼、櫟陽、高陵、雲陽、涇陽、咸陽、興平、鄠和、終南十二縣。貞祐元年，分鳳翔、郿縣、盩厔來屬，改韓城縣爲禎州，郿縣爲郿州，盩厔縣爲恒州，始爲八州十二縣。

〔二〕和衆：縣名。金時屬北京路大定府。今遼寧省凌源縣。

〔三〕赤縣：唐、宋、元各代京都所治的縣。《金史·百官三》：「赤縣，謂大興、宛平縣。」二縣皆在今北京市。

〔四〕大中黨獄：泰和七年，賈鉉與審官院掌書遼陽人大中漏言除授事，爲言者所劾。章宗震怒，嚴查之下，多人受到牽連。《金史·章宗紀》：「泰和八年春正月丙子，左司郎中劉昂、通州刺史史肅、監察御史王宇、吏部主事曹元、吏部員外郎徒單永康、太倉使馬良顯、順州刺史唐括直思白坐與蒲陰令大中私議朝政，皆杖之。」

〔五〕詿誤：貽誤；連累。

〔六〕靜難軍節度：金時屬陝西慶原路，治邠州，今陝西彬縣。

〔七〕坐：獲罪，觸犯法律。鐫：官吏降級或免職。《宋史·曾布傳》：「流貶鐫廢，略無虚日。」汾州：治今山西省汾陽市。

〔八〕理性之學：指佛學。宋陳善《捫蝨新話·辨惠洪論東坡》：「僧惠洪覺範嘗言，東坡言語文字，理性通曉，蓋從般若中來。」

〔九〕屏山：李純甫號。

〔一〇〕鄭庭幹：燕京人，家藏史肅詩集《澹軒遺稿》，餘不詳。

偶讀賈達之邀飯帖有感，作詩哭之〔一〕

微官已歎鸞棲屈〔二〕，異事俄傳鵩告凶〔三〕。彩筆書來墨痕濕〔四〕，玉樓人去酒尊空〔五〕。當時快意牛心炙〔六〕，今日傷懷馬鬣封〔七〕。一幅銘旌送哀挽〔八〕，白楊蕭索九原風〔九〕。

【注】

〔一〕賈達之：史肅友人，餘不詳。

〔二〕「微官」句：《後漢書·仇覽傳》：「時考城令河内王涣，政尚嚴猛，聞覽以德化人，署爲主簿……曰：『枳棘非鸞鳳所棲，百里豈大賢之路？』」以鸞棲枳棘喻賢才不得其所。宋葛勝仲《西江月》（送衛卿弟赴定遠簿）：「燕頷從來骨貴，鸞棲尚屈才多。」

〔三〕異事：怪事。令人難以理解、難以置信的事。鵩：鵩鳥，古書上説的一種不吉祥的鳥，形似貓頭鷹。西漢賈誼作《鵩鳥賦》：「鵩鳥入室，發書占之，讖言其度，曰：『野鳥入室，主人將去。』」此處指賈達之去世的噩耗。

〔四〕彩筆：南朝梁江淹少時，曾夢人授以五色筆，從此文思大進。晚年又夢郭璞索還其筆，自後作詩，再無佳句。後人因以「彩筆」指詞藻富麗的文筆。墨痕：墨黑的痕跡。句謂賈氏送的邀飯帖不僅寫得好，而且時過未久。

〔五〕玉樓人去：唐李商隱《李賀小傳》：「長吉將死時，忽晝見一緋衣人，駕赤虬，持一板，書若太古篆或霹靂石文者，云：『當召長吉。』長吉了不能讀，欻下榻叩頭，言：『阿嬭老且病，賀不願去。』緋衣人笑曰：『帝成白玉樓，立召君爲記。天上差樂不苦也。』長吉獨泣，邊人盡見之。少之，長吉氣絶。常所居窗中，㶿㶿有煙氣，聞行車嘒管之聲。」句用此典，言賈氏被天帝召入天宫。

〔六〕牛心炙：用名士周顗割牛心炙啗王羲之典故，喻朋友歡聚。《晉書·王羲之傳》：「羲之幼訥於言，人未之奇。年十三，嘗謁周顗。顗察而異之。時重牛心炙，坐客未啖，顗先割啖羲之，於是始知名。」句謂自己曾得到賈氏的賞識獎掖。

〔七〕馬鬣封：墳墓封土的一種形狀。代指墳墓。「馬鬣封」之説，始見於孔子。《禮記·檀弓上》：「昔者夫子言之曰：『吾見封之若堂者矣，見若坊者矣，見若覆夏屋者矣，見若斧者矣。』從若斧者焉，馬鬣封之謂也。」鄭玄注：「俗間名。」孔穎達疏：「馬鬣之上，其肉薄，封形似之。」

〔八〕銘旌：豎在靈柩前標誌死者官職和姓名的旗幡。哀挽：挽歌。句謂以此詩當作挽歌，既懷念死者的才華際遇和對自己的恩德，也對其驟然逝去表示悲痛。

〔九〕「白楊」句：晉陶淵明《挽歌詩》：「荒草何茫茫，白楊亦蕭蕭。」九原：春秋時晉國卿大夫的墓地。後泛指墓地。

河上

堤外三竿日，河邊八尺泥。夜風喧馬櫪〔一〕，秋露冷雞棲〔二〕。歲月吾生老〔三〕，關山客夢迷〔四〕。故園桃李樹，摇蕩不成蹊〔五〕。

【注】

〔一〕馬櫪：馬槽。

〔二〕雞棲：古代一種製作簡陋的小車。唐李賀《春歸昌谷》：「獨乘雞棲車，自覺少風調。」

〔三〕「歲月」句：宋王阮《池陽道中一首》：「歲月吾生老，煙塵客路艱。」

〔四〕關山：關隘山嶺。客夢：異鄉遊子的夢。

〔五〕「故園」二句：反用「桃李不言，下自成蹊」句。意謂自己久在他鄉，故園的桃李有花無人賞，有實無人摘。

別張信夫〔一〕

破壘殘星没，寒城曉角孤〔二〕。天低雲錯莫〔三〕，野曠雪模糊〔四〕。小市千錢米〔五〕，征人丈八殳〔六〕。邊愁故未已〔七〕，不敢恨長途。

【注】

〔一〕張信夫：張行中，字信甫，莒州日照（今山東省日照市）人。大定二十八年進士，歷任監察御史、左諫議大夫、吏部尚書、尚書左丞等。敢於直言進諫，遇事輒發，無所畏避。《金史》卷一〇七有傳，《中州集》卷九有小傳。史氏另有《次張信夫韻》，可合觀。

〔二〕曉角：報曉的號角聲。

〔三〕錯莫：紛亂昏暗。杜甫《遠懷舍弟穎觀等》：「雲天猶錯莫，花蕚尚蕭疏。」仇兆鼇注：「錯莫，謂紛錯冥莫。」

〔四〕模糊：不分明；不清楚。

〔五〕小市：形體較小的商品交易。《周禮·地官·質人》：「大市以質，小市以劑。」鄭玄注：「大市，人民（奴婢）馬牛之屬，用長券；小市，兵器珍異之物，用短券。」

〔六〕征人：指出征或戍邊的軍人。殳：古代的一種武器，用竹木做成，有棱無刃。《説文》：「殳，以杖殊人也。」段注：「杖者，殳用積竹而無刃。」毛傳：「殳長丈二而無刃是也。殊，斷也。」

〔七〕邊愁：因邊亂、邊患引起的愁苦之情。杜甫《秋興》其六：「花萼夾城通御氣，芙蓉小苑入邊愁。」錢謙益注：「禄山反報至，上欲遷幸，登興慶宫花萼樓，置酒，四顧悽愴，此所謂『入邊愁』也。」故：仍，還是。未已：不止，未畢。

别懷玉〔一〕

官曹不着市門仙〔二〕，緑髮悤悤换少年〔三〕。慣作簿書塵裏夢〔四〕，愧無山水窟中緣〔五〕。蜂腰鶴膝曾搜句〔六〕，兔角龜毛不論禪〔七〕。此别相思渺何許，一川山色雁連天。

【注】

〔一〕懷玉：其人不詳。

〔二〕「官曹」句：用縣尉梅福典故。《漢書·梅福傳》：「梅福字子真，九江壽春人也。少學長安，明《尚書》、《穀梁春秋》，爲郡文學，補南昌尉。……至始元中，王莽顓政，福一朝棄妻子，去九江，至今傳以爲仙。其後，人有見福於會稽者，變名姓，爲吴市門卒云。」句言自己生性野逸，受不了官府的種種束縛。官曹：官吏辦事處所。

〔三〕緑髮：烏黑而有光澤的頭髮。借指年輕人。悤悤：急速貌。换少年：黑髮變色。唐白居易《病中多雨逢寒食》：「綵繩芳樹長如舊，唯是年年換少年。」

〔四〕簿書：官署中的文書簿册。

〔五〕山水窟中緣：徜徉山水、親近自然之機緣。

〔六〕蜂腰鶴膝：詩律八病中的兩種。蜂腰，指五言詩第二字與第五字同聲，言兩頭粗中間細，有如蜂腰；一説，指全句皆濁音而中一字清音者，謂之蜂腰。鶴膝，有三種説法：一爲五言詩兩聯中的第五字和第十五字同聲；一爲全句中首尾兩字平聲而第三字仄聲；一爲全句皆清而中一字濁。南朝梁鍾嶸《詩品·總論》：「至平上去入，則余病未能。蜂腰鶴膝，閭里已具。」搜句：尋求佳句。南朝梁劉勰《文心雕龍·章句》：「是以搜句忌於顛倒，裁章貴於順序，斯固情趣之指歸，文筆之同致也。」

〔七〕兔角龜毛：佛教語，喻有名無實之物。《大智度論》卷十二：「如兔角龜毛，亦但有名而無實。」

山陰縣〔一〕

湧雲驅雨不成霖〔二〕，山徑危行未要深〔三〕。午夢初遊烏鳥樂〔四〕，小亭斜日柳陰陰〔五〕。

【注】

〔一〕山陰：縣名，金時屬西京路應州，今山西省山陰縣。

〔二〕霖：久下不停的雨。

〔三〕危行：小心地行動；慎行。句言山路艱險，行走時心驚膽顫，不宜深入。

〔四〕烏鳥樂：指孝親天倫之樂。烏鳥：古稱烏鳥反哺，因以喻孝親之人子。晉傅咸《申懷賦》：「盡烏鳥之至情，竭歡敬於膝下。」

〔五〕陰陰：蔭蔽覆蓋。

方丈坐中〔一〕

紙本功名直幾錢〔二〕，何如付與北窗眠〔三〕。詩書作我閑中地，風月知人醉裏天。水底遊魚真見性〔四〕，樹頭語鳥小參禪〔五〕。平生習氣蓮華社〔六〕，一炷香前結後緣〔七〕。

【注】

〔一〕方丈：指寺院住持之居室。坐中：座席之中。

〔二〕紙本功名：指載入史册的功名。直：同「值」。

〔三〕北窗眠：用晉陶淵明《與子儼等疏》句：「五六月中，北窗下卧，遇涼風暫至，自謂是羲皇上人。」喻閒適自在的生活。

〔四〕見性：佛教語。謂悟徹清淨的佛性。《壇經·般若品》：「若開悟頓教，不能外修，但於自心常起正見，煩惱塵勞常不能染，即是見性。」

〔五〕參禪：佛教指靜坐冥想，領悟佛理。亦佛教禪宗的修持方法。有遊訪問禪、參究禪理、打坐禪思等形式。句言從自然界中亦可參悟到佛理，明心見性。

〔六〕習氣：習慣，習性。蓮華社：蓮社。廬山東林寺高僧慧遠大師，與劉遺民等僧俗十八賢人同修淨土，結社念佛。寺中有白蓮池，因號蓮社。此句表達作者歸隱向佛之意。

〔七〕一炷香：指進獻於佛前的一枝香或一束香。後緣：後世因緣。佛教相信人有前、現、後三世，現世修因，後世得果。《釋氏通鑑》：「冀消過往之愆，爲善有因，庶獲後緣之慶。」句謂燒香禮佛，爲自己的來生求得善報。

早出遵化〔一〕

朝來對酒不能觴，看盡西風去鳥行〔二〕。山好未忘三日雅〔三〕，詩窮嬴得一秋忙〔四〕。强顔紅葉自由舞〔五〕，野性黄花無賴香〔六〕。多謝殷勤暮雲影〔七〕，更留淡墨寫溪光。

【注】

〔一〕遵化：縣名，金時屬中都路薊州。今河北省遵化縣。

〔二〕去鳥行：鳥成行地飛去。

〔三〕雅：平素的交情。蘇軾《與謝民師推官書》：「況與左右無一日之雅，而敢求交乎？」
〔四〕詩窮：指精心作詩。
〔五〕强顔：强作歡顔。
〔六〕野性：難以馴服的生性。黄花：菊花。無賴：指似憎而實愛。含親昵意。
〔七〕殷勤：情意深厚。

宿睦村

闌干河漢已西傾〔一〕，獨坐披衣過五更〔二〕。檐馬丁東風外響〔三〕，田車歷轆月中行〔四〕。忘形沙鳥知人意〔五〕，窣地山雲不世情〔六〕。露草霜筠有幽意〔七〕，詩題分付候蟲聲〔八〕。

【注】

〔一〕闌干：横斜貌。三國魏曹植《善哉行》：「月没參横，北斗闌干。」河漢：指銀河。河漢西傾：指夜已深。
〔二〕五更：舊時自黄昏至拂曉一夜間，分爲甲、乙、丙、丁、戊五段，謂之「五更」。又稱五鼓、五夜。
〔三〕檐馬：也稱風鈴、鐵馬。掛在檐下，用以占風的金屬小片，風起則叮咚作聲。
〔四〕田車：打獵用的車子。《詩・小雅・車攻》：「田車既好，四牡孔阜。」朱熹集傳：「田車，田獵之車。」歷轆：轆轆，象聲詞，形容車聲。

〔五〕忘形：指超然物外，忘了自己的形體。《莊子·讓王》：「故養志者忘形，養形者忘利，致道者忘心矣。」此指鳥之不驚懼避人。

〔六〕窣地：拂地。句謂山雲舒卷自如，自由自在，没有爲名利而奔波的人情世態。晉陶潛《辛丑歲七月赴假還江陵》：「詩書敦宿好，林園無世情。」

〔七〕霜筠：帶霜的竹子。幽意：幽閒的情趣。

〔八〕分付：付託，寄意。候蟲：隨季節而生或發鳴聲的昆蟲。如夏天的蟬、秋天的蟋蟀等。《禮記·月令》按月記載當月的蟲類，包括毛蟲、羽蟲、鱗蟲、昆蟲等。後多指昆蟲。

次韻安之飲酒〔一〕

日上南窗已數竿，醉頭扶起不巾冠。欲開社甕多招客〔二〕，先乞兵廚暫補官〔三〕。玩世唯知酒功聖〔四〕，藏身無似醉鄉寬〔五〕。麒麟閣上功名字〔六〕，不博生前一笑歡。

【注】

〔一〕次韻：也稱步韻，和詩的一種。即按照原詩的韻脚及用韻次序來和詩。安之：其人不詳。

〔二〕社甕：貯存社酒的大甕。唐杜牧《郡齋獨酌》：「叔舅欲飲我，社甕爾來嘗。」

〔三〕「先乞」句：用阮籍步兵校尉典故。三國魏阮籍聞步兵校尉廚貯美酒數百斛，營人善釀，乃求爲校尉。見《世説新語·任誕》。

〔四〕玩世：遊樂於人間。酒功：酒的功效。唐孟郊《酒德》：「酒是古明鏡，輾開小人心。醉見異舉止，醉聞異聲音。酒功如此多，酒屈亦以深。」句謂自己玩世不恭，遊戲人生，乃得力於酒的作用。

〔五〕藏身：安身。醉鄉：指醉酒後神志不清的境界。唐王績《醉鄉記》：「醉之鄉，去中國不知其幾千里也。其土曠然無涯，無丘陵阪險。」阮籍曾以酒醉避免了鍾會等人的多次陷害，詩人以阮爲榜樣，故云。

〔六〕麒麟閣：漢代表彰功臣的臺閣。漢宣帝曾圖霍光等十一功臣像於閣上，以表揚其功績。

過九里山〔一〕

斷蛇扛鼎兩爭雄〔二〕，陳跡荒涼萬事空〔三〕。今日山前無過客，數株衰柳管秋風〔四〕。

【注】

〔一〕九里山：在徐州。《金代文學家年譜》謂此處曾爲劉邦、項羽交戰處。

〔二〕斷蛇：指漢高祖劉邦斬蛇起義事。《史記·高祖本紀》載：高祖被酒，夜徑澤中，前有大蛇當徑，高祖曰：「壯士行，何畏！」乃前，拔劍擊斬蛇。蛇遂分爲兩，徑開。扛鼎：指項羽力大能扛鼎。《史記·項羽本紀》：「籍長八尺餘，力能扛鼎，才氣過人。」

〔三〕陳跡：舊跡；遺跡。

〔四〕管：顧及；過問。唐劉禹錫《楊柳枝》詞其八：「長安陌上無窮樹，唯有垂楊管别離。」

道傍柳

秋霜一何嚴，凋此道傍柳。殘枝幾葉在，其勢不得久。憶昨三春時，濯洗煙雨後。弄姿舞婆娑〔一〕，勸我一杯酒。别後遽能幾〔二〕，忽忽成老醜〔三〕。人生非金石，長短百年壽。功名與富貴，於身亦何有。古人隨物化〔四〕，今已柳生肘〔五〕。我獨何爲哉，窮年事奔走〔六〕。長堤隱落月，駐馬一迴首。春風柳梢黄，定得西歸否。

【注】

〔一〕弄姿：謂做出種種姿態。婆娑：形容姿態優美。

〔二〕遽能幾：指時間短暫。

〔三〕忽忽：倏忽，急速貌。《楚辭·離騷》：「欲少留此靈瑣兮，日忽忽其將暮。」

〔四〕物化：死亡。語出《莊子·刻意》：「聖人之生也天行，其死也物化。」

〔五〕柳生肘：指疾病或災變。語出《莊子·至樂》：「支離叔與滑介叔觀于冥伯之丘，昆侖之虚，黄帝之所休。俄而柳生其左肘，其意蹶蹶然惡之。」郭慶藩集釋引郭嵩燾曰：「柳、瘤字，一聲之轉。」

〔六〕窮年：全年；終生。奔走：奔波、忙碌。

登憫忠寺閣〔一〕

淨宇懷超想〔二〕，層梯企俊遊〔三〕。喧卑三界盡〔四〕，製作六丁愁〔五〕。聚土閑童子〔六〕，移山老比丘〔七〕。能除分外見〔八〕，寸木即岑樓〔九〕。

【注】

〔一〕憫忠寺：《畿輔通志》卷五一「順天府」：「憫忠寺，在府西南。唐貞觀十九年，太宗憫東征士卒，於幽州城内建。憫忠寺中有高閣，諺云『憫忠高閣，去天一握』是也。東西有磚塔，高可十丈，云是安禄山、史思明所建。」現名法源寺，位於北京市宣武區法源寺前街，是北京城内現存歷史最久的寺院之一。中國佛教協會、中國佛教圖書館所在地。

〔二〕淨宇：佛寺。

〔三〕俊遊：快意的遊賞。

〔四〕喧卑：喧鬧低下。三界：佛教語。謂衆生所居之欲界、色界、無色界，謂「三界無安，猶如火宅」。

〔五〕製作：營造。六丁：即丁卯、丁巳、丁未、丁酉、丁亥、丁丑，道教認爲六丁爲陰神，爲天帝所役使；道士則可用符籙召請，以供驅使。《後漢書·梁節王暢傳》：「從官卞忌自言能使六丁。」李賢注：「六丁，謂六甲中丁神也。若甲子旬中，則丁卯爲神，甲寅旬中，則丁巳爲神之類也。役使之法，先齋戒，然後其神至，可使致遠方物及知吉凶也。」句謂營建寺閣工程之浩大，會使天神亦發愁。

〔六〕「聚土」句：用佛家典。《妙法蓮華經·方便品》：「乃至童子戲，聚沙爲佛塔。如是諸人等，皆已成佛道。」

〔七〕「移山」句：用智廣典故。《佛祖綱目》載：智廣，咸通六年至九座山，逢巨蟒，廣飛錫撑拄蟒口，趺坐入定。「逮出定，蟒化爲石矣。既而雷雨湧沙，夷成院基，山神移山，八維蔭映。」比丘：俗稱「和尚」。

〔八〕分外見：佛家指妄見。

〔九〕「寸木」句：本《孟子·告子下》語：「不揣其本而齊其末，方寸之木，可使高於岑樓。」朱熹集注：「岑樓，樓之高鋭似山者。」岑樓：高樓。

讀傳燈録〔一〕

閉户懶不出，真成住夏僧〔二〕。肝腸雖自苦，面目得人憎。處世若大夢〔三〕，學禪猶小乘〔四〕。早知文字誤〔五〕，更用讀傳燈。

【注】

〔一〕傳燈録：又稱燈録、燈史。指記載禪宗歷代傳法機緣的著作。禪宗標榜其法是通過以心傳心的方式，一脈相承，如燈火相傳，所以稱傳法爲傳燈。又因以語録爲主，故稱燈録。

〔二〕住夏：佛教語。又稱安居、坐夏或坐臘，爲修行制度之一。僧徒每年在雨季三個月内不外出，聚居一處，靜心坐禪修學。唯恐雨季期間外出，踩殺地面之蟲類及草樹之新芽，招引世譏，故聚集修行，避免外出。

〔三〕大夢：古人用以喻人生。《莊子·齊物論》：「方其夢也，不知其夢也。夢之中又占其夢焉，覺而後知其夢也。且有大覺而後知此其大夢也。」

〔四〕小乘：大乘佛教對原始佛教和部派佛教的貶稱。小乘多注重個人解脱，以成就阿羅漢果爲目標。

〔五〕文字誤：謂執着文字，妨礙悟道。禪家自謂「教外别傳，不立文字。直指人心，見性成佛」。宋釋普濟《五燈會元》卷七：「師問：『祇如古德，豈不是以心傳心？』峰曰：『兼不立文字語句。』」

夏夜

一雨昭蘇外〔一〕，群山宴寂中〔二〕。移牀就佳月〔三〕，引袂納涼風〔四〕。蝸舍憐渠小〔五〕，蚊雷訝許同〔六〕。幽懷閟清境〔七〕，舒嘯夜將終〔八〕。

【注】

〔一〕昭蘇：蘇醒，恢復生機。《禮記·樂記》：「蟄蟲昭蘇，羽者嫗伏。」鄭玄注：「昭，曉也；蟄蟲以發出爲曉，更息曰蘇。」

〔二〕宴寂：安定寂靜。

〔三〕就：湊近，靠近。

〔四〕引袂：伸展衣袖。

〔五〕蝸舍：比喻簡陋狹小的房舍。多用以謙稱自己的住所。晉崔豹《古今注·魚蟲》：「蝸牛……殼如小螺，熱則自懸於葉下。野人結圓舍，如蝸牛之殼，故曰蝸舍。」渠：方言，它，指蝸舍。

〔六〕蚊雷：蚊群飛時所發出的巨大聲音。訝：驚奇，奇怪。許：這樣，如此。

〔七〕閟：隱蔽。句謂幽雅的情懷與月夜的明靜融爲一體。

〔八〕舒嘯：猶長嘯。放聲歌嘯。晉陶潛《歸去來兮辭》：「登東皋以舒嘯，臨清流而賦詩。」

物化〔一〕

物化能忘我，天遊不用心〔二〕。羶香群蟻聚〔三〕，樹靜一蟬吟〔四〕。敗井勞深汲，荒庭闕近尋〔五〕。枕書聊假息〔六〕，夕日半牆陰。

【注】

〔一〕物化：事物的變化。莊子學説中指萬物變化，我與之俱化，形成物我合一、與天地同流的一種精神境界。

〔二〕天遊：謂放任自然。《莊子·外物》：「胞有重閬，心有天遊。室無空虚，則婦姑勃谿；心無天遊，則六鑿相攘。」郭象注：「遊，不係也。」

〔三〕「羶香」句：用莊子語「群蟻聚羶」。意謂像螞蟻趨附羊肉般聚集一起。語出《莊子·徐無鬼》：「羊肉不慕蟻，蟻慕羊肉，羊肉羶也。」羶：羊肉的氣味。

〔四〕「樹靜」句：古人因蟬在樹頂飲風吸露，有稟性高潔之説，常以之喻人生的高潔境界。

〔五〕闕：缺憾。

〔六〕假息：暫時休息。

立秋日〔一〕

舊穀催新穀，今秋似去秋。年衰猶健飯〔二〕，官達也窮愁〔三〕。樹鳥依依宿〔四〕，檐螢細細流〔五〕。箇中詩句在〔六〕，倚杖得冥搜〔七〕。

【注】

〔一〕立秋：二十四節氣之一。在陽曆八月七、八或九日，農曆七月初。《逸周書·時訓》：「立秋之日，涼風至；又五日，白露降；又五日，寒蟬鳴。」

〔二〕健飯：飯量大，食欲好。宋袁浦《壽馮德厚》其三：「祝子長年仍健飯，好書讀到夜沉沉。」

〔三〕窮愁：因志趣不如意而愁悶。

〔四〕依依：相互依偎貌。

〔五〕「簷螢」句：狀屋簷前夜間螢火蟲飛行的線型軌跡。

〔六〕箇中：此中。

〔七〕冥搜：深思苦想。唐王昌齡《箜篌引》：「明光殿前論九疇，簏讀兵書盡冥搜。」

感興〔一〕

避俗嫌高絶〔二〕，干榮恥盜誇〔三〕。居貧偶從仕〔四〕，學道不忘家。樹果蕃秋實，園葵粲晚花。一軒吾事了〔五〕，無意競紛華〔六〕。

【注】

〔一〕感興：感物寄興。

〔二〕避俗：厭棄世俗名利。

〔三〕干榮：通過干謁而獲得榮耀、富貴。盜誇：指取富貴或名位不以其道者。《老子》：「服文綵，帶利劍，厭飲食，財貨有餘，是謂盜誇，非道也哉！」王弼注：「凡物不以其道得之，則皆邪也，邪則盜也；誇而不以其道得之，竊位也。故舉非道，以明非道則皆盜誇也。」

〔四〕從仕：出仕，做官。

〔五〕「一軒」句：謂能過上簡樸的田園生活，自己就心滿意足了。

〔六〕「無意」句：本《史記·禮書》：「自子夏，門人之高弟也。猶云『出見紛華盛麗而説，入聞夫子之道而樂。二者心戰，未能自決』」。言其在「紛華盛麗」與「夫子之道」之間的抉擇。紛華：繁華；富麗。

偶書

東風數點梨花雪，吹我傷春萬里心。知有高亭堪眺遠，惜無佳客共登臨。晴雲入户團傾蓋〔一〕，飛鳥隨人作好音〔二〕。寒食清明少天色〔三〕，孤居未要酒杯深。

【注】

〔一〕「晴雲」句：用杜甫《柏學士茅屋》詩句：「晴雲滿户團傾蓋，秋水浮階溜决渠。」仇注：「雲如傾蓋之團，言其濃。水似決渠之溜，言其急也。」團：圓。傾蓋：車上的傘蓋靠在一起。引申爲一見如故。此處有以雲爲友之意。

〔三〕「飛鳥」句：用宋王安石《出金陵》詩句：「浮雲映郭留佳氣，飛鳥隨人作好音。」好音：悅耳的聲音。

〔三〕少天色：指多風雨，天氣不好。宋楊萬里《過八尺遇雨》：「節裏無多好天色，闌風長雨餞殘年。」

放言二首〔一〕

蓮社從來説陶遠〔二〕，竹林今不數山王〔三〕。家雞野鶩何須較〔四〕，秋菊春蘭各自芳。

【注】

〔一〕放言：放縱其言，不受拘束。《後漢書·荀韓鍾陳傳論》：「漢自中世以下，閹豎擅恣，故俗遂以遁身矯絜放言爲高。」李賢注：「放肆其言，不拘節制也。」唐白居易《〈禽蟲十二章〉序》：「予閑居，乘興偶作一十二章，頗類志怪放言。」

〔二〕「蓮社」句：東晉慧遠大師居廬山，與劉遺民等同修淨土，寺中有白蓮池，因號蓮社。陶遠：陶淵明與慧遠。陶淵明與蓮社的關係是後人討論的一個重要話題。宋代無名氏撰《蓮社高賢傳》記述廬山東林寺十八高賢的事跡，有「不入社諸賢」類，陶淵明爲其中之一。而宋釋宗曉《樂邦文類》卷三《蓮社始祖廬山遠法師傳》載：「時有劉遺民、雷次宗、宗炳洎諸高僧一十八人，並棄世遺榮，依遠遊止。遠拉一百二十三人爲蓮社，令遺民著誓辭，於彌陀像前，建誠立誓，期生贍養。謝靈運負才傲物，一與遠接，肅然心服，爲鑿二池，引水栽白蓮，求入社，師以心雜止之。陶淵明、范寧，累招入社，終不能致，故齊己詩云：『元亮醉多難入社，謝公心亂入何妨。』」

〔三〕山王：晉山濤和王戎的並稱。南朝宋顏延之作《五君詠》，述竹林七賢，以山濤、王戎顯貴而不予列入。見《宋書·顏延之傳》。

〔四〕野鶩：野鴨。與「家雞」並舉，謂非爲同類。

又

清風明月無人管〔一〕，茶鼎薰爐與客同。壯歲羞爲褦襶子〔二〕，而今卻羨囁嚅翁〔三〕。

【注】

〔一〕清風明月：句意同蘇軾《前赤壁賦》：「且夫天地之間，物各有主，苟非吾之所有，雖一毫而莫取。惟江上清風，與山間之明月，耳得之而爲聲，目遇之而成色，取之無禁，用之不竭。是造物者之無盡藏也。」語出《南史·謝譓傳》：「有時獨醉，曰：『入吾室者，但有清風，對吾飲者，唯有明月。』」常用以比喻高人雅士的風致。

〔二〕褦襶子：指不曉事的人。《古文苑·程曉·嘲熱客詩》：「只今褦襶子，觸熱到人家。」章樵注：

「音耐戴，言不爽豁也。《類説》、《集韻》：『褦襶，不曉事之名。』」

〔三〕囁嚅翁：稱懦弱畏事或不善辭令之人。典出《新唐書·竇鞏傳》：「鞏字友封，雅裕，有名于時。平居與人言若不出口，世號『囁嚅翁』。」

曉出東盧

谷口子真隱〔一〕，水濱韋氏莊〔二〕。鷗鵬賓客對，鴻雁弟兄行〔三〕。小圃蓑生竹〔四〕，平林半是桑。朝陽生野渡〔五〕，濕盡馬蹄霜。

【注】

〔一〕「谷口」句：用漢人鄭樸隱居事。晉皇甫謐《高士傳》卷中：「鄭樸，字子真，谷口人也。修道靜默，世服其清高。成帝時，元舅大將軍王鳳以禮聘之，遂不屈。揚雄盛稱其德，曰：『谷口鄭子真，耕於巖石之下，名振京師。』馮翊人刻石祠之，至今不絶。」

〔二〕韋氏莊：唐時名園，在長安城南。唐韓愈《題韋氏莊》自注云：「城南韋曲，在唐最盛，名與杜陵相埒。當時爲之語曰『城南韋杜，去天尺五』。杜子美《贈韋贊善》詩所謂『時論同歸尺五天』也。是時莊已衰矣，故詩意云然。」二句言出東盧所見：山谷口間有人耕田於山脚下，似鄭子真之隱；岸曲折回環之美，如同長安之韋曲。

〔三〕「鴻雁」句：謂鴻雁如弟兄出行排列。《禮記·王制》：「父之齒隨行，兄之齒雁行，朋友不相踰。」二句描寫曉出東盧所見之景，水中的鷗鷺兩兩相對，空中雁行排列有序。

〔四〕蓁：叢生。

〔五〕「朝陽」句：形容火紅的朝暉傾瀉在河水清淺、隨處可渡之處，波光粼粼。

次張信夫韻〔一〕

絳帳先生寄一州〔二〕，不教文字到横流〔三〕。草玄只擬關門坐〔四〕，好事應從載酒游〔五〕。虎穴已曾探虎子〔六〕，龍溝未信出龍頭〔七〕。錦囊詩句年來滿〔八〕，供盡閑花野草愁。

【注】

〔一〕張信夫：張行信（先名行忠），字信甫，莒州日照（今山東省日照市）人。大定二十八年進士，歷任監察御史、左諫議大夫、吏部尚書、尚書左丞等。敢於直言進諫。《金史》卷一〇七有傳，《中州集》卷九有小傳。信夫原詩已佚。

〔二〕絳帳：爲師門、講席之敬稱。典出《後漢書·馬融傳》：「融才高博洽，爲世通儒，教養諸生，常有千數……常坐高堂，施絳紗帳，前授生徒，後列女樂，弟子以次相傳，鮮有入其室者。」絳帳先生：此處指張信夫之父張暐。

〔三〕横流：晉范甯《穀梁傳序》：「孔子睹滄海之横流，乃喟然而歎。」後以之喻政治混亂，社會動盪不安。句謂張父重視文化教育，不讓子弟荒廢學業。《金史·張暐傳》：「暐自妻卒後不復娶，亦無姬侍，齋居。與子行簡講論古今，諸孫課誦其側，至夜分乃罷，以爲常。」

〔四〕「草玄」句：用漢揚雄草《太玄》事。漢代文學家揚雄，生平宦途失意，人罕至其門，閉户著《太玄》《法言》等書。

〔五〕「好事」句：《漢書·揚雄傳》：「家素貧，耆酒，人希至其門。時有好事者載酒肴從遊學。」

〔六〕「虎穴」句：語出《後漢書·班超傳》：「超曰：『不入虎穴，不得虎子。』」此指龍生龍，鳳生鳳，將門出虎子。句指張行信之兄張行簡在大定十九年取得進士第一事。

〔七〕「龍溝」句：宋阮閱《詩話總龜》卷三十二「徐振甫」條下云：「黄裳道夫，南劍州人，家居龍溝。未第間，有讖曰：『掘龍溝，出龍頭。』道夫將第而溝果修浚。」宋王闢之《澠水燕談録》卷三「知人」：「孫何、孫僅，學行文辭傾動場屋。何既爲狀元，王黄州覽僅文編，書其後曰：『明年再就堯階試，應被人呼小狀元。』後牓僅果爲第一。……（黄州）並寄何詩曰：『惟愛君家棣華牓，登科記上並龍頭。』」句謂如此家學淵源，張行信一定會如其兄一般，考取狀元。

〔八〕「錦囊」句：用李賀錦囊藏詩典故。《新唐書·李賀傳》：「每旦日出，騎弱馬，從小奚奴，背古錦囊，遇所得，書投囊中。」

髮脱

年年道路少清歡〔一〕，處處葵蔬餽薄飡〔二〕。月色過窗同夜夢，霜華著壁獨朝寒。求醫未有詩千首〔三〕，破老惟消竹數竿〔四〕。衰髮從今不須脱，少留衰白戴黄冠〔五〕。

【注】

〔一〕清歡：清雅恬適之樂。

〔二〕葵：蔬菜名。可醃製，稱葵菹。餽：通「饋」。《漢書・賈山傳》：「然而養三老于大學，親執醬而餽。」此即佐食之意。薄飡：粗劣的食物。

〔三〕「求醫」句：合觀下句「竹數竿」，句本蘇軾《於潛僧緑筠軒》：「可使食無肉，不可居無竹。無肉令人瘦，無竹令人俗。人瘦尚可肥，士俗不可醫。」句謂自己尚未有詩千首，以完全摒棄俗氣。

〔四〕破老：進入老年。古以年滿六十爲破老，可免除丁役。《續資治通鑑・宋寧宗嘉定四年》：「軍户，蒙古、色目人每丁起一軍，漢人有田四頃，人三丁者簽一軍，年十五以上成丁，六十破老，站户與軍户同。」

〔五〕衰白：謂人老體衰鬢髮稀疏花白。黄冠：道士之冠。小傳謂史肅「晚年頗喜養生，謂人可以不死，嘗欲棄官學道，而竟止於此。」

立秋日〔一〕

畏景流庭過〔二〕，涼颸即坐來〔三〕。物隨時共換，人覺老相催。憩蝶依藂穩〔四〕，嘶蟬抱樹哀。玉簪香好在〔五〕，牆角幾枝開。

【注】

〔一〕立秋：二十四節氣之一。在陽曆八月七八或九日，農曆七月初。《逸周書·時訓》：「立秋之日，涼風至；又五日，白露降；又五日，寒蟬鳴。」

〔二〕畏景：指夏天的太陽。

〔三〕涼颸：涼風。即坐：到坐。

〔四〕藂：叢生的樹木。

〔五〕玉簪：玉簪花。多年生草本植物。葉叢生，卵形或心臟形。花莖從葉叢中抽出。秋季開花，色白如玉，未開時如簪頭，有芳香。

復齋〔一〕

居士年來一復齋〔二〕，馴庭鳥雀絕驚猜〔三〕。雨添窗下硯池滿，風揭牀頭書卷開。身似卧輪無伎倆〔四〕，心如明鏡不塵埃〔五〕。紛紛寵辱人間世，付與浮雲任去來。

【注】

〔一〕復齋：再次齋戒。

〔二〕居士：不爲僧而在家習佛之人。

〔三〕馴庭烏雀：《北齊書·蕭放傳》：「所居廬室前有二慈烏來集，各據一樹爲巢，自午以前，馴庭飲啄，午後更不下樹。」驚猜：驚恐猜疑。

〔四〕卧輪無伎倆：禪宗公案之一。嘗有僧舉卧輪禪師偈曰：「卧輪有伎倆，能斷百思想。對境心不起，菩提日日長。」六祖聞之曰：「此偈未明心地，若依而行之，是加繫縛。」因示一偈曰：「慧能没伎倆，不斷百思想。對境心數起，菩提作麽長！」事見《五燈會元》卷一。

〔五〕心如明鏡：禪宗公案之一。五祖弘忍年事已高，急於傳付衣鉢，遂命弟子作偈以呈，以檢驗他們的修煉水準。神秀上座呈偈曰：「身是菩提樹，心如明鏡臺，時時勤拂拭，勿使惹塵埃。」弘忍以爲未見本性，未傳衣鉢。慧能聽後亦誦一偈，請人代題於壁上：「菩提本無樹，明鏡亦非臺，本來無一物，何處惹塵埃。」弘忍見後，招慧能登堂入室，爲其宣講《金剛經》，並傳衣鉢，定爲傳人，即爲六祖。事見《六祖壇經》。

北潭〔一〕

竹陰松影玉葱蘢〔二〕，十里平堤一徑通。碧水乍開新鏡面，青山都是好屏風〔三〕。寒蟬高鳥清愁外〔四〕，折葦枯荷小景中〔五〕。酒力未多秋興逸〔六〕，夕陽聊貸半林紅〔七〕。

【注】

〔一〕北潭：池名，在鎮陽府。《畿輔通志》卷五四「正定府」：「歐陽修曰：『常山宫後有池，亦曰北潭，州之勝遊。』」宋歐陽修《病中代書奉寄聖俞二十五兄》：「北潭去城無百步，緑水冰銷魚撥刺。經時未曾着脚到，好景但聽遊人説。」金王若虚《滹南遺老集》卷四三《恒山堂記》：「潭園初號海子，未甚可觀。逮王鎔治之，遂若圖畫。……誠一邦之偉觀也。」

〔二〕葱蘢：形容草木青翠而茂盛。

〔三〕屏風：古時室内傢具之一，其上多有山水字畫等作爲裝飾，主要功能爲分隔空間、擋風、美化等。

〔四〕清愁：淒涼的愁悶情緒。

〔五〕小景：指小幅的山水畫。

〔六〕秋興：秋日的情懷和興致。逸：超逸豪放。

〔七〕貸：施與，給予。

晚興

秋蟲已息又還吟，晚雨初晴又作陰。水面微風掠蒼玉〔一〕，雲頭落日緣黃金〔二〕。年豐酒價應須賤，睡起茶甌未要深。人道雙清到心跡〔三〕，年來無跡亦無心。

【注】

〔一〕蒼玉：青緑色玉石。喻水色。

〔二〕緣：物之邊沿。句謂雲頂在夕陽的反射下其邊沿像鑲了黃金一般。

〔三〕雙清：謂思想及行事皆無塵俗氣。心跡：思想與行爲。

雜詩二首〔一〕

春江日暖舞清漣〔二〕，客舍蕭蕭一縷煙〔三〕。幽鳥隔林招我醉，小桃當户爲誰妍〔四〕。禪心已作沾泥絮〔五〕，詩思渾如上水船〔六〕。卻是官閑得無事，一簾紅雨枕書眠〔七〕。

【注】

〔一〕雜詩：謂興致不一，不拘流例，遇物即言之詩。《文選》有雜詩一目，凡内容不屬獻詩、公宴、遊覽、行旅、贈答、哀傷、樂府諸目者，概列雜詩項。即有題如張衡《四愁》、曹植《朔風》等，内容相近，亦歸此項，如王粲、劉楨、曹植兄弟等作皆即以「雜詩」二字爲題，後世循之。《文選・王粲・雜詩》李善注：「雜者，不拘流例，遇物即言，故云雜也。」唐李周翰注：「興致不一，故云雜詩。」

〔二〕清漣：謂水清澈而有細波紋。語本《詩・魏風・伐檀》：「河水清且漣猗。」

〔三〕蕭蕭：冷清寂靜貌。

〔四〕妍：呈現嫵媚的姿色。

〔五〕「禪心」句：用宋僧參寥詩句。宋趙令畤《侯鯖録》卷三：「東坡在徐州，參寥自錢塘訪之，坡席上令一妓戲求詩，參寥口占一絶云：『多謝尊前窈窕娘，好將幽夢惱襄王。禪心已作沾泥絮，不逐東風上下狂。』」禪心：佛教用語，謂清靜寂定的心境。沾泥絮：沾泥的柳絮不再飄飛，比喻心情沉寂不復波動。

〔六〕上水船：逆流而上的船。後比喻文思遲鈍。典出五代王定保《唐摭言・敏捷》：「梁太祖受禪，姚洎爲學士……上問及廷裕行止，洎對曰：『頃歲左遷，今聞旅寄衡水。』上曰：『頗知其人構思甚捷。』對曰：『向在翰林，號爲下水船。』太祖應聲謂洎曰：『卿便是上水船也。』洎微笑，深有慚色。」

〔七〕紅雨：喻落花。唐李賀《將進酒》：「況是青春日將暮，桃花亂落如紅雨。」

又

南皮城下荒秋草〔一〕，説是當日燕支臺〔二〕。世事翻騰只如此，吾生棄置已焉哉〔三〕。迎風紫莧因循老〔四〕，背日黄花次第開〔五〕。獨夜不眠思阿謝〔六〕，白羊如駕小車來〔七〕。

【注】

〔一〕南皮：縣名，金時屬河北東路滄州，今河北省南皮縣。明昌年間，史肅曾任南皮令。《金史·章宗紀》：「明昌五年十月壬子，尚書省奏，升提刑司所察廉官南皮縣史肅以下十有二人。」

〔二〕燕支臺：當爲燕友臺。又寫作醼友臺。疑因形似而訛誤。又名躬雉臺，魏曹丕所築。宋樂史《太平寰宇記》卷六五「滄州南皮縣」條曰：「醼友臺，在縣東二十五里。《魏志》云：『文帝爲五官中郎將，與吴質重游南皮，築此臺醼友，故名焉。』又名躬雉臺。」

〔三〕棄置：謂不被任用。唐王維《老將行》：「自從棄置便衰朽，世事蹉跎成白首。」

〔四〕紫莧：莧菜。一年生草本植物。葉對生，卵形或菱形，有緑紫兩色，嫩苗可作蔬菜。因循：照舊，順其自然。

〔五〕背日黄花：見不到太陽的菊花。喻得不到皇上恩寵，不被重用。次第：按照一定順序，一個接一個地。

〔六〕阿謝：當指史肅幼子。

〔七〕「白羊」句：化用李白問候稚子伯禽詩句。李白離家三年後，托友人探家作《送蕭三十一之魯中，兼問稚子伯禽》：「君行既識伯禽子，應駕小車騎白羊。」

春雪

豐年不救兩河飢〔一〕，臘盡纔看小雪飛〔二〕。漫説春來膏澤好〔三〕，其如壟上麥苗稀〔四〕。空花只解驚愁眼〔五〕，濕絮寧堪補敗衣〔六〕。頗笑西臺瘖御史〔七〕，日斜騎馬踏泥歸。

【注】

〔一〕兩河：《金史·河渠志》稱黄河流域的河北、河南地區爲兩河。

〔二〕臘盡：歲末。

〔三〕漫説：猶説。膏澤：滋潤作物的雨雪。三國魏曹植《贈徐幹》：「良田無晚歲，膏澤多豐年。」

〔四〕其如：怎奈；無奈。

〔五〕空花：指雪花。宋洪朋《喜雪》：「漫天乾雨紛紛闇，到地空花片片明。」

〔六〕濕絮：喻指雪花。寧堪：豈能。敗衣：衣裳破舊。《禮記·緇衣》「苟有衣必見其敝」漢鄭玄注：「敝，敗衣也。」

〔七〕西臺：官署名。御史臺的通稱。宋陸游《老學庵筆記》卷六：「唐人本謂御史在長安者爲西臺，言其雄劇，以别分司東都，事見《劇談録》。本朝都汴，謂洛陽爲西京，亦置御史臺，至爲散地。以其在西京，號『西臺』，名同而實異也。」瘖：啞。緘默，不説話。泰和二年，史肅任監察御史，遷治書侍御史。見《金史·刑志》。

蕭尚書貢　三十二首

貢字真卿，咸陽人〔一〕。唐太傅寘十七代孫〔二〕。博學能文，不減前輩蔡正甫〔三〕。大定二十二年進士。自涇州觀察判官召補省掾〔四〕，不四五月，拜監察御史，累遷右司郎中。預修《泰和律令》，所上條畫，皆委曲當上心。興陵嘉歎曰〔五〕：「漢有蕭相國〔六〕，我有蕭貢。刑獄，吾不憂矣。」又奏死囚獄雖已具，仍責家人伏辨，以申冤抑。詔從之。遷刑部侍郎，入謝曰：「臣願因是官廣陛下好生之德。」上大悦。凡真卿所平反，多從之。歷大興同尹〔七〕、德州防禦使〔八〕、同知大名府事〔九〕、陝西西路轉運使、河東北路按察轉運使、静難軍節度使〔一〇〕、南京都轉運使、御史中丞，以户部尚書致仕。年六十六終於家，謚曰「文簡」。有《注史記》百卷，《公論》二十卷，《五聲姓譜》五卷，《文集》十卷，傳於世。

【注】

〔一〕咸陽：縣名，金代屬京兆府路京兆府，今陝西省咸陽市。

〔二〕唐太傅寘：蕭寘，唐咸通中任宰相。《新唐書》卷一一四：「（寘）咸通中位宰相，無顯功，史逸其傳。」

〔三〕蔡正甫：蔡珪（？——一一七四），字正甫，號無可居士，真定（今河北省正定縣）人，蔡松年長子。天德三年進士，官至翰林修撰、户部員外郎兼太常丞、禮部郎中等。珪以文名世，辯博號稱天下第一。有書名。《金史》卷一二五有傳，《中州集》卷一有小傳。

〔四〕涇州：州名，因涇水得名，金屬慶原路（舊作陝西西路）。今甘肅省涇川縣。

〔五〕興陵：金世宗完顔雍（一一二三——一一八九），金太祖完顔阿骨打孫，海陵王完顔亮征宋時爲遼東留守，後被擁立爲帝。其統治時期，天下小康，呈現「大定盛世」。廟號世宗，葬於興陵。按「預修泰和律令」云云，「興陵」當爲「道陵」，指金章宗（泰和爲金章宗年號）。

〔六〕蕭相國：蕭何（前二五七——前一九三），沛縣豐邑（今屬江蘇省豐縣）人。漢丞相。漢初三傑之一。輔助漢高祖劉邦建立漢政權。

〔七〕大興：府名，金代屬中都路，治今北京市。

〔八〕德州：州名，金時屬山東西路，治今山東省德州市。

〔九〕大名府：府名，金時屬大名府路，治今河北省大名縣。

〔一〇〕静難軍節度：金時屬陝西慶原路邠州，治今陝西省彬縣。

渭南縣齋秋雨〔一〕

穴牀撑拄小窗前〔二〕，一點青燈照不眠。檐溜淙琤風淅瀝〔三〕，嫩涼如水夜如年〔四〕。

【注】

〔一〕渭南：縣名，金時屬京兆府路華州，今陝西省渭南市。

〔二〕穴牀：破牀頭，有洞的牀。撑拄：支撑；頂拄。

〔三〕檐溜：順屋檐流下的雨水。淙琤：猶琮琤，玉相碰擊聲，亦以形容水流相激聲。淅瀝：象聲詞。形容風雨聲。

〔四〕嫩涼：微涼；初涼。夜如年：謂其徹夜難眠，時長如年。

假梅〔一〕

緑窗嬌小似梅人〔二〕，素手東風巧思新〔三〕。鸞尾剪裁千顆雪〔四〕，蜂脾點綴一家春〔五〕。長教客枕生幽思〔六〕，不逐林花委路塵〔七〕。莫道去非詩破的〔八〕，兔毫那解寫花真〔九〕。

【注】

〔一〕假梅：人工製作的梅花。

〔二〕緑窗：緑色紗窗。多指家室。前蜀韋莊《菩薩蠻》（紅樓别夜堪惆悵）：「勸我早歸家，緑窗人似花。」

〔三〕素手：潔白的手。多形容女子之手。《古詩十九首·青青河畔草》：「娥娥紅粉妝，纖纖出素手。」東風：猶春風，喻女子美貌。杜甫《咏懷古跡》：「畫圖省識春風面，環珮歸來月夜魂。」巧思：精巧的構思。句謂妻子心靈手巧，製作的假梅像春風催開的真梅花一樣。

〔四〕鸞尾：鸞鳥之尾。

〔五〕蜂脾：蜜蜂的巢，由六角形蜂房組成。二句狀假梅的花枝及花朵的形狀。

〔六〕客枕：指客中使用之枕。代指旅途中過夜。幽思：深思，沉思。

〔七〕「不逐」句：借寫假梅花不會凋零表達對愛情的忠貞。

〔八〕去非：陳與義（一〇九〇——一一三八），字去非，號簡齋，河南洛陽人。去非詩：指陳與義受到徽宗的賞識的那首墨梅詩，即《和張規臣水墨梅五絶》其四：「含章檐下春風面，造化功成秋兔毫。意足不求顔色似，前身相馬九方皋。」破的：射中靶子，比喻中肯、正中要害。

〔九〕兔毫：用兔毛製成的筆，泛指毛筆。

臨泉道中〔一〕

半世事行役〔二〕，兹游初未經〔三〕。峽門迷白晝〔四〕，嶺脊上青冥〔五〕。澗曲莓苔滑，松盤霧雨溟。登危人跼蹐〔六〕，涉險馬跉竮〔七〕。落日留行客，投鞭得驛亭〔八〕。短牆明積雪，破屋漏疏星。羌笛誰三弄〔九〕，羈懷强一聽〔一〇〕。葭蘆知不遠〔一一〕，河外數峰青〔一二〕。

【注】

〔一〕臨泉：縣名，金時屬河東北路石州，今山西省臨縣。大安三年，蕭貢遷河東北路按察轉運使，此爲其按部諸州時所作。

〔二〕半世：半生，半輩子。行役：因公務而出外跋涉。

〔三〕兹遊：指在臨泉道中行走。

〔四〕「峽門」句：狀峽谷之深峭。

〔五〕「嶺脊」句：狀山嶺之高。青冥：形容青蒼幽遠的青天。

〔六〕跼蹐：局蹐。畏縮恐懼、謹慎小心貌。

〔七〕竛竮：行走不穩貌。

〔八〕投鞭：扔掉馬鞭。借謂下馬。

〔九〕三弄：古曲名。即梅花三弄。唐李郢《贈羽林將軍》：「惟有桓伊江上笛，卧吹三弄送殘陽。」

〔一〇〕羈懷：寄旅的情懷。唐司空曙《殘鶯百囀歌》：「謝脁羈懷方一聽，何郎閑詠本多情。」强：勉强，强忍。

〔一一〕葭蘆：葭蘆寨。北宋置，後升爲晉寧軍。金升爲晉寧州，後更名爲葭州，在黄河西。今陝西省佳縣。

〔一二〕河：黄河。句言葭蘆寨在黄河西面的崇山之中。

自感

形骸付與甄陶外〔一〕，禍福難防倚伏前〔二〕。孔雀若知牛有角，應須忍渴過寒泉〔三〕。

【注】

〔一〕形骸：人的軀體。甄陶：《文選·何晏·景福殿賦》：「甄陶國風。」李周翰注：「甄陶，謂燒土爲器。言欲政化純厚，亦如甄陶乃成。」句言放浪形骸於禮法薰陶之外。

〔二〕倚伏：語本《老子》：「禍兮福之所倚，福兮禍之所伏。」倚：依託；伏：隱藏。

〔三〕「孔雀」二句：化用杜甫《赤霄行》詩句：「孔雀未知牛有角，渴飲寒泉逢抵觸。」二句喻指人生禍福莫測，難以預料。

荒田擬白樂天〔一〕

荒田幾歲闕人耕，欲種穈蕎趁晚晴〔二〕。急手剪除荆與棘〔三〕，一科才了十科生〔四〕。

【注】

〔一〕白樂天：白居易，字樂天。所擬當是白居易關乎民生的《秦中吟》等新樂府詩。

〔二〕穈蕎：穈子和蕎麥。晚耕雜糧類植物，生長期短。
〔三〕荆與棘：叢生多刺的灌木。
〔四〕「一科」句：謂田中的荆棘難以除掉。科：棵，叢。

樂府崔生 徽、蘭，二崔名〔一〕

徽門晝暖柳啼鴉，蘭閤窗深月照紗①〔二〕。腰素輕盈珠衱穩〔三〕，鬟雲鬆亂玉釵斜。春風一去空陳跡〔四〕，暮雨三生只當家〔五〕。自倚廣平腸似石〔六〕，不妨綺語賦梅花〔七〕。

【校】

①窗：毛本作「春」。

【注】

〔一〕樂府：原爲掌管歌樂的機關名，後來將其採集製作的詩歌和文人的仿作稱樂府詩。至宋代爲詞的别稱。按詩意此處樂府近似金代的行院（藝妓演唱之所）。崔生：崔姓男性演員。但據詩中内容，其名及腰姿、髮型皆似女性，當屬男子扮演女角，與宋詞中女子唱詞不同，還伴有舞蹈，反映了金代俗曲演唱的狀况。
〔二〕「徽門」二句：當狀二崔所在行院之精美。徽：美。

〔三〕「腰素」二句：狀寫二崔的身段與舞藝。珠衱：綴珠的裙帶。

〔四〕「春風」句：謂美麗可愛的崔生一去不復返，空留往日的記憶而已。春風：喻美貌。杜甫《詠懷古跡》之三：「圖畫省識春風面，環珮空歸月夜魂。」陳跡：舊跡。

〔五〕「暮雨」句：言暮雨連綿不絕，只得待在家中，孤苦寂寞。

〔六〕廣平：平，枰，棋盤。腸似石：《詩·邶風·柏舟》：「我心匪石，不可轉也。」孔疏：「言我心非如石然。石雖堅，尚可轉；我心堅，不可轉也。」詩本此，謂自己想念崔生的情思久久不絕，無可代替。

〔七〕「不妨」句：《太平御覽》卷十九、卷九百七十引南朝宋盛弘之《荆州記》：「陸凱與范曄相善，自江南寄梅一枝，詣長安與曄，並贈詩曰：『折花逢驛使，寄與隴頭人。江南無所有，聊贈一枝春。』」句謂要用穠麗的語言作梅花詩，像陸凱贈其好友一樣，寄給崔生。

米元章大字卷〔一〕

顔楊死去誰補處〔二〕，米狂筆力未可涯〔三〕。追摹古人得高趣，別出新意成一家〔四〕。老蛟驟雲肉倔强〔五〕，枯樹漬雪冰楂牙〔六〕。九原裴説如可作，應有新詩三歎嗟〔七〕。裴説《懷素草書歌》：欲歸家，三歎嗟。眼前三箇字，枯樹楂，烏梢蛇，黑老鴉。

【注】

〔一〕米元章：米芾，字元章。祖籍太原，後遷居湖北襄陽。善詩，工書法，宋四大書法家之一。

〔二〕顔楊：書法家唐顔真卿和五代楊凝式的並稱。宋黄庭堅《題子瞻枯木》：「折衝儒墨陣堂堂，書入顔楊鴻雁行。」

〔三〕米狂：指米芾。因其疏狂不羈，故稱。涯：邊際，限度。句謂米芾的狂草，筆力勁健，勢不可擋。元好問《换得雲臺帖喜而賦詩》：「米狂雄筆照萬古，北宗草書才九人。」

〔四〕「追摹」二句：謂米芾轉益多師得各家神韻，又能别出新意於法度之外而自成一家。《宋史》本傳：「芾字元章，吴人也……特妙於翰墨，沉著飛翥，得王獻之筆意。」米芾晚年所書《學書帖·自叙》云：「余初學，先寫壁，顔七八歲也。字至大一幅，寫簡不成。後見柳而慕其緊結，乃學柳《金剛經》。久之，知其出於歐，乃學歐。久之，如印板排算，乃慕褚而學最久。又摩段季展轉折肥美，八面皆全。久之，覺段全繹《蘭亭》，遂并看法帖，入晉魏平淡，棄鍾方而師師宜官，《劉寬碑》是也。篆便愛《詛楚》、《石鼓文》，又悟竹簡以竹聿行漆，而鼎銘妙古老焉。」可見，其書始以唐人爲法，進而上溯魏晉，乃至石鼓、竹簡、鼎銘，無不用心。

〔五〕騵雲：在雲中打滚。倔强：强硬直傲。

〔六〕楂牙：楂枒。錯雜不齊貌。

〔七〕「九原」二句：謂米芾書法遠勝前人，若裴説再世，定會感慨不已，新寫三歎嗟。九原：九泉，黄泉。唐人裴説《懷素臺歌(一作題懷素臺)》：「我呼古人名，鬼神側耳聽。杜甫李白與懷素，文星酒星草書星。永州東郭有奇怪，筆冢墨池遺跡在。筆冢低低高如山，墨池淺淺深如海。我來恨不已，爭得青天化爲一張紙，高聲唤起懷素書，搦管研朱點湘水。欲歸家，重歎嗟。眼前有，三個字：枯樹槎，烏梢蛇，墨老鴉。」裴説：桂州（今廣西省桂林市）人。唐哀帝天祐三年狀元。爲詩講究苦吟煉意，追求新奇，又工書法，以行草知名。可作：再生，復生。《國語·晉語八》：「趙文子與叔向游於九原，曰：『死者若可作也，吾誰與歸？』」韋昭注：「作，起也。」

楊侯畫晉公臨江賞梅，樂天與烏窠禪師泛舟談玄，不顧而去，戲爲一絶，以代晉公招樂天同飲云〔一〕

明妝冷蕊兩清新〔二〕，面纈浮光數爵頻〔三〕。拉拭風前寒鼻液〔四〕，快來同醉雪中春。

【注】

〔一〕楊侯：楊邦基，字德茂，號息軒，華陰（今陝西省華陰市）人，大定中進士，仕至秘書郎、禮部尚書。善畫鞍馬，時人與北宋成就卓越的李公麟相比。曾任秘書監。《金史》卷九〇有傳，《中州集》卷八有小傳。晉公：裴晉公。裴度（七六五——八三九），字中立，河東聞喜（今山西省聞喜縣）人。唐朝名相。德宗貞元五年進士。拜中書侍郎，同中書門下平章事。封晉國公。晚年留守東都，築緑野堂，與白居易、劉禹錫等名士唱酬甚密。新、舊《唐書》有傳。樂天：白居易之字。烏窠禪師：名道林，唐代杭州人，九歲出家，二十一歲於荆州果願寺受戒。後南歸，見秦望山有長松，枝葉繁茂，盤屈如蓋，遂棲止其上。故時人謂之「鳥窠禪師」。元和中，白居易知杭州，數從問道。事見《傳燈録》。

〔二〕明妝：明麗的妝飾。代侍酒美女。冷蕊：寒天的花。指梅花。

〔三〕面纈：酒後出現在兩頰上的紅暈。

〔四〕抆拭：擦抹。

漢歌

華陰雙璧傳山鬼，報道明年祖龍死〔一〕。草間豪傑伺天時〔二〕，攘袖撫衿爭欲起〔三〕。藂祠篝火妖狐語，夥涉爲王張大楚〔四〕。南公舊有三户謡〔五〕，東井新看五星聚〔六〕。中原茫茫走秦鹿〔七〕，天遣沛公興白屋〔八〕。大蛇斬斷素靈號〔九〕，蚩尤祭罷朱旗矗〔一〇〕。朅來扶義入關中，恩結人心帝道隆〔一一〕。秦法煩苛猶一洗〔一二〕，項王慓悍何勞攻〔一三〕。三傑相須立人紀〔一四〕，四老仍來安太子〔一五〕。已令陸賈説詩書〔一六〕，更詔孫通制儀禮〔一七〕。阿翁着手規摹遠〔一八〕，獨恨兒孫讀城旦〔一九〕。王純霸雜寧不知〔二〇〕，不是不知知已晚。

【注】

〔一〕「華陰」二句：用秦始皇事。祖龍：指秦始皇。《史記·秦始皇本紀》載：三十六年秋，使者從關東夜過華陰平舒道，有人持璧遮使者曰：「爲吾遺滈池君。」因言曰：「今年祖龍死。」使者問其故，因忽不見，置其璧去。使者奉璧具以聞。始皇默然良久，曰：「山鬼固不過知一歲事也。」

〔二〕草間豪傑：草莽英雄。指秦末各地農民起義領袖。

〔三〕攘袖撫衿：卷起衣袖，撫摸衣襟。尤摩拳擦掌意。形容人們精神振奮，躍躍欲試。

〔四〕「叢祠」二句：用陳勝吴廣起義事。《史記·陳涉世家》：「乃丹書帛曰『陳勝王』，置人所罾魚腹中。卒買魚烹食，得魚腹中書，固以怪之矣。又間令吴廣之次所旁叢祠中，夜篝火，狐鳴呼曰『大楚興，陳勝王』。卒皆夜驚恐。旦日，卒中往往語，皆指目陳勝。」

〔五〕南公：戰國時楚國隱士。《史記·項羽本紀》：「故楚南公曰：『楚雖三户，亡秦必楚也。』」

〔六〕五星聚：又稱「五星連珠」，即五大行星，歲星（木）、熒惑（火）、填星（土）、太白（金）、辰星（水），同時出現在天空中某一範圍内。此天文現象在古代通常被視爲改朝换代的徵兆。劉邦稱帝時，就有五星聚於東井。《史記·張耳陳餘列傳》：「漢王之入關，五星聚東井。東井者，秦分也，先至必霸。」東井：星宿名。即井宿，二十八宿之一。因在玉井之東，故稱。

〔七〕「中原」句：指群雄並起，争奪天下。語自《史記·淮陰侯列傳》：「秦失其鹿，天下共逐之。」

〔八〕沛公：劉邦。漢高祖劉邦起兵於沛，以應陳涉，衆立爲沛公。《史記·高祖本紀》：父老乃率子弟共殺沛令，開城門迎劉季……乃立季爲沛公。」白屋：指不施采色、露出本材的房屋。一説，指以白茅覆蓋的房屋。爲古代平民所居。

〔九〕「大蛇」句：用漢高祖斬白蛇、老嫗夜哭事。《史記・高祖本紀》：高祖醉，曰：「壯士行，何畏！」乃前，拔劍擊斬蛇。蛇遂分爲兩，徑開。行數里，醉，因卧。後人來至蛇所，有一老嫗夜哭。人問何哭，嫗曰：「人殺吾子，故哭之。」人曰：「嫗子何爲見殺？」嫗曰：「吾子，白帝子也，化爲蛇，當道，今爲赤帝子斬之，故哭。」素靈：白蛇的精靈。

〔一〇〕「蚩尤」句：用沛公初立時祭祀事。《史記・高祖本紀》：「乃立季爲沛公。祠黃帝，祭蚩尤於沛庭，而釁鼓旗，幟皆赤。由所殺蛇白帝子，殺者赤帝子，故上赤。」

〔一一〕「朅來」二句：用沛公入關中封秦重寶財物府庫，還軍霸上，與諸縣父老豪傑約法三章，深得民心事。朅來：爾來。扶義：項梁立楚懷王孫心爲懷王，項羽滅秦後尊懷王爲義帝。劉邦遵懷王命攻關中。扶義指此。

〔一二〕「秦法」句：用劉邦入關後盡廢秦法事。《史記・高祖本紀》：「召諸縣父老豪桀曰：『父老苦秦苛法久矣，誹謗者族，偶語者棄市。吾與諸侯約，先入關者王之，吾當王關中。與父老約，法三章耳：殺人者死，傷人及盜抵罪。餘悉除去秦法。』」

〔一三〕「項王」句：謂劉邦深得民心，得民心者得天下，殘暴的項羽失敗乃屬必然。

〔一四〕三傑：指張良、韓信、蕭何。《史記・高祖本紀》：「夫運籌策帷帳之中，決勝於千里之外，吾不如子房。鎮國家，撫百姓，給餽饟，不絶糧道，吾不如蕭何。連百萬之軍，戰必勝，攻必取，吾不如韓信。此三者，皆人傑也，吾能用之，此吾所以取天下也。」人紀：人之綱紀，此指國家的秩序。

〔一五〕四老：指商山四皓。秦末隱士東園公、夏黄公、綺里季、甪里。漢代立國後，劉邦打算另立太子。吕后、張良請四老出山輔佐太子。劉邦知太子「羽翼已成」，遂打消念頭。事見《史記·留侯世家》。

〔一六〕陸賈：漢初政治家、文學家。劉邦起事時，以陸賈有口才、善辯論，常出使諸侯。曾爲高祖講《詩》《書》。《史記·酈生陸賈列傳》：「陸生時時前説稱《詩》《書》。高帝罵之曰：『乃公居馬上而得之，安事《詩》《書》！』陸生曰：『居馬上得之，寧可以馬上治之乎？且湯武逆取而以順守之，文武並用，長久之術也。昔者吴王夫差、智伯極武而亡；秦任刑法不變，卒滅趙氏。鄉使秦已併天下，行仁義，法先聖，陛下安得而有之？』高帝不懌而有慚色，乃謂陸生曰：『試爲我著秦所以失天下，吾所以得之者何，及古成敗之國。』陸生乃粗述存亡之徵，凡著十二篇。每奏一篇，高帝未嘗不稱善，左右呼萬歲，號其書曰『新語』。」

〔一七〕孫通：叔孫通。西漢初期儒家學者。曾協助漢高祖制訂漢朝的宫廷禮儀，任太子太傅。《史記·劉敬叔孫通列傳》（叔孫通）説上曰：「夫儒者難與進取，可與守成。臣願徵魯諸生，與臣弟子共起朝儀。」高帝曰：「得無難乎？」叔孫通曰：「五帝異樂，三王不同禮。禮者，因時世人情爲之節文者也。故夏、殷、周之禮所因損益可知者，謂不相復也。臣願頗采古禮與秦儀雜就之。」上曰：「可試爲之，令易知，度吾所能行爲之。」

〔一八〕阿翁：指漢高祖劉邦。規摹：規劃、籌謀、計畫。

〔一九〕城旦書：泛稱刑書。語自《史記·儒林列傳》：「竇太后好《老子》書，召轅固生問《老子》書。固曰：『此是家人言耳。』太后怒曰：『安得司空城旦書乎？』」裴駰集解：「徐廣曰：『司空，主刑徒之官也。』《漢書音義》曰：『道家以儒法爲急，比之於律令。』」指漢武帝「罷黜百家，獨尊儒術」事。城旦：《史記·秦始皇本紀》：「令下三十日不燒，黥爲城旦。」裴駰集解：「如淳曰：『《律説》「論決爲髡鉗，輸邊築長城。晝日伺寇虜，夜暮築長城。」城旦，四歲刑。』」句謂漢朝後來雜用法家，尤爲可恨。

〔二〇〕王：王道，儒家提出的一種以仁義治天下的政治主張，所謂的以德治國。霸：霸道。憑藉武力、刑法、權勢等進行統治。句謂應純行王道，不應雜用霸道治世。

楚歌

沙丘車過亡明鏡〔一〕，人頭畜鳴自賢聖〔二〕。阿房殿裏醉宫娃〔三〕，趙高手中持國柄〔四〕。群雄雲擾蕩山東〔五〕，邯鄲卻墮秦圍中〔六〕。項王一戰動天地，諸侯膝行趨下風〔七〕。割裂河山建侯國〔八〕，天下畏威心不服。只貪衣繡榮楚猴〔九〕，豈識金刀得秦鹿〔一〇〕。楚歌一夜四面發〔一一〕，泣别虞姬歌數闋〔一二〕。殘兵牢落似晨星〔一三〕，獨騎凌兢踏寒月〔一四〕。烏江渡口方唤船，五侯追奔已江邊〔一五〕。苦道天亡非戰罪〔一六〕，劍化壯氣成飛煙〔一七〕。君王雄武古無比，獨無仁義誰相濟。向能忠計資范增〔一八〕，未必漢家能卜世〔一九〕。穀城東頭土一丘〔二〇〕，悠悠遺恨何年休。

【注】

〔一〕「沙丘」句：秦始皇出巡，病死沙丘平臺，遺詔長子扶蘇回咸陽即皇帝位。趙高與李斯合謀，篡改詔書，立胡亥爲太子，將公子扶蘇和將軍蒙恬賜死。事見《史記・秦始皇本紀》。明鏡：秦鏡。相傳秦始皇有一面鏡子，能照見人的五臟六腑，知道心的邪正。典出《西京雜記》卷三：「有方鏡，廣四尺，高五尺九寸，表裏有明。人直來照之，影則倒見。以手捫心而來，則見腸胃五臟，歷然無硋。……秦始皇常以照宫人，膽張心動者則殺之。」

〔二〕人頭畜鳴：詈辭。謂雖然是人，但卻愚蠢如畜類。指秦二世胡亥。語出《史記・秦始皇本紀》：「（胡亥）誅斯、去疾，任用趙高。痛哉言乎！人頭畜鳴。」張守節正義：「言胡亥人身有頭面，口能言語，不辨好惡，若六畜之鳴。」

〔三〕「阿房」句：用二世驕奢淫逸事。《史記・秦始皇本紀》：「始皇既歿，胡亥極愚，酈山未畢，復作阿房，以遂前策。云『凡所爲貴有天下者，肆意極欲，大臣至欲罷先君所爲。』」

〔四〕趙高：秦二世丞相。任職期間獨攬大權，結黨營私，指鹿爲馬。

〔五〕「群雄」句：秦朝末年群雄並起的稱謂。始於陳勝、吴廣領導的大澤鄉起義，其後各地回應，項羽和劉邦所率兩軍力量最强。山東：指華山以東的廣大地區。《漢書・趙充國辛慶忌傳贊》：「秦漢以來，山東出相，山西出將。」

〔六〕「邯鄲」句：秦軍攻趙事。章邯破項梁軍，乃渡河擊趙，大破之。趙歇爲王，陳餘爲將，張耳爲相，皆敗走鉅鹿城。

〔七〕「項王」二句：指項羽破釜沉船，引兵渡河救趙事。《史記・項羽本紀》：「及楚擊秦，諸將皆從壁上觀。楚戰士無不一以當十，楚兵呼聲動天，諸侯軍無不人人惴恐。於是已破秦軍，項羽召見諸侯將，入轅門，無不膝行而前，莫敢仰視。」

〔八〕「割裂」句：項羽乃分天下，立諸將及故諸侯後爲侯王。項王自立爲西楚霸王，王九郡，都彭城。事見《史記・項羽本紀》。

〔九〕衣繡：即「衣繡夜行」。楚猴：即「楚人沐猴而冠」。項羽西屠咸陽，殺秦降王子嬰，燒秦宫室後，收其貨寶婦女而東。有人勸項王：「關中阻山河四塞，地肥饒，可都以霸。」項王見秦宫室皆以燒殘破，又心懷思欲東歸，曰：「富貴不歸故鄉，如衣繡夜行，誰知之者！」説者曰：「人言楚人沐猴而冠耳，果然。」項王聞之，烹説者。事見《史記・項羽本紀》。

〔一〇〕金刀：代劉邦。因「劉」字爲卯、金、刀合成，故用以代指劉姓。秦鹿：指秦國的帝位。語本《史記・淮陰侯列傳》：「秦失其鹿，天下共逐之。」

〔一一〕四面楚歌：項羽被圍垓下，兵少食盡，漢軍及諸侯兵圍之數重。夜聞漢軍四面皆楚歌，大驚，曰：「漢皆已得楚乎？是何楚人之多也！」事見《史記・項羽本紀》。

〔一二〕「泣别」句：《史記·項羽本紀》載，項王突圍前，與寵妃虞姬訣别。項王乃悲歌慷慨，自爲詩曰：「力拔山兮氣蓋世，時不利兮騅不逝。騅不逝兮可奈何，虞兮虞兮奈若何！」歌數闋，美人和之。

〔一三〕牢落：猶寥落。稀疏零落貌。項王帶八百人突圍，過淮剩百餘人，乃復引兵而東，至東城，乃有二十八騎。事見《史記·項羽本紀》。

〔一四〕凌兢：形容寒涼。

〔一五〕五侯：指吕馬童、王翳、楊喜、楊武、吕勝五人。項羽烏江自刎，五人各得項羽身體的一部分。瓜分項羽封地：封吕馬童爲中水侯，王翳爲杜衍侯，楊喜爲赤泉侯，楊武爲吴防侯，吕勝爲涅陽侯。事見《史記·項羽本紀》。

〔一六〕「苦道」句：《史記·項羽本紀》載，項羽自垓下夜潰圍而出，至東城，乃有二十八騎。漢騎追者數千人。項羽自度不得脱，謂其騎曰：「吾起兵至今八歲矣，身七十餘戰，所當者破，所擊者服，未嘗敗北，遂霸有天下。然今卒困於此，此天亡我，非戰之罪也。」

〔一七〕「劍化」句：指項羽在烏江邊拒絶烏江亭長請渡江東的好意，拔劍自刎事。

〔一八〕范增：秦末農民戰爭中爲項羽主要謀士，被項羽尊爲「亞父」。隨項羽攻入關中，勸項羽消滅劉邦勢力，未被采納。

〔一九〕卜世：占卜預測傳國的世數。此指稱帝傳世。

〔二〇〕穀城：古縣名，在今山東省泰安市東平縣。項王冢在穀城西北三里半許。《東阿縣誌》：「漢項羽墓，在縣城南，漢高帝既滅楚，魯猶爲項羽守，乃將項羽頭示魯兵，乃降。遂以魯公禮葬於穀城。《皇覽》曰：『穀城縣東十五里有項羽冢。』《水經注》曰：『穀城西北三里有項王之冢在焉。石碣具存。』」

悲長平〔一〕

秦兵伏甲武安西〔二〕，趙將非材戰士攜〔三〕。千里陣雲沉曉日〔四〕，萬家屋瓦震秋鼙〔五〕。哀纏朽骨天應泣〔六〕，怨入空山鳥不棲。百戰區區竟何得〔七〕，阿房煙草亦淒迷〔八〕。

【注】

〔一〕長平：關名，在今山西省高平市西北。戰國時秦將白起曾大敗趙將趙括，坑殺趙降卒四十餘萬於此。《史記·趙世家》：「七年，廉頗免而趙括代將。秦人圍趙括，趙括以軍降，卒四十餘萬皆阬之。王悔不聽趙豹之計，故有長平之禍焉。」

〔二〕武安：古邑名。《史記·廉頗藺相如列傳》：「秦軍軍武安西。」裴駰集解：「徐廣曰：『屬魏郡，在邯鄲西。』」其地在今河北省武安市西南。

〔三〕趙將非才：指趙括只會紙上談兵，無實戰經驗。攜：叛離。《史記·趙奢傳》：「趙王因以括爲將，代廉頗。藺相如曰：『王以名使括，若膠柱而鼓瑟耳。括徒能讀其父書傳，不知合變也。』」

《中州集》卷一〇李汾小傳引李汾詩曰：「長河不洗中原恨，趙括元非上將才。」與此同意。

〔四〕陣雲：濃重厚積形似戰陣的雲。古人以爲戰爭之兆。《史記·天官書》：「陣雲如立垣。」唐高適《燕歌行》：「殺氣三時作陣雲，寒聲一夜傳刁斗。」

〔五〕鼙：鼙鼓。小鼓和大鼓。古代軍旅所用。《六韜·兵徵》：「金鐸之聲揚以清，鼙鼓之聲宛以鳴。」

〔六〕朽骨：死者之骨。謂四十萬被坑殺者。

〔七〕區區：小；少。形容微不足道。

〔八〕阿房：阿房宫。句謂秦以武力統一六國，不施仁義，天怒人怨，最終速亡，以致阿房遺墟的荒草淒涼迷茫。

雒陽〔一〕

西來洛水遶崧高〔二〕，野店荒村换市朝〔三〕。董卓搜牢連數月〔四〕，郭威夯市又三朝〔五〕。劫灰深掘終難盡〔六〕，鬼火爭然忽自消〔七〕。千古興亡幾春夢〔八〕，只將閑話付漁樵。

【注】

〔一〕雒陽：即洛陽，又稱洛邑、神都。因位於洛水之北，故名。從夏朝始，先後有商、東周、東漢、曹魏、西晉、北魏、隋、唐等十三個王朝建都於此，建都史超過一千五百年。作爲古都，閲盡人事代謝，朝代興亡。

〔二〕洛水：古水名。今河南省洛河。黄河支流之一。發源於陝西省藍田縣境華山南麓，流經洛南、盧氏、洛陽，於鞏縣境入黄河。崧高：嵩山。

〔三〕市朝：集市和朝廷。《史記·張儀傳》：「臣聞爭名者於朝，爭利者於市，今三川、周室，天下之朝市也。」

〔四〕「董卓」句：董卓，字仲潁，隴西臨洮（今甘肅省岷縣）人。東漢末年權臣，西涼軍閥。靈帝末十常侍之亂時受大將軍何進之召率軍進京，旋即掌控朝中大權。其爲人殘忍嗜殺，倒行逆施，招致群雄聯合討伐。《後漢書·董卓傳》：「是時洛中貴戚室第相望，金帛財産，家家殷積。卓縱放兵士，突其廬舍，淫略婦女，剽虜資物，謂之『搜牢』。」搜牢：擄掠。牢：搜刮。

〔五〕「郭威」句：郭威，五代後周太祖。公元九五一年稱帝，改國號爲周，史稱後周，建都開封。宋司馬光《涑水記聞》卷一：「太祖曰：『近世帝王，初舉兵入京城，皆縱兵大掠，謂之夯市。』」夯市：謂搶劫街市。三朝：指定都洛陽的三代君主統治的時期。後梁、後唐、後晉皆都洛陽。

〔六〕劫灰：本謂劫火的餘灰。後謂戰亂的殘跡。

〔七〕鬼火：磷火。迷信者以爲是幽靈之火，故稱。然：通「燃」。以上二句謂戰亂掠奪歷時久，影響大，百姓深受其害。

〔八〕春夢：喻易逝的榮華和無常的世事。

中秋對月

去年中秋客神京〔一〕，露坐舉杯邀月明。今年還對去年月，北風黄草遼西城〔二〕。年年月色長清好，只有悲秋人易老。兒童不解憶長安〔三〕，歌舞團圞遶翁媪〔四〕。人生宦遊真可憐，不知何處度明年。預愁老罷廢詩酒〔五〕，負此冰玉秋嬋娟〔六〕。我生萬事隨緣耳，居自無憂行亦喜。君不見杜子閨中只獨看，鄜州寂寞千山里〔七〕。

【注】

〔一〕神京：帝都，首都。

〔二〕遼西：指遼河以西的地區，今遼寧省的西部。蕭貢明昌間曾任北京路（治今内蒙古寧城縣西北）轉運副使。

〔三〕「兒童」句：用杜甫《月夜》：「遥憐小兒女，未解憶長安。」此指思念故鄉。

〔四〕團圞：團欒。環繞貌。翁媪：老翁與老婦。指詩人自己與妻子。

〔五〕「預愁」句：預想將來年老體衰之後，不能對月飲酒賦詩就悲愁。

〔六〕冰玉：形容月亮的潔淨和光亮。秋嬋娟：月亮。

〔七〕「君不見」二句：杜甫《月夜》：「今夜鄜州月，閨中只獨看。遥憐小兒女，未解憶長安。香霧雲鬟濕，清輝玉臂寒。何時倚虚幌，雙照淚痕乾。」二句言自己雖在外地，尚有妻小相伴，遠勝杜甫當時的孤獨。

寄答張維中〔一〕

北轅千里赴陪都〔二〕，日覺還家計愈疏〔三〕。人事浮雲千變化〔四〕，宦途平地幾崎嶇。青山有約長回首，白髮無情忽滿梳。賴有同年老兄弟〔五〕，相思時寄數行書。

【注】

〔一〕張維中：張庸，字維中，張甫維翰之弟。張甫爲大定二十二年詞賦狀元，弟維中亦同年進士。

〔二〕北轅：車轅向北，即北行意。陪都：指金之北京，治今内蒙古寧城縣西北。明昌間詩人曾任北京路轉運副使。

〔三〕計愈疏：謂無計可施。

〔四〕「人事」句：謂世事如天上浮雲變幻不定。蘇軾《贈寫真何充秀才》：「此身常擬同外物，浮雲變化無蹤跡。」

〔五〕同年：科舉同榜登第的人互稱同年。蕭貢亦大定二十二年進士，故稱。老兄弟：指張維中。

保德州天橋〔一〕

鬱鬱風雲入壯懷〔二〕，天潢飛下碧崔嵬〔三〕。兩崖偪側無十音忱步〔四〕，萬頃逡巡納一杯〔五〕。濺沫紛紛跳亂雹，怒濤殷殷轉晴雷〔六〕。曾聞電火魚燒尾，會趁桃花漲水來〔七〕。

【注】

〔一〕保德：州名，金時屬河東北路。今山西省保德縣。天橋：峽名，在保德城西黄河東，今建有天橋水電站。蕭貢大安三年任河東北路按察轉運使，此詩爲按部各州時所作。

〔二〕風雲：指天橋峽黄河中的長風水霧。元好問《水調歌頭·賦三門津》詞：「長風怒卷高浪，飛灑日光寒。」壯懷：豪壯的胸懷。唐韓愈《送石處士赴河陽幕》：「風雲入壯懷，泉石别幽耳。」

〔三〕天潢：即天河。漢張衡《思玄賦》：「乘天潢之汎汎兮，浮雲漢之湯湯。」碧崔嵬：波浪高大像山一樣。

〔四〕偪側：猶狹窄。

〔五〕逡巡：頃刻之間。句言寬闊的黄河水至天橋驟然聚攏收束，傾瀉進狹窄的峽谷中。

〔六〕殷殷：象聲詞。雷鳴之音，又引喻雷鳴般聲音。此處指黄河浪濤轟鳴聲。

〔七〕「曾聞」二句：謂桃花盛開之季，渤海的鯉魚會趁漲潮躍上龍門到天橋來。漢辛氏《三秦記》：

「龍門山，在河東界。禹鑿山斷門，闊一里餘。黄河自中流下，兩岸不通車馬。每歲季春，有黄鯉魚，自海及諸川爭來赴之。一歲中，登龍門者，不過七十二。初登龍門，即有雲雨隨之，天火自後燒其尾，遂化爲龍矣。」

靈石縣〔一〕

古道行人少，荒城亂石侵。天横機素直〔二〕，河入土囊深〔三〕。潤近雲長潤，山高日易沉。田翁樂豐歲，歌笑下崎嶔〔四〕。

【注】

〔一〕靈石：縣名，金時屬河東北路汾州。今山西省靈石縣。此詩亦蕭貢任河東北路按察轉運使按部巡行州縣時所作。

〔二〕天横：古星名。即天潢。《漢書·天文志》：「王梁策馬，車騎滿野。旁有八星，絶漢（天河），曰天横。」機素：織機上的白絹。此喻天河。句言天横星座東西横跨於由北到南的天河上。

〔三〕河：指汾河。土囊：洞穴。《文選·宋玉·風賦》：「夫風生於地，起於青蘋之末，浸淫谿谷，盛怒於土囊之口。」李善注：「土囊，大穴也。」

〔四〕崎嶔：崎嶇的山路。

真容院〔一〕

魔宫佛界等空虚〔二〕，此理何曾屬有無〔三〕。直向臺山始相見〔四〕，可中還有二文殊〔五〕。

【注】

〔一〕真容院：寺院名。亦稱「大文殊院」，俗稱菩薩頂寺，在山西省五臺山靈鷲峰。相傳文殊菩薩在此顯過真容，故名。此詩亦蕭貢任河東北路按察轉運使按部巡行州縣時所作。

〔二〕「魔宫」句：佛教認爲，諸法皆由因緣所生，無自性，故魔宫與佛界一樣，本性皆空。佛界：佛教名詞。十界之一，諸佛的境界。

〔三〕「此理」句：佛教所謂諸法性空，意非絶對空無，而是非有亦非無，是一法兼有的二義。其主張中道之説，以破除有、無二邊見解，體悟諸法真義。

〔四〕臺山：五臺山。佛教四大名山之一。在山西省五臺縣東北。相傳爲文殊菩薩道場。

〔五〕「可中」句：《清涼山志》卷一引經云：「世尊謂文殊曰：『如汝文殊，更有文殊，是文殊者，爲無文殊。』文殊曰：『如是世尊，我真文殊，無是文殊。何以故？若有是者，則二文殊。然我今日，非無文殊，于中實無是非二相。』」可中：正好。唐羅隱《繡》：「可中用作鴛鴦被，戲葉枝枝不礙刀。」

讀火山瑩禪師詩卷

禪師陝州白氏，岐山令君舉、樞判文舉之弟。自幼日有詩名河東。嘗有詩云：「十日柴門九不開，松庭雨後滿蒼苔。草鞵掛起跏趺坐，消得文殊更一來。」歸寂後，客有示其集者，因題其上。〔一〕

長短都歸一夢中，身前身後兩無窮。李憕信士今如在，定向江湖訪澤公〔二〕。

【注】

〔一〕火山：本爲山名，後爲軍、縣名。今山西省河曲縣。宋太平興國七年置火山軍，領六寨。治平四年，置火山縣。後廢。金貞元元年，於此置河曲縣，大定二十二年升爲州，後更名陝州。瑩禪師：河曲人白全道之子，白賁、白華之弟。元好問《南陽縣太君墓誌銘》載，白全道夫人生四子：「長曰賁，擢泰和三年進士第，官岐山令；次曰華，擢貞祐三年進士第，今爲樞密院判官；次曰瑩，棄家爲佛子，有詩筆聞於時。」歸寂：佛教語。謂死。

〔二〕「李憕」兩句：用「三生石」故事，以圓澤比瑩禪師。句中的「李憕」應爲其子「李源」。洛陽惠林寺，原是光禄卿李憕的府宅。安禄山攻陷洛陽，李憕以身殉國後，其子李源將家宅捐出作爲廟宇。李源與僧圓澤友善，同遊三峽，見婦人引汲，澤曰：「其中孕婦姓王者，是某託身之所。」更約十三年後中秋月夜，相會於杭州天竺寺外。是夕澤果歿，而孕婦產。及期，源赴約，聞牧童歌

《竹枝詞》：「三生石上舊精魂，賞月吟風不要論。慚愧情人遠相訪，此身雖異性長存。」源因知牧童即圓澤之後身。事見唐袁郊《甘澤謡·圓觀》、蘇軾《僧圓澤傳》。信士：原稱「義士」，泛指出財布施者，後避宋太宗趙光義諱，改稱「信士」。專稱信仰佛教而出錢布施的人。澤公：惠林寺僧圓澤。

君馬白〔一〕

我馬瘦，君馬肥，我馬虺隤君馬飛〔二〕。彫鞍寶校錦障泥〔三〕，向風振迅長鳴嘶〔四〕。一朝計落路傍兒，銅鬲爲槱薪爲衣〔五〕。瘦馬雖瘦骨骼奇，古人相馬遺毛皮〔六〕，千金一顧會有期〔七〕。

【注】

〔一〕詩題：樂府詩有《君馬黄》，詩擬此。

〔二〕虺隤：疲極致病貌。《詩·周南·卷耳》：「陟彼崔嵬，我馬虺隤。」毛傳：「虺隤，病也。」

〔三〕寶校：即「寶鉸」。精美的裝具；裝飾。《文選·顔延之·赭白馬賦》：「寶鉸星纏，鏤章霞布。」吕延濟注：「言以金組丹青飾其裝具，如星霞之文。」障泥：垂於馬腹兩側，用於遮擋塵土之物。

〔四〕振迅：激勵；奮起。

〔五〕「銅鬲」句：出自「優孟馬諫」。優孟嘗談笑諷諭，諫止楚莊王以大夫禮葬馬。「優孟曰：『請爲大王六畜葬之。以壟竈爲槨，銅歷爲棺，齎以薑棗，薦以木蘭，祭以糧稻，衣以火光，葬之於人腹腸。』于是，王乃使以馬屬太官，無令天下久聞也。」馬被烹煮後成爲美餐，供人享用。事見《史記·滑稽列傳》。銅鬲：古代炊具，形狀像鼎而足部中空。

〔六〕「瘦馬」二句：化用宋歐陽修《長句送陸子履學士通判宿州》詩句：「古人相馬不相皮，瘦馬雖瘦骨法奇。世無伯樂良可嗤，千金市馬惟市肥。」下句典出《列子·説符》：「秦穆公謂伯樂曰：『子之年長矣，子姓有可使求馬者乎？』伯樂對曰：『……有九方皋，此其于馬非臣之下也。請見之。』穆公見之，使行求馬。三月而反，報曰：『已得之矣，在沙丘。』穆公曰：『何馬也？』對曰：『牝而黄。』使人往取之，牡而驪。穆公不説，召伯樂而謂之曰：『敗矣，子所使求馬者！色物牝牡尚弗能知，又何馬之能知也？』伯樂喟然太息曰：『一至于此乎！是乃其所以千萬臣而無數者也。若皋之所觀，天機也。得其精而忘其粗，在其内而忘其外；見其所見，不見其所不見；視其所視，而遺其所不視。若皋之相馬，乃有貴乎馬者也。』馬至，果天下之馬也。」

〔七〕「千金」句：用「千金買駿骨」典故。燕國國君以千金買千里馬，三年而未得。近臣用三個月尋得千里馬，馬已死，便用五百金買其骨。國君大怒。近臣説：「死的千里馬尚值五百金，何況生馬呢？天下人會感知您的誠意，千里馬很快就要到了。」不出一年，千里馬被不斷送到。事見《戰國策·燕策一》。

陳宮詞

三閣花深白晝迷〔一〕，酒催狎客賦宮詞〔二〕。管絃散落春風外，一曲金釵兩鬢垂〔三〕。

【注】

〔一〕三閣：指南朝陳後主叔寶所建臨春、結綺、望仙三閣。《南史·后妃傳下》：「至德二年，乃於光昭殿前起臨春、結綺、望仙三閣，高數十丈。」

〔二〕宮詞：宮體詩。既指一種描寫宮廷生活的詩體，又指在宮廷所形成的一種詩風。内容多寫宮廷生活及男女私情，形式上追求詞藻靡麗。在南朝梁簡文帝、陳後主、隋煬帝時盛行。

〔三〕金釵兩鬢垂：樂曲名，陳後主製。《隋書·樂志》：「陳後主于清樂中造《黄驪留》及《玉樹後庭花》、《金釵兩鬢垂》等曲，與幸臣等製其歌詞，綺豔相高，極于輕蕩。男女唱和，其音甚哀。」

嵐嵐〔一〕

嵐嵐地勢横三汉〔二〕，河朔城墉掛一箕〔三〕。紫塞高連寒日短〔四〕，黄榆落盡長年悲〔五〕。

【注】

〔一〕嵐嵐：金州名，屬河東北路。治今山西省嵐嵐縣。此詩亦蕭貢任河東北路按察轉運使按部巡行州縣時所作。

〔二〕三汊：當指三岔，交通中樞。因其西通岢嵐，東通神池、寧武關，北通偏關，故稱。

〔三〕河朔：古代泛指黄河以北的地區。城墉：城牆。箕：星宿名。二十八宿之一，共四星，二爲踵，二爲舌，踵狹而舌廣，形似簸箕。句謂岢嵐州城呈箕形，像懸掛在天上的箕星一樣。再者《詩·小雅·大東》：「維南有箕，不可以簸揚。維北有斗，不可以挹酒漿。」後有以喻虚有其名。按此，句有謂岢嵐雖地處緊要，但人事不濟，難以發揮其應有的作用之意。後二句一着眼於地理，一着眼於人事，皆本此而來。

〔四〕紫塞：北方邊塞。晉崔豹《古今注·都邑》：「秦築長城，土色皆紫，漢塞亦然，故稱紫塞焉。」

〔五〕黄榆：樹木名。落葉喬木，樹皮有裂罅，早春開花。因産於東北、華北和西北等邊境，因以借指邊塞。唐于濆《戍客南歸》：「北別黄榆塞，南歸白雲鄉。」岢嵐地近西夏邊界，金末蒙古南侵時又首當其衝，長年爭戰。上二句就此而言。

按部道中二首〔一〕

窟野河津水没腰〔二〕，管岑官路雪封條〔三〕。一年樂事能多少，强半光陰馬上消〔四〕。

【注】

〔一〕按部：巡視部屬。二詩亦蕭貢任河東北路按察轉運使按部州縣時所作。

〔二〕窟野：河名，黄河中游支流，發源於内蒙古自治區東勝市，流向東南，經陝西省府谷縣境，於神木縣注入黄河。是流經陝西北部的一條河流。河津：河邊的渡口。

〔三〕管岑：管涔山，屬吕梁山脈，在山西省西北部。主峰蘆芽山位於寧武、岢嵐、五寨等縣的交界處。官路：官府修建的大道。後泛稱大道。雪封條：指大雪封裹枝條，對植物造成傷害。董仲舒《雨雹對》：「太平之世，雪不封條，凌弭毒害而已。」晉陸機《擬蘭若生朝陽》：「嘉樹生朝陽，凝霜封其條。」條：小樹枝。《詩·周南·漢廣》：「伐其條枚。」《傳》曰：「枝曰條，榦曰枚。」二句寫由陝北進入山西沿途所見之景象。

〔四〕强半：過半。

又

寒城睥睨插山隅〔一〕，秋半霜風塞草枯。月轉譙樓天未曉〔二〕，角聲吹徹小單于〔三〕。

【注】

〔一〕睥睨：城牆上鋸齒形的短牆；女牆。杜甫《南極》：「睥睨登哀柝，蝥弧照夕曛。」楊倫《鏡銓》引《古今注》：「女牆，城上小牆也，亦名『睥睨』，言於城上睥睨人也。」山隅：山角；山曲。《文選·曹植·洛神賦》：「微幽蘭之芳藹，步踟躕於山隅。」張銑注：「徐步徘徊於山之隅角。」

〔二〕譙樓：城門上的瞭望樓。

〔三〕「角聲」句：《中州集》卷一馬定國《郢州城西》有「角聲吹徹小單于」句。此或用馬句。角聲：畫角之聲。古代軍中吹角以爲昏明之節。吹徹：吹遍。小單于：唐大角曲名。《樂府詩集·横吹曲辭四·梅花落》郭茂倩題解：「梅花落，本笛中曲也。按唐大角曲亦有『大單于』、『小單于』、『大梅花』、『小梅花』等曲，今其聲猶有存者。」樂曲嗚咽悲涼，多以軍中號角吹奏。

日觀峰〔一〕

半夜東風攪鄧林〔二〕，三山銀闕杳沉沉〔三〕。洪波萬里兼天湧〔四〕，一點金烏出海心〔五〕。

【注】

〔一〕日觀峰：位於泰山山頂東巖，是泰山觀日出的地方。

〔二〕鄧林：古代神話傳説中的樹林。語自《山海經·海外北經》：「夸父與日逐走……道渴而死。棄其杖，化爲鄧林。」此指泰山上的山林。

〔三〕三山：傳説中的海上三神山。晉王嘉《拾遺記·高辛》：「三壺，則海中三山也。一曰方壺，則方丈也；二曰蓬壺，則蓬萊也；三曰瀛壺，則瀛洲也。」銀闕：道家謂天上有白玉京，爲仙人或天帝所居。南朝梁元帝《揚州梁安寺碑》：「白珪玄璧，餞瑶池之上；銀闕金宫，出瀛州之下。」杳沉沉：幽暗深遠。

〔四〕洪波：大海掀起的波濤。兼天：連天。杜甫《秋興》其一：「江間波浪兼天湧，塞上風雲接地陰。」

〔五〕金烏：古代神話傳説太陽中有三足烏，因用爲太陽的代稱。海心：海中。

族兄才卿下第後赴宜禄酒官，以詩寄之〔一〕

久期老距擅文場〔二〕，命壓人頭可得忙〔三〕。兩脚塵泥官業晚〔四〕，十年燈火夜窗涼。霜添老葉山梨紫〔五〕，雨浥寒花野菊香〔六〕。南北相望無百里，幾時尊酒浣離腸①〔七〕。

【校】

①浣：李本、毛本作「涴」。

【注】

〔一〕才卿：蕭貢族兄。下第：落第。宜禄：金縣名，屬慶原路（舊作陝西西路）邠州，今陝西長武縣。金代官制，除科舉考試和以蔭補官外，還可以不經科考，直接擔任縣鄉酒官之類不入流的職位。此乃讀書人不得已而求其次之舉，有無可奈何之悲。

〔二〕老距：即雞距，雄雞的後爪。元楊維楨《鬬雞行》：「兩雄勇鋭誇匹敵，老距當場利如戟。」亦借指短鋒的毛筆。典出唐白居易《雞距筆賦》：「足之健兮有雞足，毛之勁兮有兔毛。就足之中，奮發者利距；在毛之内，秀出者長毫。合爲乎筆，正得其要。……故不得兔毫，無以成起草之用；

不名雞距，無以表入木之功。」此喻指筆力勁健。擅：獨步，獨特出群。文場：科舉的考場。

〔三〕命壓人頭：化用唐白居易《醉贈劉二十八使君》詩句：「詩稱國手徒爲爾，命壓人頭不奈何。」可：卻。句言族兄雖有才學，但因命運不濟，一直在爲科舉考試忙碌。

〔四〕兩脚塵泥：形容族兄爲赴試奔波于途之狀。

〔五〕山梨：野生的梨。多生于山中，實人如杏，可食。《詩·秦風·晨風》「隰有樹檖」三國吴陸璣疏：「檖，一名赤羅，一名山梨，今人謂之楊檖。實如梨，但小耳。」

〔六〕浥：濕。

〔七〕浣：洗。離腸：充滿離愁的心腸。

梨花

丰姿閑淡洗妝慵〔一〕，眉緑輕顰秀韻重〔二〕。香惹夢魂雲漠漠〔三〕，光摇溪館月溶溶〔四〕。陳家樂府歌瓊樹〔五〕，妃子春愁慘玉容〔六〕。安得能詩韓吏部，郭西同去醉千鍾〔七〕。

【注】

〔一〕丰姿：風度儀態。洗妝：梳洗打扮。

〔二〕輕顰：微微皺眉。

〔三〕夢魂：古人以爲人的靈魂在睡夢中會離開肉體，故稱。漠漠：密布；布滿。

〔四〕溶溶：明淨潔白貌。宋晏殊《寓意》有「梨花院落溶溶月」句。

〔五〕「陳家」句：南朝陳後主曾爲張貴妃、孔貴嬪作歌，有「璧月夜夜滿，瓊樹朝朝新」句。見《南史·張麗華傳》。

〔六〕「妃子」句：白居易《長恨歌》：「玉容寂寞淚闌干，梨花一枝春帶雨。」妃子：楊貴妃。

〔七〕「安得」二句：用韓愈詩事。其《聞梨花發贈劉師命》：「聞道郭西千樹雪，欲將君去醉如何？」韓吏部：韓愈，曾任吏部尚書。

後趙〔一〕

擬倫人物指高光〔二〕，可笑梟雛不自量〔三〕。正使成名皆豎子，英雄也未到君行〔四〕。

【注】

〔一〕後趙：十六國之一。羯族石勒所建，國號趙。史稱後趙（三一九——三五一）。

〔二〕「擬倫」句：《晉書·石勒載記下》：「（石勒）謂徐光曰：『朕方自古開基何等主也？』對曰：『陛下神武籌略邁于高皇，雄藝卓犖超絶魏祖，自三王以來無可比也。其軒轅之亞乎？』勒笑曰：『人豈不自知，卿言亦以太過。朕若逢高皇，當北面而事之，與韓、彭競鞭而爭先耳。脱遇光武，當並驅於中原，未知鹿死誰手。』」擬倫：比擬；倫比。高光：漢高祖和漢光武帝的並稱。

〔三〕「可笑」句：唐韓愈《調張籍》：「蚍蜉撼大樹，可笑不自量。」梟雛：强横而有野心的人物。

〔四〕「正使」二句：《晉書・阮籍傳》：「嘗登廣武，觀楚漢戰處，歎曰：『時無英雄，使豎子成名。』」二句謂石勒之流無論如何也難躋身英雄的行列。正使：縱使，即使。豎子：對人的鄙稱。猶今言「小子」。

古採蓮曲〔一〕

洋洋長江水〔二〕，渺渺漲平湖。田田青茄荷〔三〕，艷艷紅芙蕖〔四〕。酣酣斜日外〔五〕，苒苒涼風餘〔六〕。蒨蒨誰家子〔七〕，裊裊二八初〔八〕。兩兩并輕舟，笑笑相招呼。悠悠波上鴛，潑潑蒲中魚〔九〕。采采不盈手〔一〇〕，依依欲何如。

【注】

〔一〕採蓮曲：樂府清商曲名。本于「江南可採蓮，蓮葉何田田」的《江南曲》。

〔二〕洋洋：廣遠無涯貌。《詩・大雅・大明》：「牧野洋洋。」毛傳：「洋洋，廣也。」

〔三〕田田：蓮葉盛密貌。《樂府詩集・江南》：「江南可採蓮，蓮葉何田田。」茄：荷梗。《爾雅・釋草》：「荷，芙蕖；其莖茄。」

〔四〕芙蕖：荷花的別名。

〔五〕酣酣：形容荷花酒醉臉紅。

〔六〕苒苒：柔和貌。

〔七〕蒨蒨：鮮明，鮮豔。《文選·束皙·白華》：「蒨蒨士子，涅而不渝。」李善注：「蒨蒨，鮮明之貌。」

〔八〕裊裊：纖長柔美貌。二八：即十六。十六歲。謂正當青春年少，多言女子。

〔九〕潑潑：象聲詞，魚甩尾聲。

〔一〇〕采采：猶言采了又采。盈：滿。《詩·周南·卷耳》：「采采卷耳，不盈頃筐。嗟我懷人，寘彼周行。」陸機《擬涉江采芙蓉》：「采采不盈掬，悠悠懷所歡。」

擬迴文四首〔一〕

春波緑處歸鴻過〔二〕，夜月明時飛鵲愁〔三〕。人去附書將恨寄，暮山雲斷倚高樓。

【注】

〔一〕迴文：回文詩。指詩詞字句回環往復讀之均能成誦。起源説法不一。南朝梁劉勰《文心雕龍·明詩》：「回文所興，則道原爲始。聯句共韻，則柏梁餘制。」一説起源於前秦竇滔妻蘇蕙的《璿璣圖》詩。參見宋嚴羽《滄浪詩話·詩體六》、陳望道《修辭學發凡》。

〔二〕歸鴻：歸雁。句言女子欲託向北飛的大雁寄送寫給丈夫的信。

〔三〕夜月句：化用曹操《短歌行》詩句：「月明星稀，烏鵲南飛。」

又

樓上卻來樓下待〔一〕，晚窗春盡斷回腸。愁人有説嫌人問，淚灑新詩掃墨香。

【注】

〔一〕卻來：歸來。蘇軾《送安節》其十四：「萬里卻來日，一庵仍獨居。」

又

風幌半縈香篆細〔一〕，碧窗斜影月籠紗〔二〕。紅燈夜對愁魂夢，老盡春庭滿樹花。

【注】

〔一〕風幌：指隨風飄動的帷幔。香篆：本爲香名，因其形似篆文，故稱。也指焚香時所起的煙縷。

〔二〕籠：籠罩，遮掩。

又

萋萋碧草連天遠〔一〕，杳杳行人幾日迴〔二〕。淒雨晚涼空坐久，淚妝殘暈濕紅腮。

【注】

〔一〕萋萋：草木茂盛貌。《詩·周南·葛覃》：「葛之覃兮，施于中谷，維葉萋萋。」毛傳：「萋萋，茂盛貌。」

〔二〕杳杳：幽遠貌。《楚辭·九章·哀郢》：「堯舜之抗行兮，瞭杳杳而薄天。」洪興祖補注：「杳杳，遠貌。」

史内翰公奕 一首

公奕字季宏，大名人〔一〕。系出石晉鄭王弘肇〔二〕。父良臣，宣和中擢第，終于潞州觀察副使〔三〕。季宏，大定二十八年進士，再中博學宏詞科，程文極典雅〔四〕，遂無繼之者。累遷著作郎，翰林修撰，同知集賢院。正大中，置益政院，楊吏部之美與季宏皆其選也〔五〕。以直學士致仕，年七十三卒。季宏文章書翰皆有前輩風調，下至棋槊之技〔六〕，亦絶人遠甚〔七〕。閑閑稱其温厚謙退〔八〕，與人交愈久而愈不厭，其學問愈扣而愈無窮。其見重如此。詩文號《洹水集》，兵後失之。子應祖，字企先。孫彦忠，今在燕中〔九〕。

【注】

〔一〕大名：府名，金時屬大名府路。治今河北省大名縣。

〔二〕石晉：後晉，五代十國之一，石敬瑭所建。故稱。鄭王弘肇：史弘肇，字化元，鄭州滎澤（今河南省鄭州市西北）人，五代名將。後梁末入禁軍，後晉時爲小校，後漢爲武節指揮。治軍有法，官至同中書門下平章事、中書令。殺戮過濫，樹敵過多，終爲隱帝誅殺。後周太祖郭威踐位，追封弘肇爲鄭王，以禮葬之。新、舊《五代史》有傳。

〔三〕潞州：潞州昭義軍，金時屬河東南路，治今山西省長治市。

〔四〕程文：科考時由官方選定或録考中者所作，以爲範例的文章。

〔五〕楊吏部：楊雲翼，字之美，貞祐四年改吏部尚書。正大二年，「設益政院於内廷，取老成宿德充院官。極天下之選得六人，而公爲選首，名爲經筵，實内相也。」（元好問《内相文獻楊公神道碑銘》）劉祁《歸潛志》卷七：「正大初，末帝鋭于政，朝議置益政院官。院居宫中，選一時宿望有學者，如楊學士雲翼、史修撰公燮、吕待制造數人兼之，輪值。每日朝罷，侍上講《尚書》、《貞觀政要》數篇，間亦及民間事，頗有補益。」

〔六〕棋槊：即握槊。古代博戲。相傳南北朝時傳入，後演變爲雙陸。唐韓愈《示兒》：「酒食罷無爲，棋槊以相娱。」

〔七〕絶人：猶過人。

〔八〕閑閑：趙秉文，號閑閑老人。以上三句出自趙秉文《史少中碑》。

〔九〕燕中：燕京。金中都，今北京市。

李雁門〔一〕

天下三分二屬梁〔二〕，區區獨木欲支唐〔三〕。錦囊三矢傳遺恨〔四〕，不救朱三着赭黄〔五〕。

【注】

〔一〕李雁門：指李克用（八五六——九〇八），沙陀部人，性格勇猛。黄巢攻入長安，唐僖宗命李克用爲雁門節度使，南下平叛，攻克長安。遂被封爲晉王。此後，長期割據河東，與占據汴州的朱温對峙，戰爭連年。天佑四年朱温代唐稱帝，國號梁，改元開平，史稱後梁。克用仍用唐「天佑」年號，以復興唐朝爲名與後梁爭雄。

〔二〕梁：梁王，朱温。唐末參加黄巢起義，屢立戰功，升爲大將。後叛變降唐。天復元年，進封梁王。九〇七年，篡唐自立，國號梁。

〔三〕區區：小，少。形容微不足道。獨木：取獨木難支意。比喻個人力量單薄，不能維持住全局。隋王通《文中子·事君》：「大厦將顛，非一木所支也。」唐：唐朝。

〔四〕錦囊三矢：指李克用終遺三箭激勵兒子事。《新五代史·伶官傳序》：「世言晉王之將終也，以三矢賜莊宗而告之曰：『梁，吾仇也；燕王吾所立，契丹與吾約爲兄弟，而皆背晉以歸梁，吾遺恨也。與爾三矢，爾其無忘乃父之志！』莊宗受而藏之於廟。其後用兵……盛以錦囊，……及凱旋而納之。」莊宗：李克用子李存勖，滅朱温所建後梁，建立後唐。

〔五〕朱三：朱温。着赭黄：着土黄袍服，代指稱帝。後二句言李克用雖志在復唐，但終因心有餘而力不足，未能阻擋朱温的篡唐進程，齎志以殁。

龐都運鑄 二十首

鑄字才卿，大興人〔一〕。家世貴顯〔二〕，明昌五年進士。風流文采爲時輩所推，字畫亦有藴藉〔三〕。仕至京兆運使，自號默翁。

【注】

〔一〕大興：府名，金代屬中都路。治今北京市。《金史·龐鑄傳》作遼東人，明畢慕《遼東志》謂蓋州熊嶽人，是。

〔二〕家世貴顯：元好問《續夷堅志》卷四《華佗帖》載：「龐都運鑄才卿，王（越王永功）妃之弟。」

〔三〕藴藉：謂含蓄而不顯露。宋吴曾《能改齋漫録·記文》：「前輩文采風流，藴藉如此。」

雪谷曉裝圖〔一〕

溪流咽咽山昏昏〔二〕，前山後山同一雲。天公談笑玉雪噴，散爲花蕊白紛紛。詩翁瘦馬之何許〔三〕，忍凍吟詩太清古〔四〕。老奴寒縮私自語〔五〕，作奴莫比詩奴苦〔六〕。木僵石老鳥不飛，山路益深詩益奇。老奴忍笑憐翁癡，不知嗜好乃爾爲〔七〕。楊侯胸中富丘壑〔八〕，醉裏筆端驅雪落。因何不把此詩翁，畫向草堂深處着。

【注】

〔一〕詩題：此爲題畫詩。畫爲金代畫家楊邦基所作，金元人多有題詠，如元好問有《雪谷曉行圖》、《楊秘監雪谷早行圖》。

〔二〕咽咽：嗚咽哀切之聲。

〔三〕詩翁：指負有詩名而年事較高者。後亦用爲對詩人的尊稱。何許：何處。杜甫《宿青溪驛奉懷張員外十五兄之緒》：「我生本飄飄，今復在何許？」

〔四〕清古：清雅古樸。

〔五〕寒縮：寒冷蜷縮。元好問《南湖先生雪景乘騾圖》：「雄吞已覺雲夢小，寒縮寧作書生窮。」

〔六〕詩奴：謂以作詩爲命、刻意苦吟的詩人。

〔七〕爾：如此。

〔八〕楊侯：楊邦基，字德茂，號息軒，華陰（今陝西省華陰市）人，仕至禮部尚書。工詩善畫。《金史》卷九〇有傳、《中州集》卷八有小傳。丘壑：指深遠的意境。宋黄庭堅《題子瞻枯木》：「胸中元自有丘壑，故作老木蟠風霜。」

景骨城驛中夜雨〔一〕

畫角邊城暮〔二〕，孤春野水秋〔三〕。一川霜樹老，萬葉雨聲愁。自古誰青眼〔四〕，勞生只白頭〔五〕。何時問漁父，容我一扁舟。

【注】

〔一〕景骨城：古城名。金時屬臨洮路臨洮府狄道縣，在蘭州東南一百三十里處。明以後稱景古城，因聲相近而訛。遺址在今甘肅省康樂縣景古鎮。

〔二〕畫角：古代軍中吹以報時的號角。

〔三〕孤春：即獨春。鶡鴠的别名。三國吴沈瑩《臨海異物志》：「獨春鳥聲似春聲，聲多者五穀傷，聲少者五穀熟。」明李時珍《本草綱目·禽二·寒號蟲》引郭璞曰：「鶡鴠，夜鳴求旦之鳥。夏月毛盛，冬月裸體，晝夜叫，故曰寒號，曰鶡旦。古刑有城旦舂，謂晝夜舂米也。故又有城旦、獨舂之名。」

〔四〕青眼：指對人的喜愛或器重。

〔五〕勞生：指辛苦勞累的生活。語自《莊子·大宗師》：「夫大塊載我以形，勞我以生，佚我以老，息我以死。」

洛陽懷古〔一〕

草樹蕭條故苑荒〔二〕，山川慘淡客魂傷〔三〕。玉光照夜新開冢〔四〕，劍氣沉沙古戰場〔五〕。金谷更誰誇富麗〔六〕，銅駝無處問興亡〔七〕。一尊且對春風飲，萬事從來穀與臧〔八〕。

【注】

〔一〕洛陽：四大古都之一。因位於洛水之北，故名，又稱洛邑、雒陽、神都。從夏朝始，先後有商、東周、東漢、曹魏、西晉、北魏、隋、唐等十三個王朝在此建都，其建都史超過一千五百年。作爲古都，閱盡人事代謝、朝代興亡。

〔二〕故苑：洛陽多名園，宋李格非《洛陽名園記》稱僅唐代所建名園近千家。其《洛陽名園記》後記曰：「天下之治亂，候於洛陽之盛衰而知；洛陽之盛衰，候於園圃之廢興而得。」

〔三〕慘淡：暗淡；悲慘淒涼。

〔四〕「玉光」句：寫洛陽城北的邙山。自東漢以來，王侯公卿貴族多選邙山作爲墓地。故俗諺云：「生在蘇杭，死葬北邙。」唐王建《北邙行》：「北邙山頭少閑土，盡是洛陽人舊墓。」唐白居易《浩歌行》：「北邙冢墓高嵯峨。」玉光：月光。

〔五〕「劍氣」句：謂洛陽居中原，依山川之險，是兵家必爭之地。此句化用唐杜牧《赤壁》「折戟沉沙鐵未銷，自將磨洗認前朝」詩句。劍氣：指寶劍的光芒。

〔六〕金谷：地名，也稱金谷澗，在洛陽西北。晉石崇在此築别館，稱金谷園，與客晝夜遊宴作樂，炫奢鬬富。事見《晉書・石崇傳》。

〔七〕「銅駝」句：洛陽有銅駝街，以道旁曾有漢鑄銅駝兩枚相對而得名，爲古代著名的繁華區域。《太平御覽》卷一五八引晉陸機《洛陽記》：「洛陽有銅駝街，漢鑄銅駝二枚，在宮南四會道相對。俗語曰：『金馬門外集衆賢，銅駝陌上集少年。』」又《晉書・索靖傳》：「靖有先識遠量，知天下將亂，指洛陽宫門銅駝，歎曰：『會見汝在荆棘中耳！』」

〔八〕穀與臧：臧穀亡羊，喻事不同而實則一，結果一樣。典出《莊子・駢拇》：「臧、穀二人牧羊，臧挾策讀書，穀博塞以遊，皆亡其羊。」

田器之燕子圖〔一〕

器之自叙云：「明昌丙辰〔二〕，予從軍塞外合虜里山〔三〕，野舍荒凉，難以狀言。春末有雙燕亦巢此屋，土人不之識，屢欲捕之。予曲爲全護，此燕晝出夜歸，予必開户待之。忽一日，飛止坐隅，都無驚畏，巧語移時不去。予始悟明日秋社〔四〕，此鳥當歸，殆留别語也。因作一詩贈之云：『幾年塞外歷崎危，誰謂烏衣亦此飛。朝向蘆陂知有爲，暮投茅舍重相依。君憐我處頻迎語，我憶君時不掩扉。明日西風悲鼓角，君應先去我何歸。』此詩以細字寫之，爲蠟丸繫之燕足上。明年四月，予受代歸〔五〕。又八年，泰和甲子〔六〕，任潞州觀察判官〔七〕。四月十二日，偶坐廨之含翠堂。忽雙燕至，一飛檐户間，一上硯屏〔八〕。予諦視之，繫足蠟丸故在。乃知此鳥蓋往年贈詩者也。因請同年龐君才卿畫爲圖，求諸公賦詩。』器之姓田，名琢，雲朔人。明昌五年進士，仕至山東路宣撫使。慨慷有志節①，閑閑公所謂「田侯落落奇男子」者也〔九〕。

田君才略燕雲客〔一〇〕，少年累有安邊策。悔從筆硯取功名，直要横馳沙漠北〔一一〕。塞垣春雪白皚皚，東風未放玄陰開〔一二〕。烏衣之國定何許〔一三〕，一雙燕子能飛來。三年驛舍安西道〔一四〕，眼底鶯花無夢到。忽見低飛入短檐，此身似向邯鄲覺〔一五〕。君居海東我中原，相逢乃在穹廬前〔一六〕。天涯流落俱爲客〔一七〕，感時念遠空潸然。長安何限高高閣，晝夜風閑開翠幕。底事猜嫌不往依，甘從此地風沙惡。土人嗜肉無仁心，一生弋獵誇從禽〔一八〕。有巢幸穩勿浪出，汝身未必輕千金〔一九〕。朝來暮去益狎昵，物我相忘情意一。但怪重裘積漸添，元是西風催社日〔二〇〕。須知音巧惟鸜鵒〔二一〕，忽來坐隅如告辭。我方留寓未歸得，爲君忍賦傷心詩。詩成自述聊爲戲，繫足封之亦無意。燕已歸飛我未歸，刁斗聲中忽驚歲。旄頭夜落妖氛收〔二二〕，嫖姚獻凱歸神州〔二三〕。玉關早喜班超入〔二四〕，北海不聞蘇武留〔二五〕。君才經世寧終枉，幕府須賢來上黨〔二六〕。别後歸期兩及瓜〔二七〕，人間秋燕十來往。沉沉官舍紅芳稀，葛衣燕居澹忘機〔二八〕。忽聞巧語入檐户，大似相識來相依。一飛檐外窺庭樹，一上屏山驚不去〔二九〕。解足分明得帛書，真是當年留别句。天生萬物禽最微，固耶偶耶吾不知〔三〇〕。古道益遠交情醨〔三一〕，朝恩暮怨雲遷移。當時握手悲别離，一旦富貴棄如遺。聞予燕歌應自疑，慎無示之嗔我譏〔三二〕。楊之美尚書詩云〔三三〕：「危巢客舍久相依，常記西風社日歸。海國傳心千驛隔，塞垣回首十年非。新詩尚在人空老，舊夢無憑鳥自飛。寄語齊諧休志怪〔三四〕，沙鷗相款解忘機。」張巨濟云〔三五〕：「沙塞相逢命已輕，翠堂重見眼增明。小詩繫足初無意，巧語迎人獨有情。陰德自招黄雀報〔三六〕，機心能致白鷗盟。社前秋後風光好，須賀他年大厦成。」李之純云〔三七〕：「一别天涯十見春，重來白髮一番新。心知話盡春愁處，相對依依如故人。」王大用云〔三八〕：「相别相尋積歲年，人心不及鳥心堅。填償恩義三生債②，分付平安七字篇。王榭烏兜疑誕語〔三九〕，紹蘭紅線定虛傳〔四〇〕。何如此段人親見，舊話從今不直錢。」李欽叔云〔四一〕：「塞上光風已十霜，仁心覆護獨難忘。當時相送詩仍在，此日重來話更長。客舍花開新信息，雲兜香冷舊昏黄。主人得報君知否，千古珠璣在錦囊。」閑閑趙公三詩〔四二〕，田思敬敬之、刁白晉卿、趙永元、王副樞子明、許節、張雲卿師褚各一詩〔四三〕，此不具録。

【校】

① 慨慷：李本、毛本作「慷慨」。

② 填：李本、毛本作「莫」。

【注】

〔一〕田器之：田琢，字器之，蔚州定安（今河北省蔚縣）人。明昌五年進士。明昌七年，從軍塞外。仕至山東路觀察使。慷慨有志節，爲挽救金朝滅亡，歷盡艱辛。興定三年死於任上。《金史》卷一〇二有傳。

〔二〕明昌丙辰：金章宗明昌七年（一一九六）歲次丙辰。

〔三〕合虜里：塞外山名。或爲杭愛山。

〔四〕秋社：立秋後第五個戊日。古代收穫已畢，官府與民間皆於此日祭神報謝。秋社之後天氣轉涼，燕子南歸。唐韓偓《不見》：「此身願作君家燕，秋社歸時也不歸。」

〔五〕受代：謂官吏任滿由新官代替。

〔六〕泰和甲子：金章宗泰和四年（一二〇四）歲次甲子。

〔七〕潞州：金州名，屬河東南路，治今山西省長治市。

〔八〕硯屏：古人放置于硯旁用來障塵的小屏風。多用玉、石、漆木製成。宋趙希鵠《洞天清禄集·硯屏辨》：「古無硯屏，或銘硯，多鐫於硯之底與側。自東坡、山谷始作硯屏，既勒銘於硯，又刻於屏，以表而出之。山谷有《烏石硯屏銘》。」

〔九〕閑閑：趙秉文號。趙所作《從軍行送田琢器之》詩有「田侯落落奇男子，主辱臣生不如死」句。見《滏水集》卷四。

〔一〇〕燕雲：指雁門以北及幽州之地。其地古屬燕趙，多慷慨悲歌之士，任俠尚氣，英雄輩出。石敬瑭獻燕雲十六州於遼，又習染了少數民族慓悍雄勁之風。至金代，遼文化圈人才輩出。劉祁《歸潛志》卷十：「金朝名士大夫多出北方……余戲曰：『自古名人出東、西、南三方，今日合到北方也。』」田琢籍蔚州，屬遼文化圈，故有此句。

〔一一〕「悔從」二句：指田琢明昌五年進士及第後，又於明昌七年從軍一事。

〔一二〕玄陰：謂冬季極盛的陰氣。二句謂塞北至春天仍像嚴冬一樣酷寒。

〔一三〕烏衣國：神話中的燕子國。宋張敦頤《六朝事跡·烏衣巷》：「王榭，金陵人，世以航海爲業。一日，海中失船，泛一木登岸，見一翁一嫗，皆衣皂，引榭至所居，乃烏衣國也。以女妻之。既久，榭思歸，復乘雲軒泛海，至其家，有二燕棲於梁上……來春，燕又飛來榭身上，有詩云：『昔日相逢冥數合，如今暌違是生離。來春縱有相思字，三月天南無雁飛。』」何許：何處。

〔一四〕安西：唐時在今新疆庫車縣置安西都護府，故用以指塞外極遠之地。

〔一五〕邯鄲：用「黄粱一夢」典故。唐沈既濟《枕中記》：開成七年，盧生於邯鄲逆旅，遇道者吕翁，自歎困窮。翁乃取囊中枕授之。曰：「子枕吾此枕，當令子榮顯適意！」盧生就枕入夢，遂歷盡人間富貴榮華。夢醒，店主所蒸黄粱未熟。

〔一六〕穹廬：本北朝民歌《敕勒歌》「天似穹廬」句，此指帳蓬。

〔一七〕「天涯」句：本白居易《琵琶行》「同是天涯淪落人」句。

〔一八〕弋獵：射禽獵獸；狩獵。從禽：追逐禽獸。

〔一九〕輕千金：比千金賤。

〔二〇〕社日：古時祭祀土神的日子，一般在立春、立秋後第五個戊日。

〔二一〕鷾鴯：燕子的别名。《莊子・山木》：「鳥莫知於鷾鴯。」成玄英疏：「鷾鴯，燕也。」

〔二二〕旄頭：即昴星，二十八宿之一。《漢書・天文志》：「昴曰旄頭，胡星也，爲白衣會。」妖氛：不祥的雲氣。多喻指凶災、禍亂。

〔二三〕嫖姚：西漢名將霍去病曾任嫖姚校尉，從衛青攻匈奴，屢建奇功，世稱「霍嫖姚」。此代指善戰的將領。獻凱：獻捷，凱旋。

〔二四〕「玉關」句：《後漢書・班超傳》：「超自以久在絶域，年老思土，（永元）十二年，上疏曰：『……臣不敢望到酒泉郡，但願生入玉門關。』……書奏，帝感其言，乃召超還。」

〔二五〕蘇武：字子卿，杜陵（今陝西省西安市東南）人。武帝天漢元年奉命持節出使匈奴，被扣留，遷北海牧羊。蘇武歷盡艱辛，留居匈奴十九年，持節不屈。至始元六年，方獲釋回漢。事見《漢書·蘇武傳》。

〔二六〕上黨：長治的古稱。位於山西省東南部。《文獻通考·輿地考一》：「上黨者，言其地極高，與天爲黨。」因其地勢險要，自古以來爲兵家必争之地，素有「得上黨可望得中原」之説。泰和四年，田琢任潞州觀察判官。潞州屬上黨地區。

〔二七〕及瓜：指任職期滿。典出《左傳·莊公八年》：「齊侯使連稱、管至父戍葵丘，瓜時而往，曰：『及瓜而代。』」言任期一年，今年瓜時往，來年瓜時代之。金代任期一般爲三年。田琢自承安二年受代後，至泰和四年任職潞州，其間八年有兩个任期。

〔二八〕葛衣：用草木纖維織布製成的夏衣。燕居：下班閒居。忘機：消除機巧貪欲之心。此暗用「鷗鳥忘機」典故。

〔二九〕屏山：即詩序中「硯屏」。指屏風。

〔三〇〕固：固然，必然。偶：偶然，不經意。

〔三一〕醨：本指味道不濃烈的酒，引申爲淡薄、淺薄。

〔三二〕「聞予」二句：謂世人聽到我的頌燕詩，應該有所反省，不要責怪我的譏諷。

〔三三〕楊之美：楊雲翼，字之美。貞祐四年，拜吏部尚書。

〔三四〕齊諧：志怪之書。《莊子·逍遥遊》：「齊諧者，志怪者也。」成玄英疏：「姓齊名諧，人姓名也；亦言書名也，齊國有此俳諧之書也。」

〔三五〕張巨濟：張檝，字巨濟，山陰（今山西省山陰縣）人。金章宗明昌五年辭賦狀元。仕至鎮戎州刺史。爲人有藴藉，善談論，文賦詩筆皆有律度。《金史·郭俣傳》載有張檝事跡，《中州集》卷九有小傳。

〔三六〕「陰德」句：用「黄雀銜環」報恩典故。東漢楊寶九歲時，至華陰山北，見一黄雀爲鴟梟所搏，墜於樹下，爲螻蟻所困。寶取之以歸，置巾箱中，唯食黄花，百餘日毛羽成，乃飛去。其夜有黄衣童子向寶再拜曰：「我西王母使者，君仁愛救拯，實感成濟。」並以白環四枚予寶：「令君子孫潔白，位登三事，當如此環矣。」後楊寶、楊震、楊秉、楊彪四代均官至三公。事見南朝梁吴均《續齊諧記》。

〔三七〕李之純：李純甫（一一七七——一二二三），字之純，號屏山居士，弘州襄陰（今河北省陽原縣）人。承安二年進士。《金史》一二六有傳，《中州集》卷四、《歸潛志》卷一有小傳。所引此詩有誤。其並非李純甫之作，而是序尾所言趙秉文《燕子圖》三首其一。

〔三八〕王大用：王良臣，字大用，潞（今山西省長治市）人，承安五年進士。作詩以敏捷稱。入翰林，與李欽叔友善。興定初没於軍中。

〔三九〕「王榭」句：用王榭烏衣國、烏衣巷典故。參見注〔一三〕。

〔四〇〕紹蘭紅線：五代王仁裕《開元天寶遺事》卷下《傳書燕》載：「長安豪民郭行先之女紹蘭，嫁富商任宗。任宗南下經商，經年不歸。紹蘭吟詩繫於燕足，燕果南飛遞與任宗。宗次年遂歸家。」

〔四一〕李欽叔：李獻能，字欽叔。貞祐三年狀元，授翰林應奉。

〔四二〕閑閑趙公：趙秉文，號閑閑老人。趙所作《燕子圖》三首，見《滏水集》卷八。

〔四三〕田思敬敬之：其人不詳。刁白：字晉卿，信都（今河北省冀州市）人。承安二年進士。歷涇州幕官，入補省掾。作詩極致力，樂府尤有風調。《中州集》卷八有小傳。趙永元：其人不詳。王副樞子明：王晦，字子明，澤州高平（今山西省高平市）人。明昌二年進士。布衣時就因慷慨任俠名聞於時。後守順州，以節死。詔贈榮禄大夫，樞密副使。入《金史》忠義傳。劉祁《歸潛志》卷一〇有小傳。王晦與周昂交遊。昂有《寄王子明》詩，見《中州集》卷四。許節：其人不詳。張雲卿：劉中弟子。與王若虛、高法颺、張履等俱出劉中門下，皆擢高第。

晚秋登城樓二首

山勢碧環合〔一〕，溪光縞帶明〔二〕。牛羊成晚景，砧杵助秋聲〔三〕。酒薄人情廢〔四〕，官閑吏事生〔五〕。天東歸興滿，不爲憶蓴羹〔六〕。

【注】

〔一〕碧環合：像碧玉環那樣圍成圓圈。

〔二〕縞帶：白色生絹帶，用以比喻河流。元許謙《西山萬象亭》：「萬里江河縈縞帶，滿城居家比魚鱗。」

〔三〕砧杵：擣衣石和棒槌。此指擣衣聲。

〔四〕「酒薄」句：意同上詩「古道益遠交情醨」，謂人際之情大不如古，如劣酒那樣淡薄。

〔五〕「官閑」句：《南齊書·劉係宗傳》：「係宗久在朝省，閑於職事。明帝曰：『學士不堪治國，唯大讀書耳。一劉係宗足持如此輩五百人。』其重吏事如此。」句用此典，言久在官位，政事嫻熟，因能洞察細微，故理事越益紛繁。

〔六〕「天東」二句：用張翰思歸典故。《世説新語·識鑒》載：張翰在洛，見秋風起，因思吴中菰菜羹、鱸魚膾，遂命駕便歸。

又

落日危樓上〔一〕，詩成只自哦〔二〕。清商行老矣〔三〕，紅葉奈秋何。墮甑前非悟〔四〕，跳丸去日多〔五〕。功名猶誑我，未許着漁蓑〔六〕。

【注】

〔一〕危樓：高樓。

〔二〕哦：吟哦。有節奏地誦讀詩文。

〔三〕「清商」句：用淒清悲楚之音調吟誦將要衰老的詩句。

〔四〕「墮甑」句：《後漢書·孟敏傳》：「(孟敏)客居太原，荷甑墮地，不顧而去。林宗見而問其意，對曰：『甑以破矣，視之何益？』」後遂用「墮甑」比喻事已過去，無法挽回，不必再作無益的回顧。此句又暗用《淮南子·原道訓》「蘧伯玉年五十，而知四十九年非」典，謂自今已省悟以前對功名利禄的追求是錯誤的。

〔五〕跳丸：比喻日月運行。謂時間過得很快。唐韓愈《秋懷詩》其九：「憂愁費晷景，日月如跳丸。」

〔六〕「功名」二句：言現在仍居官守職，雖知心非所願，但身不由己，不得歸鄉隱逸。

冬夜直宿省中〔一〕

吏散庭空宿鳥過，凍唫聊復戰詩魔〔二〕。陶泓面冷真堪唾〔三〕，毛穎頭尖漫費呵〔四〕。畏事政宜賓客少〔五〕，不才偏覺簿書多〔六〕。西窗燈闇尊無酒，奈此迢迢夜漏何。

【注】

〔一〕直宿：值夜。省中：指尚書省裏的辦公之處。蕭曾任户部尚書，詩當作於是時。

〔二〕凍唫：凍吟。詩魔：猶如入魔一般的强烈的詩興。唐白居易《醉吟》其二：「酒狂又引詩魔發，日午悲吟到日西。」

〔三〕陶泓：陶製之硯。硯中有蓄水處，故稱。語出韓愈《毛穎傳》。

〔四〕毛穎：筆的别稱。因唐韓愈作寓言《毛穎傳》以筆擬人，而得此稱。呵：哈氣。《關尹子·二柱》：「呵之即温，吹之即涼。」

〔五〕畏事：害怕事多。

〔六〕不才：没有才能。簿書：代指所需批示的公文文件。

山行絶句

四面雲山玉作圍，一川霜樹錦爲衣。翩翩數騎南岡下，傅粉王孫射鹿歸〔一〕。

【注】

〔一〕傅粉：搽粉。

漉酒圖〔一〕

我愛陶淵明，愛酒不愛官。彈琴但寓意〔二〕，把酒聊開顔。自得酒中趣，豈問頭上冠。誰作漉酒圖，清風起毫端。露電出形似〔三〕，神情想高閑。大似揮絃時，目送飛鴻難〔四〕。袖中有東籬，開卷見南山〔五〕。嗟予困塵土〔六〕，青鬢時一斑。折腰尚未免〔七〕，敢謂善閉關〔八〕。

望望孤雲翔〔九〕，羨羨飛鳥還〔一〇〕。歸田未有日，掩卷空長歎。

【注】

〔一〕詩題：此爲題畫詩。所畫爲陶淵明葛巾漉酒事。《南史·陶潛傳》：「郡將候潛，逢其酒熟，取頭上葛巾漉酒，畢，還復著之。」漉酒：濾酒。

〔二〕「彈琴」句：用陶淵明彈無絃琴事。《南史·陶潛傳》：「潛不解音聲，而畜素琴一張，無絃，每有酒適，輒撫弄以寄其意。」

〔三〕露電：朝露易乾，閃電瞬逝，比喻迅速逝去或消失。語本《金剛般若波羅蜜經》：「一切有爲法，如夢幻泡影，如露亦如電，應作如是觀。」此指迅筆勾勒，瞬間成畫。

〔四〕「大似」二句：用顧愷之典故。三國魏嵇康《贈秀才入軍詩》：「目送歸鴻，手揮五絃。俯仰自得，游心泰玄。」《晉書·顧愷之傳》：「愷之每重嵇康四言詩，因爲之圖，恒云：『手揮五絃易，目送歸鴻難。』」意謂運筆作畫並不難，而「目送歸鴻」，涉及人物的精神活動，就遠非易事了。

〔五〕「袖中」二句：本晉陶潛《飲酒》其五：「采菊東籬下，悠然見南山。」謂畫者胸有成竹，意在筆先，得心應手，迅速成畫。

〔六〕塵土：塵世，塵事。

〔七〕折腰：屈身事人。用陶淵明不爲五斗米折腰事。《晉書·陶潛傳》：「吾不能爲五斗米折腰，拳拳事鄉里小人邪！」

〔八〕善閉關：典出《文選·顔延之·五君詠·劉參軍》：「劉伶善閉關，懷情滅聞見。」李周翰注：「言伶懷情不發，以滅聞見，猶閉關卻歸而無事也。」指懷遺世之情卻隱而不發，無形跡可尋。閉關：閉門謝客，斷絶往來。

〔九〕孤雲翔：晉陶潛《詠貧士》：「萬族各有托，孤雲獨無依。」《文選》李善注：「孤雲，喻貧士也。」

〔一〇〕飛鳥還：晉陶潛《歸去來兮辭》：「雲無心以出岫，鳥倦飛而知還。」

夏日

富國才疏合自羞〔一〕，清時無補但優遊〔二〕。只知錢向紙中裹〔三〕，不信能教地上流〔四〕。

【注】

〔一〕富國：使國家富有。《管子·制分》：「是故治國有器，富國有事，强國有數，勝國有理，制天下有分。」

〔二〕清時：清平之時；太平盛世。《文選·李陵·答蘇武書》：「勤宣令德，策名清時。」張銑注：「清時，謂清平之時。」優遊：悠閑自得。《詩·小雅·采菽》：「優哉遊哉，聊以卒歲。」

〔三〕「只知」句：蘇軾《東坡志林》卷七：「俗傳書生入官庫，見錢不識。或怪而問之，生曰：『固知其爲錢，但怪其不在紙裹中耳。』予偶讀《歸去來辭》云『幼稚盈室，瓶無儲粟』，乃知俗傳信而有徵。

使瓶有儲粟，亦甚微矣，此翁平生只於瓶中見粟也耶？」

〔四〕「不信」句：《新唐書·劉晏傳》載，劉晏任度支、鹽鐵、轉運、常平等使，「諸道巡院皆募駛足，置驛相望。四方貨殖低昂，及它利害，雖甚遠，不數日即知。是能權萬物重輕，使天下無甚貴賤而物常平，自言如見錢流地上。」

花下

香滿西園曉雨微，萬紅千翠自高低。若爲常作莊周夢〔一〕，飛向幽芳鬧處棲〔二〕。

【注】

〔一〕「若爲」句：《莊子·齊物論》：「昔者莊周夢爲蝴蝶，栩栩然蝴蝶也，自喻適志與！不知周也。俄然覺，則蘧蘧然周也。不知周之夢爲蝴蝶與，蝴蝶之夢爲周與？」若爲：怎能。唐柳宗元《與浩初上人同看山寄京華故舊》：「若爲化得身千億，散上峰頭望故鄉。」

〔二〕鬧：繁盛，旺盛。宋祁《玉樓春·春景》詞：「緑楊煙外曉寒輕，紅杏枝頭春意鬧。」

梨花

孤潔本無匹〔一〕，誰令先衆芳〔二〕。花能紅處白，月共冷時香。縞袂清無染〔三〕，冰姿淡不妝〔四〕。

夜來清露底，萬顆玉毫光〔五〕。

【注】

〔一〕孤潔：孤高清白，潔身自好。

〔二〕「誰令」句：謂是誰使梨花冠壓群芳呢？

〔三〕縞袂：白衣。狀梨花之白。

〔四〕冰姿：淡雅的姿態。蘇軾《木蘭花令·梅花》詞：「玉骨那愁瘴霧，冰姿自有仙風。」

〔五〕玉毫：佛眉間的白毫毛。白毫能放光明，稱白毫光相。謂衆生若遇其光，可消除業障，身心安樂。李白《秋日登揚州西靈塔》：「玉毫如可見，於此照迷方。」此處喻梨花。

未開牡丹

國香半吐醉顔酡〔一〕，炫耀春工已自多〔二〕。愛惜不教催羯鼓〔三〕，更澆卯酒看如何〔四〕。

【注】

〔一〕國香：國色天香，牡丹的别稱。典出唐李濬《松窗雜録》：「上（唐文宗）頗好詩，因問修己曰：『今京邑傳唱牡丹花詩，誰爲首出？』修己對曰：『臣嘗聞公卿間多吟賞中書舍人李正封詩曰：「天香夜染衣，國色朝酣酒。」』」醉顔酡：醉後臉泛紅暈。語出《楚辭·招魂》：「美人既醉，朱顔酡些。」王逸注：「朱，赤也；酡，着也。言美女飲啖醉飽，則面着赤色而鮮好也。」

〔二〕春工：春神造化萬物之工。

〔三〕羯鼓：古代打擊樂器的一種。源於印度，從西域傳入，盛行於唐開元、天寶年間。句用「羯鼓催花」典。宋祝穆《古今事文類聚》前集卷六：「明皇時，春景明媚，帝曰：『對此豈可不與他判斷？』命取羯鼓，自製曲名《春光好》。回顧，柳杏皆發。笑曰：『此事不喚我作天公，可乎？』」

〔四〕卯酒：早晨喝的酒。

卻暑〔一〕

九夏樓居不厭高〔二〕，更須直至冷雲巢〔三〕。風來蘋末聊自快〔四〕，暑滿人間無處逃。蔗蜜漿寒冰皎皎，畫簾鈎冷月梢梢〔五〕。閑思殿閣生涼句〔六〕，誰爲誠懸作解嘲〔七〕。

【注】

〔一〕卻暑：去暑，消暑。

〔二〕九夏：夏季之九十天。晉陶潛《榮木》詩序：「日月推遷，已復九夏。」

〔三〕冷雲巢：綠樹高處的鳥窠。《文選·張協·七命》：「仰傾雲巢，俯殫地穴。」呂向注：「雲巢，高巢也。」

〔四〕蘋末：蘋的葉尖。風來蘋末：語本戰國楚宋玉《風賦》：「夫風生于地，起于青蘋之末。」指風所起處。

〔五〕「蔗蜜」二句：謂飲用冰甜的糖蜜水解暑。在高樓之上，有畫簾通風，近水樓臺先得月，度夏快活如神仙。

〔六〕殿閣生涼：唐文宗李昂召柳公權進宫作詩聯句。文宗吟二句：「人皆苦炎熱，我愛夏日長。」柳公權聯句：「薰風自南來，殿閣生餘涼。」

〔七〕「誰爲」句：柳公權（七七八——八六五），字誠懸，唐京兆華原（今陝西省耀縣）人。翰林院侍書學士。柳公權「薰風自南來，殿閣生餘涼」句，有無諷諫，歷來衆説不一。認爲無諷喻者，如宋蘇東坡、金王若虛等。蘇軾以爲：「此獨大王之雄風也，庶人安得而共之？」批評其「柳公權小子，與文宗聯句，有美而無箴」。意謂柳句只有歌頌而無規勸。于是續成：「人皆苦炎熱，我愛夏日長。薰風自南來，殿閣生微涼。一爲居所移，苦樂永相忘。願言均此施，清陰分四方。」認爲有諷喻者如宋代吕希哲、洪駒父、嚴有翼等。吕希哲曰：「公權之詩，已含規諷。蓋謂文宗居廣厦之下，而不知路有暍死也。」事見蘇軾《補唐文宗柳公權聯句並引》、金王若虛《滹南詩話》等。解嘲：因被人嘲笑作解釋。

懷友

鏡裏衰顔失舊紅〔一〕，當年豪逸夢魂中。山城對月中秋夜，隴雁寄書西北風〔二〕。遣興與誰同酒盞，相思無處附詩筒〔三〕。憑高想到消魂處〔四〕，落日無言水自東。

【注】

〔一〕舊紅：指青春的容光焕發。

〔二〕隴雁：隴頭之雁。隴頭，即隴山，借指邊塞。

〔三〕詩筒：盛詩稿以便傳遞的竹筒。唐白居易《秋寄微之十二韻》：「忙多對酒榼，興少閱詩筒。」自注：「此在杭州兩浙唱和詩贈答，於筒中遞來往。」

〔四〕消魂處：即離别處。南朝梁江淹《别賦》：「黯然消魂者，惟别而已矣。」

喜夏

小暑不足畏〔一〕，深居如退藏〔二〕。青奴初薦枕〔三〕，黄妳亦升堂〔四〕。鳥語竹陰密，雨聲荷葉香。晚涼無一事，步屧到西廂〔五〕。

【注】

〔一〕小暑：二十四節氣之一，在陽曆七月六、七或八日。自此，天氣開始炎熱。民間有「小暑大暑，上蒸下煮」之説。

〔二〕退藏：退歸躲藏；隱匿。杜甫《七月三日亭午已後校熱退，晚加小涼，穩睡有詩，戲呈元二十一曹長》：「退藏恨雨師，健步聞旱魃。」

〔三〕青奴：又名竹夫人。夏日取涼寢具。用竹青篾編成，或用整段竹子做成。語出宋黄庭堅《趙子充示竹夫人詩，蓋涼寢竹器，憩臂休膝，似非夫人之職。予爲名曰「青奴」，並以小詩取之二首》。薦枕：亦作「薦枕席」。侍寢。戰國楚宋玉《高唐賦》：「妾巫山之女，爲高唐之客。聞君游高唐，願薦枕席。」《文選》李善注：「薦，進也。欲親于枕席，求親昵之意也。」

〔四〕黄妳：亦作「黄嬭」。書卷的别稱。南朝梁元帝《金樓子·雜記上》：「有人讀書，握卷而輒睡者。梁朝有名士呼書卷爲黄妳，此蓋見其美神養性如妳媪也。」

〔五〕步屧：行走，漫步。

墨竹三首

隔溪煙雨

一溪流水玉涓涓〔一〕，溪上修篁接暮煙〔二〕。誰倩能詩文與可〔三〕，筆端移得小江天〔四〕。

【注】

〔一〕涓涓：清澈明淨貌。

〔二〕修篁：高竹。

〔三〕倩：請。文與可：文同（一〇一八——一〇七九），字與可。北宋梓州（今屬四川省綿陽市）人。著名畫家、詩人。文同以善畫竹著稱。主張胸有成竹而後動筆，創濃墨爲面、淡墨爲背之法，學者多效之，形成墨竹一派，爲「文湖州竹派」。

〔四〕小江天：指所畫的隔溪煙雨之景。

秋風驟雨

瀰川急雨暗秋空〔一〕，無限琅玕澹墨中〔二〕。劍甲摐摐軍十萬〔三〕，欲將貔虎戰斜風〔四〕。

【注】

〔一〕瀰：即彌，滿，遍。

〔二〕琅玕：形容竹之青翠，亦指竹。杜甫《鄭駙馬宅宴洞中》：「主家陰洞細煙霧，留客夏簟青琅玕。」仇兆鼇注：「青琅玕，比竹簟之蒼翠。」

〔三〕摐摐：紛錯貌。

〔四〕貔虎：比喻勇猛的將士。

春雷起蟄

千梢萬葉玉玲瓏〔一〕，枯槁叢邊緑轉濃。待得春雷驚蟄起〔二〕，此中應有葛陂龍〔三〕。

【注】

〔一〕玉玲瓏：形容竹林枯葉稀疏，像玲瓏剔透的玉飾品。宋饒節《長老欲敲去竹枝透風作凉，以頌上之》：「寒梢展盡玉玲瓏，細葉斜枝翠幾重。」

〔二〕驚蟄：二十四節氣之一。《逸周書·周月》：「春三月，中氣，驚蟄、春分、清明。」此時氣温上升，土地解凍，春雷始鳴，蟄伏過冬的動物驚起活動，故名。

〔三〕葛陂：在今河南新蔡縣北，相傳東漢方士費長房投杖成龍處。

山谷透絹帖〔一〕

君不見李廣射虎如射兔，霹靂一聲石飲羽〔二〕。又不見巨靈擘山如擘雲，蓮華萬仞留掌痕〔三〕。精神入物物乃爾，筆端有神亦如此。熙豐以來推善書〔四〕，日下無雙黄太史〔五〕。胸中八法蟠虹霓〔六〕，峨眉仙人容并馳〔七〕。平生敗筆冢纍纍〔八〕，妙處不減磨崖碑〔九〕。吕侯好古兼好異〔一〇〕，與字分身作遊戲〔一一〕。清潭錯落印星璧，大澤縱横散龍蜕〔一二〕。又如漢宫粉黛爭嬋娟，倚風顧影影更妍〔一三〕。豈無硬黄官紙與臨倣〔一四〕，畫師寫照非天然〔一五〕。吕侯之子今詩仙，傳家以此爲青氊〔一六〕。須防神物有時合〔一七〕，卻逐六丁飛上天〔一八〕。

【注】

〔一〕山谷：黄庭堅，號山谷道人。北宋詩人、書法家。透絹帖：墨汁透過絹背，謂書法筆力蒼勁，力透紙背。佚名《硯山齋雜記》卷二《書記》：「山谷擘窠書學《瘞鶴銘》，瘦勁清栗，真出鐵石手腕。其行押書，亦有透絹處。沉鷙痛快，墨汁透入絹背，即襯紙亦可裝潢作玩也。」

〔二〕「君不見」二句：《史記·李將軍列傳》載，李廣，隴西（今甘肅）人，漢朝大將，善騎射，精通箭術。漢武帝時，爲右北平郡太守。時有老虎出没。「李廣出獵，見草中石，以爲虎而射之，中石没鏃，視之石也。」李廣射虎事，後人多有吟詠。如唐盧綸《塞下曲》：「林暗草驚風，將軍夜引弓。平明尋白羽，没在石稜中。」

〔三〕「又不見」二句：用巨靈神掌擘華嶽典。傳説黄河流經此處，遇華山與首陽山阻攔。玉帝派巨靈神下凡。巨靈神掌撐華山，脚蹬首陽，用力一推，給黄河開出一條入海之路。因用力過猛，在華山山崖上留下一枚五指分明的掌印。

〔四〕熙豐：指北宋熙寧、元豐時期。二者皆宋神宗趙頊年號，熙寧（一〇六八——一〇七七）共計十年，元豐（一〇七八——一〇八五）共計八年。熙豐時期是北宋人才輩出的年代。

〔五〕日下：指京城。黄太史：黄庭堅在元符中爲太史，故稱。

〔六〕八法：漢字筆畫有側（點）、勒（横）、努（直）、趯（鉤）、策（斜畫向上）、掠（撇）、啄（右邊短撇）、磔（捺），謂之八法。多以指書法。蟠：屈曲，環繞，盤伏。虹霓：舊時以虹霓色彩豔麗，比喻人的才華藻繪。宋范仲淹《與謝安定屯田書》：「先生胸中之奇，屈盤虹蜺。」

〔七〕「峨眉」句：謂蘇軾與黄庭堅匹敵並稱。峨眉仙人：蘇軾，四川峨眉山下眉山縣人，號東坡居士，文才蓋世，仰慕者稱之爲「坡仙」。蘇軾與黄庭堅是書法「宋四家」其二。

〔八〕「平生」句：用唐書法家懷素典故。唐李肇《唐國史補》卷中：「長沙僧懷素好草書，自言得草聖三昧，棄筆堆積，埋于山下，號曰『筆冢』。」唐裴説《懷素臺歌》：「永州東郭有奇怪，筆冢墨池遺跡在。」敗筆冢：書法家埋藏廢筆的處所。

〔九〕磨崖碑：山崖石壁上鐫刻的文字。《金石文考略》卷一一：「磨崖碑《中興頌》，元結纂，顔真卿書。字畫方正平穩，不露筋骨，當爲魯公法書第一。」黄庭堅有《書磨崖碑後》詩。

〔一〇〕吕侯：不詳。按吕姓父子文名著稱於時者，當指吕子羽父。參見《中州集》卷八吕陳州子羽傳。

〔一一〕與字分身：指照原字(帖)摹寫成幾個一模一樣的字(帖)。分身本爲佛教語，指一身化作數身。句兼有蘇軾《書晁補之所藏與可畫竹三首》「與可畫竹時，見竹不見人……其身與竹化，無窮出清新」之意。

〔一二〕龍蜕：傳説中龍所脱的皮。

〔一三〕「漢宫」二句：宋王安石《明妃曲》：「低徊顧影無顔色，尚得君王不自持」。

〔一四〕硬黄：紙名。以黄蘗和蠟塗染，質堅韌而瑩徹透明，便于法帖墨跡的臨拓雙鉤。又因色黄利于久藏而多用以抄寫佛經。宋趙希鵠《洞天清禄集・古翰墨真跡辨》：「硬黄紙，唐人用以書經，染以黄蘗，取其辟蠹，以其紙加漿，澤瑩而滑，故善書者多取以作字。」官書：官府公用的紙張。宋陳師道《從寇生求茶庫紙》：「南朝官紙女兒膚，玉版雲英比不如。乞與此翁元不稱，他年留待大蘇書。」

〔一五〕「畫師」句：用昭君畫像事。謂漢宫畫匠慕影圖形，只重形似，不重神似，缺乏靈氣。上四句本王安石《明妃曲》：「意態由來畫不成，當時枉殺毛延壽。」蘇軾《書鄢陵王主簿所畫折枝二首》：「論畫以形似，見與兒童鄰。賦詩必此詩，定知非詩人。詩畫本一律，天工與清新。」意亦近此。

〔一六〕青氊：即青氊故物。指仕宦人家的傳世之物。晉裴啟《語林》：「王子敬在齋中卧，偷人取物，一室之内略盡。子敬卧而不動，偷遂登榻，欲有所覓。子敬因呼曰：『石染青氊是我家舊物，可特置否？』于是群偷置物驚走。」《晉書·王獻之傳》也載此事。句謂此帖爲吕家的傳世之寶。

〔一七〕「須防」句：《晉書·張華傳》載，雷焕於豐城縣獄掘得寶劍兩口，送一劍與張華，「留一自佩。或謂焕曰：『得兩送一，張公豈可欺乎？』焕曰：『本朝將亂，張公當受其禍……靈異之物，終當化去，不永爲人服也。』華得劍，寶愛之，常置坐側。……報焕書曰：『詳觀劍文，乃干將也，莫邪何復不至？雖然，天生神物，終當合耳。』……華誅，失劍所在。焕卒，子華爲州從事，持劍行經延平津，劍忽於腰間躍出墮水。使人没水取之，不見劍，但見兩龍各長數丈，蟠縈有文章……華歎曰：『先君化去之言，張公終合之論，此其驗乎！』」李白《梁甫吟》：「張公兩龍劍，神物合有時。」句用此典，謂吕之摹帖與黄之原帖會被世人共寶之。

〔一八〕六丁：道教所謂的六陰神。即丁卯、丁巳、丁未、丁酉、丁亥、丁丑，其爲天帝所役使；道士可用符籙召請，以供驅使。二句謂吕家對此寶帖要好好看護、保管。

許司諫古 四首

古字道真，承安中進士。在宣宗朝以直言極諫稱。哀宗即位，首命驛致之洛，致仕，授右司諫。未幾，乞身還伊陽〔一〕。閑閑公制詞云〔二〕：「安車蒲輪〔三〕，天子所以厚優賢之禮；黄冠野服〔四〕，人臣所以遂歸老之心。其恩榮足以兩全，而前後不可多得。有臣如此，如卿幾人。具官道直以方，氣剛而大。議論非世儒所到，名節以古人自期。擢自先朝，置之諫列。斥安昌竊位，已聞折檻之忠〔五〕；及梁冀伏辜，方見埋輪之志〔六〕。朕即大位，稔聞直聲，起之於田里退閑之間，超之於侍從論思之地。完備始終之節，從容進退之間。歎陽城之敢言〔七〕，惜其將去；念孔戣之既老〔八〕，挽之莫留。特進一階，榮躋四秩〔九〕。華山拂袖，最是爲世上之閑〔一〇〕；神武掛冠，猶不負山中之相〔一一〕。勉終晚節，益介壽祺。」郡守爲起伊川亭〔一二〕。道真性嗜酒，老而未衰。每乘舟出村落間，留飲或十數日不歸。及泝流而上，老稚奔走，爭爲之挽舟，數十里不絶。其爲時人愛慕如此。正大七年，年七十四卒。前三日有書見及，字已欹傾矣〔一三〕。

【注】

〔一〕伊陽：縣名，金代屬南京路嵩州，今河南省嵩縣。

〔二〕閑閑公：趙秉文號閑閑老人。

〔三〕安車蒲輪：將車的輪子用蒲草包裹，以防顛簸。用以迎送德高望重的人，表示優禮。《漢書·武帝紀》：「遣使者安車蒲輪，束帛加璧，徵魯申公。」顔師古注：「以蒲裹輪，取其安也。」

〔四〕黄冠野服：粗劣的衣着。代指草野高逸。

〔五〕「斥安昌」二句：用漢代朱雲直言諫諍典故。漢槐里令朱雲朝見成帝時，請賜劍以斬佞臣安昌侯張禹。成帝大怒，命將朱雲拉下斬首。雲攀殿檻，抗聲不止，檻爲之折。經大臣勸解，雲始得免。後修檻時，成帝命保留折檻原貌，以表彰直諫之臣。見《漢書·朱雲傳》。《金史·宣宗上》「貞祐三年十月」下云：「己丑，平章抹撚盡忠下獄既久，監察御史許古言：『盡忠逮繫有司，此必重罪，而莫知其由，甚駭公聽。乞遣公正重臣鞫之。如得其實，明示罪目，以厭中外之心。』書上，不報。庚寅，遂誅盡忠。癸巳，罪狀盡忠告中外。」

〔六〕「及梁冀」二句：用張綱直言正諫典故。東漢順帝時，大將軍梁冀專權，朝政腐敗。漢安元年，選派張綱等八人巡視全國，糾察吏治，餘人皆受命之部，獨綱埋其車輪於洛陽都亭，曰：「豺狼當路，安問狐狸！」遂上書彈劾梁冀，揭露其罪惡，京都爲之震動。事見《後漢書·張綱傳》。《金史·許古傳》：「貞祐初，自左拾遺拜監察御史。時宣宗遷汴，信任丞相高琪，無恢復之謀。古上章曰：『……臣聞安危所繫在于一相，孔子稱「危而不持，顛而不扶，則將焉用？」事勢至此，不知執政者每對天顔，何以仰答清問也。……方時多難，固不容碌碌之徒備員尸素，以塞賢路也。」

〔七〕「陽城」句：用陽城忠于職守，直言進諫，被治罪事。陽城：字亢宗，唐定州北平（今河北省順平縣）人。謙恭簡素。裴延齡誣逐陸贄，帝怒甚，無人敢言。時爲諫官的陽城曰：「吾諫官，不可令天子殺無罪大臣。」乃上疏極論延齡罪，慷慨引義，申直贄等，累日不止。聞者寒懼，城愈厲。帝大怒，召宰相抵城罪。事見《新唐書・卓行・陽城傳》。

〔八〕孔戣（七五三——八二五）：字君嚴，唐代冀州（今河北省冀州市）人。孔子三十八代孫。爲人敢言直諫，守節清苦。任吏部侍郎、尚書左丞等職。以老乞歸。韓愈力諫穆宗挽留，上疏説：「臣與孔戣同在南省，數與相見。戣爲人守節清苦，論議正平。年七十，筋力耳目，未覺衰老，憂國忘家，用意至到。如戣輩在朝不過三數人，陛下不宜苟順其求，不留自助也。」事見韓愈《唐正議大夫尚書左丞孔公墓誌銘》。

〔九〕秩：官吏的職位或品級。

〔一〇〕華山拂袖：《宋史・陳摶傳》載，陳摶居華山之臺觀，周世宗聞其名，招之闕下，命爲諫議大夫，固辭不受，乃放還所止。

〔一一〕神武掛冠：指辭官隱居。用南朝梁陶弘景事。《南史・陶弘景傳》：「家貧，求宰縣不遂。永明十年，脱朝服掛神武門，上表辭禄。」「國家每有吉凶征討大事，無不前以諮詢。月中常有數信，時人謂爲山中宰相。」

〔二〕伊川亭：在河南府治洛陽城南，爲許古而建。《河南通志》卷五二「古跡」：「河南府伊川亭，在府城南伊水上。金司諫許古致仕伊陽，郡守爲建此亭。」

〔三〕欹傾：歪斜，歪倒。

青柯平二道人〔一〕

深谷緣危磴〔二〕，長林繞碧山。山中四時好〔三〕，方外兩翁閑〔四〕。身世青雲上〔五〕，塵埃大夢間〔六〕。高情應笑我，才到卻空還。

【注】

〔一〕青柯平：即青柯坪。華山地名。位於峪山谷口約二十里處，三面環山，地勢平坦，林草茂盛。廟宇古樸，浮蒼點黛，故名。

〔二〕危磴：高峻的石級山徑。

〔三〕「山中」句：用宋劉宰《崇禧夜坐》詩句：「山中四時好，雪景更佳耳。」

〔四〕方外：世外。指僧道的生活環境。兩翁：指詩題中的二道人。

〔五〕身世：自身與世界。宋林景熙《玄宅銘》：「泯好惡，身世兩忘，而復返于玄。」句言身在青雲之上的青柯坪，頓覺遺世忘情。

〔六〕「塵埃」句：句言塵世污濁不堪，覺醒後知人生短暫如一場大夢，前此所追求的功名利禄皆爲虚幻。大夢：喻人生。《莊子·齊物論》：「方其夢也，不知其夢也。夢之中又占其夢焉，覺而後知其夢也。且有大覺而後知此其大夢也。」

被召過少室〔一〕

老病無堪合退休〔二〕，伊川久已得菟裘〔三〕。如今又上長安道，好被青山笑白頭。

【注】

〔一〕被召：被皇帝徵召。少室：少室山，位於今河南省登封市城西嵩山南麓。許古興定末致仕，閑居嵩州。正大元年，哀宗即位，復召爲補闕。見《金史》本傳。詩作於此時。

〔二〕無堪：猶言無可人意處，無可取處。常用爲謙詞。退休：辭職休息。

〔三〕伊川：古地名。指伊水所流經的伊河流域。《左傳·僖公二十二年》：「辛有適伊川，見被髮而祭于野者。」楊伯峻注：「伊川，伊河所經之地，在今河南省嵩縣及伊川縣境。」小傳曰：許古「未幾，乞身還伊陽……郡守爲起伊川亭」。菟裘：地名。在今山東省泗水縣。代指告老退隱的居處。典出《左傳·隱公十一年》：「羽父請殺桓公，以求太宰。公曰：『爲其少故也，吾將授之矣。使營菟裘，吾將老焉。』」

扇圖〔一〕

雲壓溪塘小雪春，融融和氣浥輕塵〔二〕。山禽共作梅花夢〔三〕，物性由來懶是真〔四〕。

【注】

〔一〕扇圖：畫在扇上的圖畫。

〔二〕融融：和暖；明媚。浥：濡濕。

〔三〕梅花夢：《廣東通志》卷六四引《龍城録》：「隋開皇中，趙師雄遷羅浮。一日天寒日暮，在醉醒間，於松林酒肆旁舍見一女人，淡妝素服，出迓師雄。時已昏黑，月色微明，師雄與語，言極清麗，芳香襲人，因叩酒肆門，相與飲。少頃有一緑衣童來，笑歌戲舞。師雄醉寢，但覺風寒相襲。久之，東方已白，起視，在梅花樹下，上有翠羽啾嘈相顧，月落參横，惆悵而已。」

〔四〕物性：事物的本性。

訪箕和尚峴山

箕出衣冠家。在三屯山中，有《元夕懷京都》詩云：「一燈明處萬燈明，天上人間不夜城。前日惠林洪覺範，雪窗孤坐聽猿聲。」甚爲時人所稱。〔一〕

山中風定夜沉沉，月滿禪林靜客心〔二〕。蒼檜四排嚴法界〔三〕，孤松中立殷潮音〔四〕。鼓鐘有節人如玉〔五〕，臺殿無塵地布金〔六〕。二月來游春尚淺，紅梅無數照山陰。

【注】

〔一〕「衣冠」句：謂其和尚出家之前本爲世家子弟。惠林洪覺範：即惠洪覺範，宋代著名詩僧。精通佛學，長於詩文，著有《冷齋夜話》十卷。

〔二〕禪林：指禪寺。

〔三〕法界：佛教語。梵語意譯。通常泛稱各種事物的現象及其本質。此借指寺院。句謂四周聳立的蒼檜使寺院更顯肅穆莊嚴。

〔四〕殷：盛，大。潮音：指僧衆誦經之聲。宋范成大《宿長蘆寺方丈》：「夜闌雷破夢，欹枕聽潮音。」明屠隆《曇花記・還鄉報信》：「明日裏幢蓋來臨，開法界，聽潮音。」

〔五〕人如玉：《世説新語・容止》：「裴令公（楷）有俊容儀，脱冠冕，粗服亂頭皆好。時人以爲『玉人』。」後用指美男子。

〔六〕地布金：用給孤長者「黄金鋪地」典。《釋氏要覽》卷上：「金地或云金田，即舍衛國給孤長者側布黄金，買祇陀太子園，建精舍請佛居之。」故「金地」亦借指寺院。

王防禦良臣 一十首

良臣字大用，潞人〔一〕，承安五年進士。作詩以敏捷稱，又于内典有所得〔二〕。入翰林，與李欽叔善〔三〕。從軍南征，欽叔亦預行①，道中酬唱甚多。有詩云：「蕎花冉冉蜜脾香，禾穗纍纍鶻眼黃。一縷晚煙吹不去，爲誰着意護秋霜。」欽叔愛之。興定初自請北行，没於軍中。贈孟州防禦使〔四〕。

【校】

① 預：毛本作「與」。

【注】

〔一〕潞：潞州。金屬河東南路，治上黨，今山西省長治市。

〔二〕内典：佛教徒稱佛經爲内典。宋王禹偁《左街僧録通惠大師文集序》：「釋子謂佛書爲内典，謂儒書爲外學。」

〔三〕李欽叔：李獻能，字欽叔。貞祐三年狀元，授翰林應奉。

〔四〕孟州：州名，金時屬河東南路。今河南省孟州市。

送任李二生赴舉〔一〕

塵涩麄鈎公子恨〔二〕，風吹馬耳謫仙愁〔三〕。皇天老眼成人晚〔四〕，今日男兒得志秋。官樣文章堆筆底〔五〕，世情風色候江頭〔六〕。主司不是冬烘物〔七〕，五色迷人莫浪憂〔八〕。

【注】

〔一〕任李二生：其名不詳。赴舉：猶應舉。

〔二〕「塵澀」句：用任公子釣大魚典，切任生姓。《莊子·外物》：「任公子爲大鉤巨緇，五十犗以爲餌，蹲乎會稽，投竿東海，旦旦而釣，期年不得魚。」塵澀鼇鉤：言鉤因無魚食餌時久生銹。句謂任生雖抱負宏偉，卻無人賞識，因没有姜太公釣魚的機緣而憾恨。

〔三〕「風吹」句：用李白典，切李生姓。李白《答王十二寒夜獨酌有懷》：「吟詩作賦北窗裏，萬言不值一杯水。世人聞此皆掉頭，有如東風射馬耳。」句謂李生因懷才不遇而愁悶。

〔四〕「皇天」句：反用杜甫《聞惠子過東溪》：「皇天無老眼，空谷滯斯人。」謂皇天不負苦心人，任李二生雖得志較晚，但總算被人識拔。老眼：指有辨識優劣的眼力。

〔五〕官樣文章：指堂皇典雅的應試文字。宋吴處厚《青箱雜記·文章官樣》：「王安國常語余曰：『文章格調須是官樣。』」

〔六〕世情風色：唐施肩吾《及第後過揚子江》：「江神也世情，爲我風色好。」句謂二生及第就在眼前。

〔七〕主司：科舉的主試官。冬烘：指昏庸淺陋的知識分子。五代王定保《唐摭言》卷八：「主司頭腦太冬烘，錯認顔標作魯公。」

〔八〕五色：泛指各種顔色。《老子》：「五色令人目盲，五音令人耳聾，五味令人口爽。」二句謂主考官有慧眼識珠的能力，不必因他在閲卷中眼花繚亂、不辨優劣而白白擔心。

汴堤懷古〔一〕

迷仙樓觀鬱連空〔二〕，一日都歸鬼唾中〔三〕。奢則兆亡天聽邇〔四〕，去而不返水聲東。鎖煙弱柳愁蛾緑，閣雨幽花淚臉紅。總爲錦帆歸不得〔五〕，至今啼鳥怨東風。

【注】

〔一〕汴堤：汴河之堤。汴河源出河南省滎陽市，隋煬帝修大運河，導汴河經開封向東南入淮。此指大運河的堤岸。

〔二〕迷仙樓：隋煬帝所建樓名，在揚州。闕名《迷樓記》：「（煬帝）詔有司供具材木，凡役夫數萬，經歲而成。樓閣高下……千門萬户，上下金碧……人誤入者，雖終日不能出。帝幸之，大喜，顧左右曰：『使真仙遊其中，亦當自迷也。可目之曰迷樓。』」連空：遠望與天空相連。

〔三〕鬼唾：蘇軾《東坡志林》卷二：「（隋）煬帝之行，鬼所唾也。」

〔四〕奢則兆亡：《韓非子·十過》載：秦穆公問由余古代君主使國家興盛和覆亡的原因何在，由余答曰：「常以儉得之，以奢失之。」唐李商隱取其意成《詠史》：「歷覽前賢國與家，成由勤儉破由奢。」天聽邇：《尚書·泰誓》：「民之所欲，天必從之。」「天視自我民視，天聽自我民聽。」《新唐書·張九齡傳》：「乖政之氣，發爲水旱。天道雖遠，其應甚邇。」句謂奢侈乃亡國之兆，上蒼耳聽目明，順應民意，讓隋朝滅亡，近在眼前。

〔五〕錦帆：錦製的船帆。用隋煬帝典故。唐顔師古《大業拾遺記》：「煬帝幸江都……至汴，御龍舟，蕭妃乘鳳舸，錦帆綵纜，窮極侈靡。」唐李商隱《隋宫》：「玉璽不緣歸日角，錦帆應是到天涯。」

旬休飲〔一〕

嫋嫋東風雪外還〔二〕，又催春色動谿山。百年莫作千年調〔三〕，十日須謀一日閑〔四〕。千丈歸心詩卷裏〔五〕，一襟豪氣酒杯間〔六〕。醉鞭約住黄昏月〔七〕，馬首低懸玉半環〔八〕。

【注】

〔一〕旬休：旬假。旬休源于漢代，徐堅等《初學記・假》：「漢律，吏五日得一休沐，言休息以洗沐也。」至唐，官吏每十天休息洗沐一次，《唐會要・休假》：「永徽三年二月十一日，上以天下無虞，百司務簡，每至旬假，許不視事，以與百僚休沐。」至宋，「太祖開寶九年四月二十三日詔，自今遇旬假不御殿，百官賜休沐一日。」金承宋制，實行官吏旬休。

〔二〕嫋嫋：指微風吹拂。《楚辭・九歌・湘夫人》：「嫋嫋兮秋風。」

〔三〕「百年」句：宋曹組《相思會》：「人無百年人，剛作千年調。待把門關鐵鑄，鬼見失笑。」千年調：長遠之計。句謂人生不過百年，無需作千年的長遠打算。

〔四〕「十日」句：指十日可休假一天。
〔五〕千丈歸心：極言歸心之强烈、深重。句謂借吟詩抒發歸隱之心。
〔六〕「一襟」句：胸懷豪邁之氣。元許有壬《沁園春》：「兩鬢清霜，一襟豪氣，舉世相知獨此杯。」句寫假日的豪飲。
〔七〕「醉鞭」句：暗用「魯陽揮戈」典，欲時光慢流。《淮南子·覽冥訓》：「魯陽公與韓構難，戰酣，日暮，援戈而撝之，日爲之反三舍。」
〔八〕玉半環：指彎月。

息軒〔一〕

乾没皇皇西復東〔二〕，不知假息禍機中〔三〕。黄金一日隨胠篋〔四〕，腐骨千年付擪蓬〔五〕。世味甜於刀上蜜〔六〕，人心苦似蓼中蟲〔七〕。一庵松雪雙明底〔八〕，笑殺西山槁項翁〔九〕。

【注】

〔一〕息軒：息心之軒。金初畫家楊邦基號息軒，此「息軒」或指楊氏軒。
〔二〕乾没：冒險僥倖以投機圖利。《漢書·張湯傳》：「（湯）始爲小吏，乾没，與長安富賈田甲、魚翁叔之屬交私。」顔師古注：「服虔曰：『乾没，射成敗也。』如淳曰：『豫居物以待之，得利爲乾，失利爲没。」清顧炎武《日知録·乾没》：「乾没大抵是僥倖取利之意。」皇皇：嚮往貌。皇：《禮記·少儀》：「祭祀之美，齊齊皇皇。」鄭玄注：「皇，讀如歸往之往。」孔穎達疏：「謂用心所繫往。」

〔三〕假息：苟延殘喘。禍機：亦作「禍幾」。指隱伏待發之禍患。

〔四〕胠篋：意謂撬開箱篋。後用爲盜竊的代稱。出自《莊子·胠篋》。

〔五〕「腐骨」句：用列子典。《列子·天瑞》：「子列子適衛，食于道，從者見百歲髑髏，攓蓬而指，顧謂弟子百豐曰：『唯予與彼知而未嘗生未嘗死也。此過養乎？此過歡乎？』」腐骨：本指死屍。攓：拔取。蓬：草名，又名「飛蓬」。二句謂蓄藏黄金，易招强盜得財傷主。

〔六〕世味：指功名宦情。刀上蜜：佛教語。喻貪小失大，利少害多。語本《四十二章經》：「財色之于人，譬如小兒貪刀刃之蜜，甜不足一食之美，然有截舌之患也。」

〔七〕蓼：一年生草本植物，葉披針形，花小，白色或淺紅色。生長在水邊或水中。莖葉味辛辣。蓼中蟲：以食辛辣爲生。句謂世人爲了利禄不擇手段，心狠手辣。

〔八〕雙明：雙眼。底：裏，裏面。

〔九〕槁項：干瘦的脖子。謂因飢餓而不健康。《莊子·列禦寇》：「夫處窮閭阨巷，困窘織屨，槁項黄馘者，商之所短也。」二句當寫詩人辭官歸居汴京西之伊川時的心境。

九月七日飲

紫霞零落帶孤禽，平楚蒼蒼秋意深〔一〕。月過初三半梳玉〔二〕，菊迎重九滿籬金。天憐病骨商量暖〔三〕，雲促歸程計會陰〔四〕。風雁飛來更瀟灑，一枝蘆雪印波心〔五〕。

【注】

〔一〕平楚：遠望樹梢齊平，故稱平楚。楚，指叢林。

〔二〕半梳玉：狀上弦月。

〔三〕商量：謂商略。張相《詩詞曲語辭匯釋》謂「商略」：「有準備或做造義，商量亦同。宋姜夔《點絳唇》詞：『燕雁無心，太湖西畔隨雲去。數峰清苦，商略黄昏雨。』此言準備雨景也，亦猶言做造雨意也。」句言上蒼可憐我老病之身難以抵擋漸趨寒冷的秋氣，正準備營造暖和的天氣。

〔四〕「雲促」句：《淮南子·原道訓》：「昔者馮夷，大丙之御也。乘雲車，入雲蜺，遊微霧。」句言雲欲爲車送我還鄉，正籌畫聚攏雲氣。

〔五〕波心：水中央。

牧牛圖〔一〕

三摩不受一塵侵〔二〕，本分功夫日念深〔三〕。杖屨得迴遊子脚〔四〕，葛藤灰盡老婆心〔五〕。顛狂不作風頭絮〔六〕，出入誰傷井底金〔七〕。迴首人牛在何許，一江明月夜沉沉。

【注】

〔一〕詩題：此爲題畫詩。牧牛：寓佛理。佛教比喻調心，制心。《佛遺教經》：佛陀寂滅之前指示衆比丘「當制五根，勿事放逸，譬如牧牛之人，執杖視之，不令縱逸，犯人苗稼」。《增一阿含經》中以「牧牛十一法」比喻修行的階段。

〔二〕三摩：三昧。佛教語。梵文音譯。謂屏除雜念，心不散亂，專注一境。《大智度論》卷七：「何等爲三昧？善心一處住不動，是名三昧。」

〔三〕「本分」句：謂坐禪入定，摒棄雜念，明心見性，天天如此修行，道行越來越深。

〔四〕杖屨：手杖與鞋。喻修行經久不輟的歷程。句以遊子還鄉喻返樸歸真。

〔五〕葛藤：葛和藤都是蔓生植物。其莖纏繞、攀援樹木的幹、枝生長而易導致樹木枯死，故常被用來比喻事物糾纏難解或言語囉嗦。禪家以執著言語，説事多枝蔓、不直接見性的行爲稱爲葛藤。《出曜經》卷三：「其有衆生，墮愛網者，必敗正道，猶如葛藤纏樹，至末遍則樹枯。」老婆心：佛教語。喻頭緒紛繁不得要領。《大慧普覺禪師語録》：「老僧二十年前有老婆心，二十年後無老婆心。」句謂頓悟後不再糾纏於事物、言語的表面層次。

〔六〕顛狂：形容放浪不受約束。此言牛，喻狂心。風頭絮：《大慧普覺禪師語録》：「風吹柳絮毛毬走，雨打梨花蛺蝶飛。」

〔七〕「出入」句：《佛祖歷代通載》卷四載，第十六祖羅睺羅多者，遇僧伽難提從定起。「祖曰：『身心俱定，何有出入。』曰：『雖有出入，不失定相。如金在井，金體常寂。』

狸奴畫軸〔一〕

三生白老與烏員〔二〕，又現吳生小筆前〔三〕。乞與黄家禳鼠禍，莫教虚費買魚錢〔四〕。

【注】

〔一〕狸奴：貓的别名。畫軸：裱褙後帶軸的圖畫。

〔二〕三生：佛教的輪回因果説。指人與動物的前生、今生與後生。白老、烏員：皆爲貓的别稱。宋孫奕《履齋示兒編·雜記·人物異名》：「貓曰蒙貴，又曰烏員、白老。」

〔三〕吳生：指唐著名畫家吳道子。小筆：指繪畫中的小作品。

〔四〕「乞與」二句：典出宋黄庭堅《乞貓詩》：「秋來鼠輩欺貓死，窺甕翻盤攪夜眠。聞道狸奴將數子，買魚穿柳聘銜蟬。」鼠禍：鼠造成的禍害。

雜詩三首〔一〕

道人知我愛禪房〔二〕，淨掃階前紫石牀。軟飽三杯風味好〔三〕，脱巾和月卧昏黄。

【注】

〔一〕雜詩：謂興致不一，不拘流例，遇物即言之詩。

〔二〕道人：指僧人。

〔三〕軟飽：謂飲酒。蘇軾《發廣州》：「三杯軟飽後，一枕黑甜餘。」自注：「浙人謂飲酒爲軟飽。」

又

老子平生酷愛閑〔一〕，天教行處得禪關〔二〕。粥魚敲落檐頭月〔三〕，猶在梅花醉夢間〔四〕。

【注】

〔一〕老子：老年人自稱。猶老夫。

〔二〕禪關：禪門。

〔三〕粥魚：即木魚。刳木爲魚形，其中鑿空，扣之作聲，懸於廊下。僧寺於粥飯或集聚僧衆時用之。

〔四〕梅花醉夢：已見，參《扇圖》詩注〔三〕。

又

殘陽收拾弟兄行〔一〕，揀得機心不到鄉〔二〕。安置小奴今夜夢〔三〕，蘆花風細月如霜。

【注】

〔一〕「殘陽」句：暗用《詩・王風・君子于役》：「日之夕矣，羊牛下來。君子于役，如之何勿思。」謂殘陽落山之際，在外遊子特别思念家鄉弟兄行輩等親友。

〔二〕機心：巧詐之心；機巧功利之心。句謂食國家俸禄，身不由己，不能還鄉。

〔三〕小奴：當爲詩人之子的昵稱。

高治中廷玉 四首

廷玉字獻臣，恩州人〔一〕。大定末進士，章宗、衛王朝甚有時名。爲人豪爽尚氣節，一時名士多歸之。貞祐初，自左右司郎官出爲河南府治中〔二〕，與知府復興屢以公事相可否〔三〕。時都城受圍，使驛阻絶。復興爲安撫副使，懼獻臣謀己，乃以造逆訊之，獻臣就逮。龐才卿、雷希顔、王士衡、辛敬之皆被羅織〔四〕，幾有一網之禍。比赦至，獻臣瘐死矣〔五〕。獻臣多作詩，《賦海中牛頭》云：「鑿開混沌竅，闖出神農首。」人多稱道之。猶子廣之，今在河平〔六〕。

【注】

〔一〕恩州：州名，金時屬大名府路。今山東武城縣東。劉祁《歸潛志》作遼東人。按此，此疑指遼中京道之恩州，治今内蒙古赤峰市南。

〔二〕河南府：府名，金時屬南京路，治今河南省洛陽市。

〔三〕相可否：相互質疑，意見不一。

〔四〕龐才卿：龐鑄，字才卿。雷希顔：雷淵，字希顔。王士衡：王權，字士衡，真定人。從屏山遊，屏山稱之。爲人跌宕不羈，博學，無所不覽。劉祁《歸潛志》卷二有小傳。辛敬之：辛願，字敬之。

〔五〕瘐死：囚犯在獄中因受刑、飢寒或疾病而死。

〔六〕河平：金衛州，明昌三年升爲河平軍節度，治今河南省衛輝市。貞祐三年移治胙城縣，今河南省延津縣北胙城。

天津橋同李之純待月一首〔一〕

驂鸞追散仙〔二〕，乘槎抵銀潢〔三〕。跳上玉龍背〔四〕，抱得銀蟾光〔五〕。素娥愁不歸〔六〕，再拜捧瑶觴〔七〕。問以天上事，玉色儼以莊〔八〕。爾能爲我歌白雪〔九〕，我亦爲爾擣玄霜〔一〇〕。不然借我廣寒殿〔一一〕，與我長作無何鄉〔一二〕。傍有謫仙人〔一三〕，拍手笑我狂。天風忽吹散，人月兩茫茫。

【注】

〔一〕天津橋：古浮橋名。故址在今河南省洛陽市西南。隋煬帝大業元年遷都，以洛水貫都，有天漢津梁的氣象，因建此橋，名曰天津。李之純：李純甫（一一七七—一二二三），字之純，號屏山居士，弘州襄陰（今河北省陽原縣）人。承安二年進士。《金史》一二六有傳，《中州集》卷四、《歸潛志》卷一有小傳。

〔二〕驂鸞：鸞鳳駕車。古以車前兩側的駕馬爲驂。散仙：道教用語。天界中未被授予官爵的神仙。散中之仙，不求位列仙班忍受約束，但求逍遥自在。

〔三〕「乘槎」句：傳説天河與海通，有人居海渚者，年年八月見有浮槎去來，不失期，遂立飛閣于槎上，乘槎浮海而至天河，遇織女、牽牛。見晉張華《博物志》卷一〇。槎：木筏。銀潢：天河，銀河。

〔四〕玉龍：傳説中的神龍。

〔五〕銀蟾：月亮的别稱。傳説月中有蟾蜍，故稱。

〔六〕「素娥」句：唐李商隱《嫦娥》：「嫦娥應悔偷靈藥，碧海青天夜夜心。」謂其寂寞難耐，思歸不得。素娥：嫦娥的别稱。《文選·謝莊·月賦》：「引玄兔於帝臺，集素娥於後庭。」李周翰注：「嫦娥竊藥奔月，因以爲名。月色白，故云素娥。」

〔七〕瑶觴：玉杯。多借指美酒。

〔八〕玉色：指嫦娥的臉色。

〔九〕白雪：古琴曲名。相傳爲春秋晉師曠所作。戰國楚宋玉《諷賦》：「中有鳴琴焉，臣援而鼓之，爲《幽蘭》、《白雪》之曲。」

〔一〇〕玄霜：神話中的一種仙藥。《初學記》卷二引《漢武帝内傳》：「仙家上藥有玄霜、絳雪。」漢樂府《董逃行》記「玉兔搗藥」事。相傳月亮中有一隻潔白的玉兔，每到月圓時，在月宫裏爲天神搗藥。

〔一一〕廣寒殿：廣寒宫。月中仙宫。傳説唐玄宗於八月望日遊月中，見一大宫府，榜曰：「廣寒清虚之府」。見舊題唐柳宗元《龍城録·明皇夢游廣寒宫》。

〔一二〕無何鄉：即無何有之鄉。多指空洞而虚幻的境界或夢境。語自《莊子·逍遥遊》：「今子有大樹，患其無用，何不樹之於無何有之鄉，廣莫之野。」成玄英疏：「無何有，猶無有也。莫，無也。謂寛曠無人之處，不問何物，悉皆無有，故曰無何有之鄉也。」

〔一三〕謫仙人：唐賀知章讀李白《蜀道難》，以爲非凡人所作，故稱之爲「謫仙人」。李純甫詩風奔放，想像奇特，故時人亦以此稱之。

柳絮

斷送春歸去，紛飛不暫停。和風三徑雪〔一〕，微雨一池萍〔二〕。蝶惹依芳草，蜂沾過小庭。静宜投隙地〔三〕，狂欲攪青冥〔四〕。得得穿朱户〔五〕，時時撲翠屏〔六〕。黄鶯枝上語〔七〕，似與訴飄零〔八〕。

【注】

〔一〕三徑：指歸隱者的家園。漢趙岐《三輔決録·逃名》：「蔣詡歸鄉里，荆棘塞門，舍中有三徑，不出，唯求仲、羊仲從之遊。」雪：喻柳絮。

〔二〕一池萍：古人認爲柳絮落水化爲浮萍。如明李時珍《本草綱目》：「浮萍季春始生，或云楊花所生。」

〔三〕隙地：空閑的地方；空隙地帶。

〔四〕青冥：指青天。

〔五〕得得：頻頻，頻仍。朱户：指富貴人家。

〔六〕翠屏：緑色屏風。

〔七〕黄鶯：黄鸝。三國吴陸璣《毛詩草木鳥獸蟲魚疏·黄鳥于飛》：「黄鳥，黄鸝留也，或謂之黄栗留，幽州人謂之黄鶯。」宋邵雍《春盡後園閒步》：「緑樹成陰日，黄鶯對語時。」

〔八〕飄零：指輕柔物隨風自空中降落。

道出平州寒食憶家〔一〕

柳色方濃别玉京〔二〕，程程又值石龜城〔三〕。山重水複人千里，月苦風酸雁一聲。上國春風桃葉渡〔四〕，東陽寒食杏花餳〔五〕。楚魂蜀魄偏相妒〔六〕，兩地悠悠寄此情〔七〕。

【注】

〔一〕平州：州名，金時屬中都路。治今河北省秦皇島市盧龍縣。寒食：節日名。在清明前一日或二日。南朝梁宗懍《荊楚歲時記》：「去冬節一百五日，即有疾風甚雨，謂之寒食。禁火三日，造餳大麥粥。」

〔二〕玉京：指帝都，京城。

〔三〕程程：一程又一程。程，指驛站、郵亭或其他停頓止宿地點爲起訖的行程段落。石龜城：在東北巖海。梁任昉《述異記》卷下：「東北巖海畔有大石龜，俗云魯班所作。夏則入海，冬復止於山上。陸機詩云：『石龜尚懷海，我寧忘故鄉。』」

〔四〕上國：指京師。桃葉渡：南京城南秦淮河上的一個古渡，位於秦淮河與古青溪水道合流處附近，相傳河岸栽滿桃樹，時有桃葉輕浮水面，艄公謂之桃葉渡。六朝以來，均爲繁華地段。河舫競立，燈船簫鼓。此處代指繁華熱鬧處。

〔五〕「東陽」句：東陽：古地區名。春秋晉地。晉文公爲紀念介子推，始行寒食，後相沿成俗，爲寒食節。杏花餳：寒食節食品之一。晉陸翽《鄴中記·附録》：「寒食三日，作醴酪，又煮粳米及麥爲酪，擣杏仁煮作粥。」

〔六〕楚魂：鳥名。傳説爲楚懷王靈魂所化。晉崔豹《古今注》：「楚懷王死後，化而爲鳥，名曰楚魂。」蜀魄：蜀魂。鳥名。指杜鵑。相傳蜀主名杜宇，號望帝，死化爲杜鵑。春月晝夜悲鳴，蜀人聞之，曰：「我望帝魂也。」唐來鵠《寒食山館書情》：「蜀魄啼來春寂寞，楚魂吟後月朦朧。」

〔七〕悠悠：遥遠貌。

飛山怨〔一〕

漢家自有飛將軍，軍中駭歎箭有神〔二〕。一朝乃與獄吏對〔三〕，惜無千金書牘背〔四〕。手把屬鏤口銜須〔五〕，號天者三我何辜〔六〕。伊吾壯志長已矣〔七〕，不得提攜玉龍死〔八〕。可憐休唱白浮鳩〔九〕，至今秦人悲杜郵〔一〇〕。

【注】

〔一〕飛山怨：飛山是宋代的一種軍隊。宋王應麟《玉海·兵制·講武》：「十月出玄武門，幸西教場，觀飛山兵按砲。」按此，當指軍人的怨恨。

〔二〕「漢家」二句：用漢將李廣善射典故。飛將軍：漢時匈奴對李廣的稱呼。《史記·李將軍列傳》：「廣居右北平，匈奴聞之，號曰『漢之飛將軍』，避之數歲，不敢入右北平。」李廣天性善射，且膂力過人，曾射石没鏃。射虎，百發百中。

〔三〕「一朝」句：李廣從衛青出征失利，大將軍使長史急責廣到幕府對簿。至幕府，廣謂其麾下曰：「廣結髪與匈奴大小七十餘戰，今幸從大將軍出接單于兵，而大將軍又徙廣部行回遠，而又迷失道，豈非天哉！且廣年六十餘矣，終不能復對刀筆之吏。」遂引刀自剄。事見《史記·李將軍列傳》。獄吏對：面對獄吏。

〔四〕書牘背：爲遭受冤獄的典實。典出《史記·絳侯周勃世家》：「人有上書告勃欲反，下廷尉。廷尉下其事長安，逮捕勃治之。勃恐，不知置辭。吏稍侵辱之。勃以千金與獄吏，獄吏乃書牘背示之，曰『以公主爲證』。」句言李廣家無千金，不能爲自己免罪。

〔五〕屬鏤：古代名劍。吴王夫差賜伍子胥屬鏤自刎。事見《左傳·魯哀公十一年》。口銜須：咬住長須。表示憤怒、决絶之意。

〔六〕「號天」句：謂再三對天呼號，我何罪之有。何辜：何罪。

〔七〕伊吾：古地名。漢伊吾盧地區，隋大業六年置伊吾郡。治今新疆哈密縣。《後漢書·班超傳》：「將兵別擊伊吾，戰於蒲類海，多斬首虜而還。」李賢注：「伊吾，匈奴中地名，在今伊州納職縣界。」

〔八〕「不得」句：化用唐李賀《雁門太守行》詩句：「報君黄金臺上意，提攜玉龍爲君死。」二句言未能爲國報效疆埸，馬革裹尸而憾恨。玉龍：喻劍。

〔九〕白浮鳩：用南朝名將檀道濟蒙冤被誅典故。檀道濟被殺，時人歌曰：「可憐白浮鳩，枉殺檀江州。」道濟死日，建鄴地震白毛生。事見《南史·檀道濟列傳》。唐劉禹錫嘗過其墓，悲之，曰：「萬里長城壞，荒雲野草秋。秣陵多士女，猶唱《白浮鳩》。」傷痛之深，歷三百年猶不泯。

〔一〇〕杜郵：古地名。戰國屬秦，又名杜郵亭。在今陝西省咸陽市東。秦昭王令其名將白起自殺於此。

李治中遹 六首

遹字平甫，欒城人〔一〕，明昌二年進士。高才博學，無所不通。爲人滑稽多智〔二〕，而不欲表表自見〔三〕。工畫，山水得前輩不傳之妙，龍虎亦入妙品。然皆其餘事也〔四〕。泰和中，大興幕官。時虎賊知府事〔五〕，賣權恃勢，奴視同列〔六〕。平甫每以公事相可否〔七〕，不少假借〔八〕。又摘其陰事數十條〔九〕，欲發之〔一〇〕。虎謀篡者也，聲勢焰焰〔一一〕，人莫敢仰視。乃爲一書生所抗，積不平，先以非罪誣染之〔一二〕，幾至不測〔一三〕。雖有以自解，竟坐是仕宦不進。以東平治中致仕〔一四〕，閑居陽翟十餘年〔一五〕，自號寄庵先生。平生詩文甚多，如云：「舊管新收妝鏡在，昨非今是酒杯乾。」《贈筆工》云：「工不能書何以筆，士須知筆乃能書。」《感事》云：「半錢利路人乃虎，一鈎名餌吾其魚。」《魯山道中》云：「老夫自喜林野僻，路人頗笑衣裳寬。」散失之餘，不復全見矣。臨終戒家人：「吾明日歸，而輩慎勿遽哭。」〔一六〕果如期而逝，家人哭不禁。良久開目云：「戒汝勿哭，令我心識散亂。」言畢，目復瞑。其明了又如此。子治，字仁卿。正大七年收世科〔一七〕，屏山贈詩所謂「仁卿不是人間物，太白精神義山骨」者也〔一八〕。

【注】

〔一〕欒城：縣名，金時屬河北西路正定府。今河北省欒城縣。

〔二〕滑稽：謂能言善辯，言辭流利。

〔三〕表表：卓異，特出。

〔四〕餘事：無須投入主要精力的事；正業或本職工作之外的事。

〔五〕虎賊：即胡沙虎。紇石烈執中，本名胡沙虎，女真人。崇慶二年，發動叛亂，自稱監國都元帥，殺衛紹王，立金宣宗。貞祐元年拜太師、尚書令、都元帥，監修國史，封澤王，世襲猛安。同年，爲元帥右監軍朮虎高琪等誅殺。《金史》入逆臣傳。胡沙虎知大興府在泰和元年至四年間。

〔六〕奴視：謂視之如奴，輕視之意。

〔七〕相可否：相辯駁，意見不一。

〔八〕假借：寬假，寬容。

〔九〕陰事：隱秘的、不可告人的事情。

〔一〇〕發：告發。

〔一一〕焰焰：形容氣勢盛貌。

〔一二〕非罪：强加之罪。《管子·明法》：「是以忠臣死於非罪，而邪臣起於非功。」

〔一三〕幾至不測：《資治通鑑·後漢隱帝乾祐三年》：「初，作坊使賈延徽有寵於帝，與魏仁浦爲鄰，欲併仁浦所居以自廣，屢譖仁浦於帝，幾至不測。」胡三省注：「言幾至於死也。」

〔一四〕東平：金府名，屬山東西路。治今山東省東平縣。

〔一五〕陽翟：縣名，金時屬南京路鈞州。今河南省禹州市。

〔一六〕而輩：即爾輩，你們。

〔一七〕世科：指繼祖、父輩之後登科及第。宋阮閲《詩話總龜》卷一七：「張侍郎師錫年八十有《喜子登第》詩曰：『御榜今朝至，見名心始安……世科誰不繼，得慰二親難。』張氏常有中甲科者，故有世科之語。」

〔一八〕屏山：李純甫號。太白：唐代大詩人李白，字太白。義山：晚唐詩人李商隱，字義山。

贈中山楊果正卿〔一〕

士道彫喪愁天公〔二〕，陰霾慘慘塵濛濛〔三〕。三冬不雪春未雨〔四〕，野桃無恙城西紅。春光爲誰作駘蕩〔五〕，造物若我哀龍鍾〔六〕。數行墨浪合眼死〔七〕，一包間氣終身窮〔八〕。中山公子文章雄〔九〕，雅隨童稚爲雕蟲〔一〇〕。禰衡不遇孔文舉〔一一〕，坡老懶事陳元龍〔一二〕。唯之與阿將無同〔一三〕，乾坤萬里雙飛蓬〔一四〕，飄飄南北東西風。

【注】

〔一〕中山：金府名，屬河北西路。楊果：字正卿，號西庵，祁州蒲陰（今河北省安國市）人，金哀宗朝進士。歷任縣令，以清廉幹練著稱。入元後，官至參知政事，出爲懷孟路總管。著有《西庵集》。《元史》卷一六四有傳。

〔二〕「士道」句：謂通過科舉爲官之士大夫的氣節志向已低靡喪失，天公對此亦發怨哀傷。《歸潛志》卷七：「南渡後，宣宗獎用胥吏，抑士大夫，凡有敢爲敢言者，多被斥逐。故一時在位者多委靡，惟求免罪，罟苟容。迨天興之變，士大夫無一人死節者，豈非有以致之歟？由是言之，士氣不可不素養也。」

〔三〕陰霾：天氣陰晦、昏暗。慘慘：昏暗貌。慘，通「黲」。《文選·王粲·登樓賦》：「風蕭瑟而并興兮，天慘慘而無色。」李善注：「《通俗文》曰：『暗色曰黲。』慘與黲古字通。」

〔四〕三冬：冬季三月，即冬季。

〔五〕駘蕩：舒緩起伏；蕩漾。

〔六〕「造物」句：謂上蒼像我一樣老態龍鍾，意氣不振。

〔七〕「數行」句：言自己嗜好繪畫作詩，終生與之爲伴，雖死無憾。

〔八〕間氣：舊謂英雄偉人，上應星象，稟天地特殊之氣，間世而出，故稱。《太平御覽》卷三六〇引《春秋演孔圖》：「正氣爲帝，間氣爲臣，宮商爲姓，秀氣爲人。」宋均注：「間氣則不苞一行，各受一星以生。」秉天地正氣。

〔九〕中山公子：楊果。祁州古屬中山國，故稱。

〔一〇〕「隨雅」句：漢揚雄《法言·吾子》：「或問：『吾子少而好賦？』曰：『然。童子雕蟲篆刻。』」蟲，指蟲書，一種字體。後喻詞章小技。

〔一一〕禰衡（一七三——一九八）：字正平，平原郡（今山東省臨邑縣）人，漢末名士。《初學記》卷十八引張隱《文士傳》：「禰衡有逸才，少與孔融交，時衡未滿二十，而融已五十，敬衡才秀，忘年殷勤。」孔文舉：孔融，字文舉。句以禰衡喻楊果，謂其懷才而難遇伯樂。

〔一二〕坡老：蘇軾號東坡居士。後人遂以「坡老」稱之。宋楊萬里《和陸務觀見賀歸館之韻》：「平生憐坡老，高眼薄蕭統。」陳元龍：即陳登，字元龍，徐州人也。機敏高爽，博覽載籍，雄氣壯節，少有扶世濟民之志。蘇軾《踏莎行》有「元龍非復少時豪，耳根洗盡功名話」語，抒發致仕後落寞失志情懷。

〔一三〕「唯之」句：用阮瞻典故。《世説新語·文學》：「阮宣子有令聞，太尉王夷甫見而問曰：『老莊與聖教同異？』對曰：『將無同。』」宋程大昌《續演繁露·將毋同》：「王戎問老莊、孔子異，阮瞻曰：『將毋同。』不直云同而云『將毋同』者，晉人語度自爾也。」唯：恭敬地答應；阿：怠慢地答應。唯之與阿：語自老子《道德經》：「唯之與阿，相去幾何？美之與惡，相去若何？」將無同：没什麽不同，没什麽區别。

〔一四〕飛蓬：比喻行蹤飄泊不定。雙飛蓬：喻楊果與自己。

江村

陸地無根客〔一〕，江村有髮僧〔二〕。兩盂殘喘粥〔三〕，一寸苦吟燈〔四〕。

【注】

〔一〕無根客：浮萍浪子，行蹤飄泊不定。

〔二〕有髮僧：帶髮修行。宋吴曾《能改齋漫録》卷八載：黄庭堅自讚其像「似僧有髮，似俗無空，作夢中夢，見身外身」。金人多用之，如趙秉文《遊草堂寺》：「憑誰守語草堂靈，我是無塵有髮僧。」劉仲尹《一室》：「少時豪氣愛陳登，老去真成有髮僧。」元好問《無塵亭》：「胸中自有西風扇，身外休論有髮僧。」李俊民《大顛圖》：「相逢盡説空門話，多少人間有髮僧。」

〔三〕殘喘：比喻勉强維持生存。

〔四〕苦吟：反復吟詠，苦心推敲。言作詩極爲認真。唐馮贄《雲仙雜録·苦吟》：「孟浩然眉毫盡落；裴祐袖手，衣袖至穿；王維至走入醋甕。皆苦吟者也。」

集句題廣寧勝覽亭〔一〕

檐前無數好峰巒，醉眼詩腸冰雪寒。不識閭山真面目〔二〕，請君來此憑闌干〔三〕。

【注】

〔一〕集句：輯前人詩句以成篇什。宋嚴羽《滄浪詩話·詩體》：「有擬古，有連句，有集句，有分題。」宋沈括《夢溪筆談·藝文一》：「荆公始爲集句詩，多者至百韻，皆集合前人之句。」全詩用隋牛弘《詠宜山》：「檐前無數好峰巒，醉眼詩腸冰雪寒。不識宜山真面目，請君來此倚闌干。」廣寧：廣寧縣，北鎮閭山所在地。勝覽亭：亭名。在廣寧縣。

〔二〕閭山：醫巫閭山，古稱於微閭、無慮山。在遼寧省錦州北鎮市境内。古時稱北鎮。

〔三〕「請君」句：《宋詩紀事·閩清野人》：《寒亭》：「六月火雲天不雨，請君來此憑闌干。」

獅子峰〔一〕

解脱眼光三界靜〔二〕，端公伎倆一時休〔三〕。雲開正使金毛現〔四〕，子細看來是石頭〔五〕。

【注】

〔一〕獅子峰：在河北元氏縣封龍山。封龍山有獅子峰、熊耳峰等。

〔二〕「解脱」句：用隋解脱禪師典。《古清涼傳》卷上載，解脱禪師俗姓邢氏，于東臺之左「再三逢遇」文殊師利，親承音訓，悟無生忍。「厥後，大聖躬臨試驗。脱每清旦，爲衆營粥。大聖忽現于前，脱殊不顧視。大聖驚曰：『吾是文殊，吾是文殊。』脱應聲曰：『文殊是文殊，解脱自解脱。』」三界：佛教指衆生輪回的欲界、色界和無色界。

〔三〕「端公」句：用獅子淨端禪師典。《五燈會元》卷十二載，獅子淨端禪師，湖州人，姓丘氏。始見弄獅子，發明心要。……合彩爲獅子皮，時被之，因號「端獅子」。丞相章公慕其道，躬請開法吴山，化風盛播。

〔四〕「雲開」句：用趙州從諗和尚典。《五燈會元》卷四載，趙州從諗將遊五臺，有大德作偈留曰：「雲中縱有金毛現，正眼觀時非吉祥。」金毛：佛教所謂文殊世尊座駕金毛獅子。

〔五〕子細：仔細。石頭：指獅子峰。

送窮〔一〕

昔年曾作送窮詩，結柳齎糧擬退之〔二〕。送去還來還復語，君家猶有讀書兒〔三〕。

【注】

〔一〕送窮：舊時驅送窮鬼的一種習俗。送窮的具體時日以及方式多有不同：一爲正月晦日。唐韓愈《送窮文》李翹注：「予嘗見《文宗備問》云：『顓頊高辛時，宫中生一子，不着完衣，宫中號爲窮子。其後正月晦死，宫中葬之，相謂曰：「今日送卻窮子。」自爾相承送之。』」一説爲正月二十九日。《歲時廣記·月晦》引《圖經》：「池陽風俗，以正月二十九日爲窮九日，掃除屋室塵穢，投之水中，謂之『送窮』。」一説爲正月初六。《歲時廣記·人日》引宋呂原明《歲時雜記》：「人日前一日，掃聚糞帚，人未行時，以煎餅七枚覆其上，棄之通衢以送窮。」

〔二〕「結柳」句：韓愈，字退之。其《送窮文》：「元和六年正月乙丑晦，主人使奴星結柳作車，縛草爲船，載糗輿粻，牛繫軛下，引帆上檣。三揖窮鬼而告之。」

〔三〕「送去」二句：古人言爲仁不富，爲富不仁。讀書人以孔孟仁義爲人生價值取向，故多窮困。基此，二句謂正因家有讀書兒，所以窮鬼就還來糾纏不休。

使高麗〔一〕

去國五千里，馬頭猶向東。宦情蕉葉鹿〔二〕，世味蓼心蟲〔三〕。倦枕三更夢，征衫八月風。山川秋滿眼，歸思寄孤鴻〔四〕。

【注】

〔一〕高麗：高麗國。李遹曾使高麗，時日不詳。

〔二〕「宦情」句：用蕉鹿夢典故，言仕宦得失無常，世事如夢。《列子·周穆王》：「鄭人有薪於野者，遇駭鹿，御而擊之，斃之。恐人見之也，遽而藏諸隍中，覆之以蕉，不勝其喜。俄而遺其所藏之處，遂以爲夢焉。」蕉，通「樵」。後以「蕉鹿」指夢幻。宋辛棄疾《水調歌頭·呈南澗》詞：「笑年來，蕉鹿夢，畫蛇杯。」
〔三〕蓼心蟲：蓼爲一年生草本植物，生長于水邊和水中，莖葉味辛辣。蓼中蟲以食辛辣爲生。句謂人心莫測，世道險惡，久味之甚爲辛酸。
〔四〕孤鴻：孤單的鴻雁。

陳司諫規 二首

規字正叔，稷山人〔一〕，明昌五年進士。博學能文，詩亦有律度〔二〕。爲人敦厚，動有禮節。南渡以後，諫官稱許古、陳規，而正叔不以訐直自名〔三〕，尤見重云。仕至右司諫，卒官。子良臣，今在燕中〔四〕。

【注】
〔一〕稷山：縣名，金時屬河東南路絳州，今山西省稷山縣。
〔二〕律度：規矩法度。
〔三〕訐直：指亢直敢言。
〔四〕燕中：燕京。金中都，今北京市。

送雷御史希顔罷官南歸〔一〕

五事前陳志拂劘〔二〕，屹如砥柱閲頽波〔三〕。一麾共惜延年去〔四〕，三黜何傷柳季和〔五〕。運蹇仕途如我老①〔六〕，激昂衰俗在君多〔七〕。扁舟南去知難戀，萬頃煙波一釣蓑〔八〕。

【校】

①運：李本、毛本作「連」。

【注】

〔一〕雷御史希顔：雷淵（一一八四——一二三一），字希顔，别字季默。應州渾源人。至寧元年進士，調任涇州録事。後因牽連入獄，出獄後改官東平，授徐州觀察判官。凡事爲民着想，百姓畫像感念。轉任應奉翰林文字，拜監察御史。《金史》卷一一〇有傳，《中州集》卷六有小傳。正大五年，雷淵巡按河南，至蔡州，縛奸豪，杖殺五百人，又號「雷半千」。爲人所訟，罷官南歸。陳規作此詩相送。

〔二〕「五事」句：元好問《雷希顔墓銘》：「希顔正大初拜監察御史。時主上新即位，宵衣旰食，思所以宏濟艱難者爲甚力。希顔以爲天子富於春秋，有能致之資，乃拜章言五事，大略謂：精神爲可養，初心爲可保，人君以進賢退不肖爲職，不宜妄費日力，以親有司之事。上嘉納焉。」拂劘：即劘拂，規戒。

〔三〕砥柱：以黄河三門峽之中流砥柱比喻能負重任、支危局的人或力量。頹波：比喻衰頹的世風或事物衰落的趨勢。

〔四〕「一麾」句：《文選·顔延之·五君詠·阮始平》：「屢薦不入官，一麾乃出守。」李善注：「曹嘉之《晉紀》曰：『山濤舉咸爲吏部郎，三上，武帝不能用也。』麾：有揮斥、排擠意，謂阮咸受荀勖排斥，出爲始平太守。句用此典言雷淵被罷官乃受人排擠詆毁所致。

〔五〕三黜：三次被罷官。用古代賢人柳下惠「三黜不去」事。《論語·微子》：「柳下惠爲士師，三黜。人曰：『子未可以去乎？』曰：『直道而事人，焉往而不三黜？枉道而事人，何必去父母之邦？』」漢劉向《列女傳》：「柳下惠處魯，三黜而不去，憂民救亂。」柳季和：柳下惠，名獲，字禽，又字季，也稱「柳下季」。《孟子·萬章下》贊曰：「柳下惠，聖之和者也。」故世稱「和聖」。句言雷淵因正直執法而多次被撤職猶不改初衷。

〔六〕運蹇：即時運不濟，指身處逆境，遭遇坎坷。

〔七〕「激昂」句：元好問《雷希顔墓銘》：「(希顔)遇不平，則疾惡之氣見於顔間，或嚼齒大駡不休。雖痛自摧折，猝亦不能變也。」激昂衰俗：謂化俗起衰。

〔八〕萬頃煙波：形容廣闊的水面霧氣彌漫、碧波蕩漾的景色。宋楊萬里《潮陽海岸望海》：「客間供給能消底，萬頃煙波一白鷗。」

過驪山〔一〕

豐鎬無由問故基〔二〕，三章只見黍離詩〔三〕。而今多少華清石〔四〕，都與行人刻豔辭〔五〕。

【注】

〔一〕驪山：秦嶺北側支脈。因遠望山勢如同一匹駿馬，故名驪山。驪山温泉噴湧，風景秀麗多姿，自西周以來就成爲帝王遊樂寶地，營建過許多離宫别墅。

〔二〕豐鎬：亦作「豐鄗」。周的舊都。文王邑豐，在今陝西省西安市西南豐水以西。武王遷鎬，在豐水以東。其後周公雖營洛邑，豐鎬仍爲當時政治文化中心。

〔三〕「三章」句：《詩・王風・黍離》三章，毛詩序稱：「《黍離》，閔宗周也。周大夫行役至於宗周，過宗廟公室，盡爲黍離。閔宗周之顛覆，彷徨不忍去而作是詩也。」後代遂以「黍離之悲」指亡國之痛和故國之思。

〔四〕華清石：華清池旁的石頭。

〔五〕豔辭：浮豔輕薄的話。

馮内翰延登　一十七首

延登字子駿，吉州人〔一〕。承安二年進士。令寧邊日〔二〕，適閑閑公守此州〔三〕，與之考論文義，相得甚歡，故子駿詩文皆有律度〔四〕。正大末，奉命北使，見留，使招鳳翔〔五〕，不從。欲殺者久之，割其鬚髯，羈管豐州二年〔六〕，乃得還。天興初元，授禮部侍郎。京城陷，自投井中。子駿資禀淳雅，與人交，殊款曲〔七〕。讀書長于《易》、《左氏傳》，好賢樂善，有前輩風調。嘗欲作《國朝百家詩》而不及也〔八〕。有集，號横溪翁。予過大名〔九〕，見於其子源。如《賦德順道院隴泉》云：「玉壘制方維，瓊漿閟仙宅。何人劚雲根〔一〇〕，一旦泄地脈〔一一〕。金匱鎖龍漦〔一二〕，月窟逗蟾液。銅壺漏水清，玉斗天醴碧。光摇日千道，影落天一席。窈然仇池穴，自與天壤隔。」又《登封途中遇雨留僧舍》云：「濕雲若煙低，飛雨如矢集。近山衣已涼，薄寒復相襲。霽景函草木，秋意滿原隰。林紅寒更殷，山翠晴更濕。不知高幾許，但見蒼壁立。群峰誰暇數，庭笴紛戢戢〔一三〕。騰擲來眼中〔一四〕，左右疲顧揖。」皆其得意句也。

【注】

〔一〕吉州：州名，金時屬河東南路平陽府。今山西省吉縣。

〔二〕寧邊：縣名，金時屬西京路寧邊州，貞祐三年改隸嵐州。治今內蒙古清水河縣。

〔三〕閑閑公：趙秉文，號閑閑老人。《金史》本傳載，趙大安元年出守寧邊州。

〔四〕律度：規矩法度。

〔五〕鳳翔：府名。金時屬鳳翔路。治今陝西省鳳翔縣。句言使馮氏招降被蒙古軍圍困的守城將官。

〔六〕豐州：州名，金時屬西京路。治今内蒙古呼和浩特市東。

〔七〕款曲：殷勤酬應。《南史·齊紀下·廢帝郁林王》：「接對賓客，皆款曲周至。」

〔八〕「嘗欲」句：元好問《中州集·序》：「歲壬辰，予掾東曹，馮内翰子駿延登、劉鄧州光甫祖謙約予爲此集。時京師方受圍，危急存亡之際，不暇及也。」

〔九〕大名：府名，金時屬大名府路，治今河北省大名縣。

〔一〇〕劚：斫，砍削。雲根：深山雲起之處。杜甫《題忠州龍興寺所居院壁》：「忠州三峽内，井邑聚雲根。」仇兆鼇注：「張協詩『雲根臨八極』注：五嶽之雲觸石出者，雲之根也。」

〔一一〕地脈：指地下水。唐孟云卿《放歌行》：「地脈日夜流，天衣有時掃。」

〔一二〕「金匱」句：《國語·鄭語》載：夏之衰，有二神龍止于王庭。夏后卜殺之與去之與止之，莫吉。卜請其漦而藏之，吉。及周厲王之末，發而觀之，漦流於庭，化爲玄黿。後宫童妾遇之而孕，生褒姒。周幽王寵褒姒，欲殺申后所生太子而立褒姒子伯服，引起申戎之亂，西周因此而亡。龍漦：古代傳説中神龍所吐唾沫。

〔一三〕戢戢：密集貌。宋蘇舜欽《天平山》：「吴會括衆山，戢戢不可數。」

〔一四〕騰擲：跳躍。

郾城道中〔一〕

北風慘澹揚沙塵〔二〕，郾西三日無行人。十村九村雞犬静，高田下田狐兔馴。昨朝屏息過溪口〔三〕，知有白額藏深榛〔四〕。赤子弄兵更可惻〔五〕，路旁僵屍衣血新。野叟傴僂行拾薪〔六〕，欲語辟易如驚麕〔七〕。瘦梅疏竹未慰眼，只有清淚沾衣巾。

【注】

〔一〕郾城：縣名，金代屬南京路許州。在今河南省漯河市。

〔二〕慘澹：暗淡；悲慘凄凉。

〔三〕屏息：猶屏氣。因恐懼而屏住呼吸。

〔四〕白額：猛虎。李白《大獵賦》：「雖鑿齒磨牙而致伉，誰謂南山白額之足睹。」王琦注：「白額虎，蓋虎之老者，力雄勢猛，人所難禦。」榛：一种灌木。

〔五〕赤子弄兵：指百姓興兵作亂，起義造反。《漢書・龔遂傳》：「故使陛下赤子，盜弄陛下之兵于潢池中耳。」

〔六〕傴僂：俯身。

〔七〕辟易：退避；避開。麕：獐，似鹿而小，無角，性膽怯。

元日隆安道中〔一〕

山岡重複三竿日，溪路縈迴一席天。老境飄零情更惡〔二〕，又從馬上得新年。

【注】

〔一〕元日：正月初一。隆安：本金之隆州，貞祐初陞爲隆安府，屬上京路。治今吉林省農安縣。

〔二〕老境：老年時期。

宿三家寺

老柏蒼蒼纏老藤〔一〕，招提牢落有殘僧〔二〕。瞑禽自入藏經閣〔三〕，飢鼠時窺照佛燈〔四〕。未得安心如北秀〔五〕，卻思覓法趁南能〔六〕。濛濛雨暗門前路，更得雲房一曲肱〔七〕。

【注】

〔一〕蒼蒼：深青色。蘇軾《留題仙都觀》：「山前江水流浩浩，山上蒼蒼松柏老。」

〔二〕招提：梵語。其義爲「四方」。四方之僧稱招提僧，四方僧之住處爲招提僧坊。自北魏太武帝造伽藍，創招提之名，後遂爲寺院的别稱。牢落：寥落。零落荒蕪貌。

〔三〕藏經閣：此指寺院儲藏經書的樓閣。

〔四〕照佛燈：佛像前的油燈。

〔五〕北秀：神秀，唐代高僧，禪宗五祖弘忍弟子，北宗禪創始人。相傳禪宗初祖達摩與慧可安心，而傳法慧可。弘忍曾讓弟子作偈擇人，神秀偈未被認可，未得傳法，故云其「未得安心」。

〔六〕南能：慧能，唐代高僧，得弘忍傳法，爲禪宗六祖。其禪法稱南宗禪。

〔七〕雲房：僧道居住的房屋。一曲肱：曲肱而枕。謂彎着胳膊作枕頭。

代郡楊𢿰之與余同辰，月日時亦然。渠有詩，因爲次韻〔一〕

陰陽亹亹定何如〔二〕，自信祥金先有模〔三〕。曾見唐生談躍馬〔四〕，豈知阮籍亦窮途〔五〕。倦遊笑我衰髯白，弄筆憐君醉袖烏〔六〕。便欲移書與歐九，略分餘論爲噓枯〔七〕。

【注】

〔一〕代郡：代州。金時屬河東北路。今山西省代縣。楊𢿰之：代州人，與馮延登同月同日同辰生，餘不詳。次韻：也稱步韻，和詩的一種。即按照原詩的韻脚及用韻次序來和詩。

〔二〕亹亹：行進貌。《楚辭·九辯》：「時亹亹而過中兮，蹇淹留而無成。」王逸注：「亹亹，進貌。」古人認爲始出生吸陰陽五行時運之氣以定性分，故有生辰八字說。

〔三〕祥金：精金，吉金。模：也稱鎔範，指使金成形狀的工具，唐劉禹錫《故吏部侍郎奚公神道碑》：「推是風鑒，移於大冶，則鎔範之内無非祥金。」

〔四〕「曾見」句：《史記·范睢蔡澤列傳》載，蔡澤從唐舉相，「唐舉曰：『先生之壽，從今以往者四十三歲。』蔡澤笑謝而去，謂其御者曰：『吾持粱齧肥，躍馬疾驅……食肉富貴，四十三年足矣。』」唐陳子昂《贈嚴倉曹乞推命録》：「願奉唐生訣，將知躍馬年。」唐生：唐舉，戰國梁人。以善相術著名。《荀子·非相》：「今之世梁有唐舉相人之形狀、顔色而知其吉凶、妖祥，世俗稱之。」躍馬：指獲取功名富貴。

〔五〕「豈知」句：用阮籍窮途之哭典故。事見《晉書·阮籍傳》：「時率意獨駕，不由徑路，車跡所窮，輒痛哭而返。」

〔六〕「弄筆」句：化用蘇軾《將往終南和子由見寄》詩句：「窮年弄筆衫袖烏，古人有之我願如。」弄筆：謂執筆寫字、爲文、作畫。

〔七〕「便欲」二句：用歐陽修褒獎好友梅聖俞的話勸勉身處困境的好友楊氏，有所失必有所得。移書：致書。歐九：指歐陽修。餘論：識見深到的宏論。嘘枯：《後漢書·鄭太傳》：「孔公緒清談高論，嘘枯吹生。」李賢注：「枯者嘘之使生，生者吹之使枯。言談論有所抑揚也。」

寄笏青柯平〔一〕

飛雪驚沙捲屋茅，清寒潑水透綈袍〔二〕。松風度壑江聲遠，蘿月當軒扇影高〔三〕。敢對名山談世事〔四〕，不妨空腹貯離騷〔五〕。且將手版牢藏起〔六〕，政恐山人識馬曹〔七〕。

【注】

〔一〕笏：古代大臣上朝拿着的手板。青柯平：即青柯坪。華山地名。位於峪山谷口約二十里處，三面環山，地勢平坦，林草茂盛。廟宇古樸，浮蒼點黛，故名。

〔二〕綈袍：厚繒製成之袍。

〔三〕蘿月：藤蘿間的明月。南朝宋鮑照等《月下登樓聯句》：「髣髴蘿月光，繽紛篁霧陰。」扇影：按上句「江聲遠」喻松濤，則此以團扇喻圓月。

〔四〕敢：豈敢，不敢。名山：指華山。世事：世俗之事。

〔五〕離騷：泛指詞賦、詩文。

〔六〕手版：指古時官吏上朝或謁見上司時所拿的笏。即詩題中所寄之「笏」。

〔七〕山人：隱居在山中的士人。馬曹：管馬的官署。多用以指閒散的官職或卑微的小官。

射虎得山字

田翁太息論三害〔一〕，獵騎俄驚見一斑〔二〕。涎口風生雷吼怒，角弓寒勁月痕彎〔三〕。柳營共許千人敵〔四〕，魚服仍餘一矢還〔五〕。我欲殘年賞神駿〔六〕，短衣匹馬夢南山〔七〕。

【注】

〔一〕「田翁」句：《晉書・周處傳》：「處自知爲人所惡，乃慨然有改勵之志，謂父老曰：『今時和歲豐，何苦而不樂邪？』父老歎曰：『三害未除，何樂之有？』處曰：『何謂也？』答曰：『南山白額猛獸，長橋下蛟，並子爲三矣！』」

〔二〕「獵騎」句：用李廣射虎典。《史記・李將軍列傳》：「廣出獵，見草中石，以爲虎而射之，中石没鏃，視之石也……廣所居郡聞有虎，嘗自射之。及居右北平，射虎。虎騰傷廣，廣亦竟殺之。」斑：即斑子，虎的别名。《太平廣記》卷四二八引唐戴孚《廣異記・斑子》：「中夜，有二虎欲至其所，山魈下樹，以手撫虎頭曰：『斑子，我客在，宜速去也。』二虎遂去。」

〔三〕角弓：以獸角爲飾的硬弓。月痕彎：形容拉弓彎圓如月。蘇軾《江城子・密州出獵》：「會挽雕弓如滿月。」

〔四〕柳營：指軍營。漢文帝時，漢軍分駐霸上、棘門、細柳，以備匈奴。細柳營主將爲周亞夫，紀律嚴明，軍容整齊，連文帝及隨從也得經周亞夫的許可，才可入營。（《史記・絳侯周勃世家》）《史記》李廣本傳載，「武帝立，左右以爲廣名將也，於是廣以上郡太守爲未央衛尉」。「廣居右北平，匈奴聞之，號曰『漢之飛將軍』，避之數歲，不敢入右北平。」句當指此。

〔五〕魚服：魚皮製的箭袋。服，通「箙」。《詩・小雅・采薇》：「四牡翼翼，象弭魚服。」孔穎達疏：「以魚皮爲矢服，故云魚服。」《史記》本傳：李廣被匈奴擒，奪胡兒馬南馳，「匈奴捕者騎數百追之，廣行取胡兒弓，射殺追騎，以故得脱。」句當指此。

〔六〕神駿：駿馬、好馬。

〔七〕南山：用李廣射獵南山事。《史記》本傳：「廣家與故潁陰侯孫屏野居藍田南山中射獵。」

雪

屋破寒無那〔一〕，庭空雪已深。山川非舊觀，松柏見貞心〔二〕。凍雀爭遺粒，棲鴉點暮林。攜琴訪溪友〔三〕，清興憶山陰〔四〕。

【注】

〔一〕無那：猶無奈。無可奈何。

〔二〕貞心：堅貞不移的心地。《論語·子罕》：「歲寒，然後知松柏之後凋也。」

〔三〕溪友：指居住溪邊寄情山水的朋友。

〔四〕「清興」句：《世説新語·任誕》：「王子猷居山陰，夜大雪……忽憶戴安道。時戴在剡，即便夜乘小船就之。經宿方至，造門不前而返。人問其故，王曰：『吾本乘興而行，興盡而返，何必見戴？』」清興：清雅的興致。

華清故宫〔一〕

寵貴羊羔退曲江〔二〕，華清霧閣對雲窗。層巒未了霓裳舞〔三〕，遷客俄驚羯鼓腔〔四〕。檐際疏星疑曉鏡，天邊晴樹認高幢〔五〕。遊人尚喜風流在，白石涵波皂莢雙〔六〕。

【注】

〔一〕華清故宫：古代離宫，以温泉湯池著稱。在今陝西省西安市臨潼區驪山北麓。秦始皇曾在此「砌石起宇」，西漢、北魏、北周、隋代亦建湯池。貞觀十八年，唐太宗詔令在此造殿，賜名湯泉宫。天寶六年改名華清宫。

〔二〕寵貴羊羔：暗指楊貴妃。因羊楊諧音，羔有憐愛意。曲江：位於西安城區東南部，爲唐代著名的皇家園林所在地，内有曲江池、大雁塔等古跡。史載唐玄宗冬居華清宫，句言楊貴妃隨唐玄宗出京移居。

〔三〕霓裳舞：霓裳羽衣曲。相傳唐玄宗李隆基夢入月宫，聽到仙樂，見素娥數百人素練霓裳而舞，心中默記，帶回人間，又吸收《婆羅門曲》加以改製，後由楊貴妃創作成舞蹈，取名爲「霓裳羽衣」。開元、天寶年間曾盛行一時。唐張説《華清宫》云：「天闕沉沉夜未央，碧雲仙曲舞霓裳。一聲玉笛向空盡，月滿驪山宫漏長。」

〔四〕遷客：指遭貶斥放逐之人。羯鼓：出自於外夷的樂器，據説來源于羯族。以上兩句寫安史之亂爆發，二句化用白居易《長恨歌》「漁陽鼙鼓動地來，驚破霓裳羽衣曲」意。

〔五〕幢：旗幡。

〔六〕皂莢：合歡皂莢。相傳爲唐玄宗與楊貴妃手植，每歲結實，必有十數莢呈合歡狀。一在原華清宮七聖殿西南角，一在臨潼斜口南原上，人稱之爲「唐皂莢」。宋朱翌《吴道子華清宮圖》：「泉鳴三湯春濛濛，合歡皂莢雙垂紅。」

西園得西字〔一〕

芳逕層巒百鳥啼，芝廛蘭畹自成蹊〔二〕。仙舟倒影涵魚藻〔三〕，畫棟銷香落燕泥。淑景晴薰紅樹暖〔四〕，蕙風輕泛碧叢低。岡頭醉夢俄驚覺，歌吹誰家在竹西〔五〕。

【注】

〔一〕西園：北宋名園，在汴京（今河南省開封市）西。北宋末年，宋徽宗動用了大量人力物力，把江南地區的名花奇石運到汴京，裝點園林。當時京都百里之内，名園遍布。西園即其中之一，至金末尚存。參見元好問《西園》詩。

〔二〕芝廛蘭畹：指園圃。廛、畹，俱指土地。

〔三〕仙舟：舟船的美稱。魚藻：水藻。

〔四〕淑景：美景。

〔五〕「歌吹」句：唐杜牧《題揚州禪智寺》：「誰知竹西路，歌吹是揚州。」

八月十四日宿官塔下院二首〔一〕

野僧引客看修竹，拄杖入林驚暝禽。一道細泉鳴蘚磴〔二〕，恍如閑聽穎師琴〔三〕。

【注】

〔一〕下院：僧寺的分院。

〔二〕蘚磴：布滿苔蘚的石階。

〔三〕穎師：中唐時期善于彈琴的僧人。韓愈作《聽穎師彈琴》詩，李賀有《聽穎師彈琴歌》。

又

喬松修竹翠交陰，涼月玲瓏地布金〔一〕。老懶無詩酬節物〔二〕，夜涼閑聽候蟲吟〔三〕。

【注】

〔一〕玲瓏：明徹貌。地布金：《釋氏要覽》卷上：「金地或云金田，即舍衛國給孤長者側布黃金，買祇陀太子園，建精舍請佛居之。」故「金地」亦借指寺院。

〔二〕節物：各個季節的風物景色。

〔三〕候蟲：隨季節而生或活躍的昆蟲。如夏天的蟬、秋天的蟋蟀等。

探春得波字〔一〕

好雨新晴景氣和〔二〕，東陂冰盡水增波〔三〕。茅茨影裏燕雙語〔四〕，桃李梢頭春幾何。霽靄未收芳陌潤〔五〕，斜陽偏傍小樓多。雕鞍畫轂方爭道〔六〕，更得留連藉緑莎〔七〕。

【注】

〔一〕探春：早春郊遊。唐宋風俗，都城士女在正月十五日收燈後爭先至郊外宴遊，叫探春。五代王仁裕《開元天寶遺事·探春》：「都人士女，每至正月半後，各乘車跨馬供帳於園圃或郊野中，爲探春之宴。」宋周密《武林舊事·西湖遊幸》：「都城自過收燈，貴遊巨室，皆爭先出郊，謂之『探春』。」

〔二〕景氣：景色；景象。

〔三〕「東陂」句：冰雪融化後，東陂的水位上漲，水波蕩漾。陂：池塘。

〔四〕「茅茨」句：謂茅屋間依稀看見燕子的身影，聽到它們的呢喃聲。茅茨：茅草蓋的屋頂。亦指茅屋。

〔五〕霽靄：雨後初霽時的霧靄。

〔六〕雕鞍畫轂：泛指裝飾華美的車子。代指探春的人們。

〔七〕留連：舍不得離去。杜甫《又送辛員外》：「細草留連侵坐軟，殘花悵望近人開。」緑莎：泛指緑草地。

春雨二首

山市人歸暮雨飛〔一〕，倚笻久立看檐霏〔二〕。乍來勢若懸麻密〔三〕，暫止聲如鼓瑟希〔四〕。砌下蟻歸低赤幘〔五〕，簾間燕入濕烏衣〔六〕。今宵客夢知安穩〔七〕，厭浥新涼到枕幃〔八〕。

【注】

〔一〕山市：山區集市。

〔二〕倚笻：拄着竹杖。霏：雲氣。

〔三〕懸麻：即懸麻雨，指大雨。以其密集如麻，故稱。

〔四〕鼓瑟希：彈奏的聲音漸漸稀疏下來。語出《論語·先進》：「鼓瑟希，鏗爾，舍瑟而作。」此喻雨聲。

〔五〕赤幘：赤色頭巾。指螞蟻赤頭。

〔六〕烏衣：燕子黑色的羽毛。

〔七〕安穩：平靜、踏實。

〔八〕厭浥：潮濕。《詩·召南·行露》：「厭浥行露，豈不夙夜，謂行多露。」毛傳：「厭浥，濕意也。」枕幃：即枕芯。宋黄庭堅《見諸人唱和酴醾詩輒次韻戲詠》：「名字因壺酒，風流付枕幃。」任淵注：「《韻書》曰：幃，囊也。今人或取落花以爲枕囊。」

又

小雨濛濛潤土膏〔一〕，谷風習習不驚條〔二〕。晨煙半濕低平野〔三〕，春水初生没斷橋。已見鵝黄匀柳麥〔四〕，更看檀紫上榆椒〔五〕。從今樂事知相繼，櫛比雲平看隴苗〔六〕。

【注】

〔一〕土膏：肥沃的土地。《漢書·東方朔傳》：「故酆鎬之間號爲土膏，其賈畝一金。」

〔二〕谷風：東風，生長之風。習習：和舒貌。《詩·邶風·谷風》：「習習谷風，以陰以雨。」條：小樹枝。《詩·周南·漢廣》：「伐其條枚。」《傳》曰：「枝曰條，榦曰枚。」

〔三〕晨煙：早晨的雲霧。南朝宋顔延之《陶徵士誄》：「晨煙暮靄，春煦秋陰。陳書輟卷，置酒絃琴。」平野：平坦廣闊的原野。

〔四〕鵝黄：指淡黄色，像小鵝絨毛的顔色。柳麥：柳穗初長成時像麥穗的形狀。

〔五〕檀：淺紅色。榆椒：榆葉嫩芽。因形似椒，故稱。

〔六〕櫛比：像梳子齒那樣密地排着。漢王褒《四子講德論》：「甘露滋液，嘉禾櫛比。」

藤花得春字〔一〕

白白紅紅委暗塵〔二〕，蒼藤次第着花新①。龍蛇奮起三冬蟄〔三〕，纓絡分垂百尺身〔四〕。見説紫雲偏得意〔五〕，不知翠幄巧藏春〔六〕。齋廚晚甑清香滿〔七〕，未信侯門有八珍〔八〕。

【校】

① 着：李本、毛本作「看」。

【注】

〔一〕藤花：又名藤羅，大型落葉木質藤本，枝幹高大盤曲，勢若龍蟠。春季開花，花冠紫色，串串長垂，稍有香味，遠望似群蝶紛飛，具有很高的觀賞價值。《異苑》：「藤花，形似菱菜。朝紫，中緑，午黄，暮青，夜赤，五色變幻。」

〔二〕委：置身。暗塵：細薄的塵埃。

〔三〕龍蛇：喻指植物屈曲的枝幹。唐李商隱《武侯廟古柏》：「蜀相階前柏，龍蛇捧閟宫。」劉學鍇等集解：「段文昌《古柏文》：武侯祠前，柏壽千齡，盤根擁門，勢如龍形。」此處指藤蘿枝幹。蟄：蟄伏，潛藏。

〔四〕纓絡：纓穗。指藤花長垂的花穗。

〔五〕紫雲：指紫藤花。

〔六〕翠幄：翠色的帳幔。指紫藤架。

〔七〕齋廚：寺廟的廚房，又稱香積廚。甑：蒸食炊器，古用陶製。

〔八〕八珍：多指精美罕見的佳餚。唐白居易《輕肥》：「罇罍溢九醞，水陸羅八珍。」

蘭子野晚節軒〔一〕

華顛益信寸心丹〔二〕，直道寧論末路難〔三〕。不歎士元淹驥足〔四〕，但憂仲叔累豬肝〔五〕。籬根佳菊分秋色，檐外長松耐歲寒。几有琴書尊有酒〔六〕，卻愁兒輩覺清歡〔七〕。

【注】

〔一〕蘭子野：家有晚節軒，與馮延登交遊。曾留題河北蔚縣馬頭山清居寺五杉亭，趙秉文見而賦詩，有「君去我來杉尚在，斷腸君歿見君書」之句，可知其時蘭子野已去世。

〔二〕華顛：頭髮黑白相間，狀年老。

〔三〕直道：猶正道。

〔四〕「不歎」句：典出《三國志·蜀志·龐統傳》：「龐士元非百里才也，使處治中、别駕之任，始當展其驥足耳。」士元：龐統，字士元，號鳳雛，荆州襄陽（今湖北省襄陽市）人。三國時期，劉備的重要謀士，才智與諸葛亮齊名，官拜軍師中郎將。驥足：喻高才。

〔五〕「但憂」句：用閔仲叔「買豬肝」典故，指生活貧困。《後漢書·周黄徐姜申屠傳序》載：太原閔仲叔者，世稱節士。客居安邑，老病家貧，不能得肉，日買豬肝一片，屠者或不肯與。安邑令聞，敕吏常給焉。宋陸游《蔬食》：「何由取熊掌，幸免買豬肝。」

〔六〕几：小桌子。古人坐時憑依或擱置物件的小桌。後專指放置小件器物的傢具。《書·顧命》：「相被冕服，憑玉几。」《禮記·檀弓下》：「有司以几筵舍奠於墓左。」陳澔集説：「几，所以依神。」

〔七〕清歡：清雅恬適之樂。典出《世説新語·言語》：「謝太傅（安）語王右軍（羲之）曰：『中年傷於哀樂，與親友别，輒作數日惡。』王曰：『年在桑榆，自然至此，正賴絲竹陶寫。恒恐兒輩覺，損欣樂之趣。』」

洮石硯〔一〕

鸚鵡洲前抱石歸〔二〕，琢來猶自帶清輝〔三〕。芸窗盡日無人到〔四〕，坐看玄雲吐翠微〔五〕。

【注】

〔一〕洮石硯：又名洮河緑石硯、洮河石硯，簡稱洮硯。中國名硯之一，取材甘肅南部的洮河石。宋趙希鵠《洞天清禄集·古硯辨》：「除端、歙二石外，唯洮河緑石北方最貴重。緑如藍，潤如玉，發墨不減端溪下巖。然石在大河深水之底，非人力所致，得之爲無價之寶。」

〔二〕「鸜鵒」句：鸜鵒緑爲洮河緑石品種之一，石質細潤，色澤深緑，其中帶有深色湔墨點。故稱。

〔三〕琢來：雕琢成硯以後。

〔四〕芸窗：指書齋。

〔五〕「玄雲」句：指洮石硯的花紋。洮石石紋清晰，多似水波狀花紋，或如卷雲連綿，奇幻無窮。

劉鄧州祖謙 三首

祖謙字光甫，安邑人〔一〕，承安五年進士。歷州縣，有政跡，拜監察御史，以鯁直稱〔二〕。其不能俯仰世好〔三〕，蓋天性然也。正大初，爲右司都事，除武勝軍節度副使〔四〕，召爲翰林修撰。家多藏書，金石遺文略備。父東軒，工畫山水，故光甫以鑒裁自名〔五〕。至於信筆作簡牘〔六〕，尤有可觀。一時名士如雷御史淵、李内翰獻能、王右司渥〔七〕，皆遊其門。得人一詩可傳，必殷勤稱道〔八〕，唯恐不聞。人以此稱之。子敏仲，今在平陽〔九〕。

【注】

〔一〕安邑：縣名，金時屬河東南路解州，今山西省安邑縣。

〔二〕鯁直：剛直，率直。

〔三〕俯仰世好：隨同世俗的愛好。

〔四〕武勝軍節度：鄧州武勝軍節度，金時屬南京路，治今河南省鄧州市。

〔五〕鑒裁：指具備審察鑒别金石書畫真假優劣的才能。

〔六〕簡牘：指文書。

〔七〕雷御史淵：雷淵，字希顔，官至監察御史。李内翰獻能：字欽叔。貞祐三年狀元，授翰林應奉。王右司渥：字仲澤，太原人，興定二年進士，曾任右司員外郎。

〔八〕殷勤：頻繁，反复。

〔九〕平陽：府名，金時屬河東南路。治今山西省臨汾市。

雅集圖〔一〕

翠雀翩翩野鶴孤，玉京人物會仙圖〔二〕。後來且莫輕題品〔三〕，席上揮毫有大蘇〔四〕。

【注】

〔一〕雅集圖：即《西園雅集圖》，北宋著名人物畫畫家李伯時所畫。畫面再現了元祐中蘇軾兄弟及其友人王詵、黄庭堅等文人雅士於汴京西園集會之事。雅集：指文人雅士吟詠詩文、議論學問的集會。

〔二〕玉京：天帝所居之處，此兼指京城汴梁。

〔三〕題品：品評。

〔四〕大蘇：指宋代文學家蘇軾。宋王闢之《澠水燕談録・才識》：「於是父子名動京師，而蘇氏文章擅天下，目其文曰三蘇。蓋洵爲老蘇，軾爲大蘇，轍爲小蘇也。」

崆峒山圖爲横溪翁賦二首〔一〕

好奇仍有客相攜，絶頂披雲快一躋〔二〕。三十六峰青似染，五年拄笏羡横溪〔三〕。

【注】

〔一〕崆峒山圖：元王惲《秋澗集》謂唐李思訓所畫。崆峒山：位于今甘肅省平涼市城西。《水經注》稱其爲大隴山之異名。《莊子・在宥》謂黄帝向廣成子學道處。横溪翁：馮延登（一一七五——一二三二），字子駿，號横溪翁。吉州吉鄉（今山西省吉縣）人。承安二年進士。元光二年，兼翰林修撰，累官國子祭酒，禮部侍郎。蒙古兵攻陷京城，投井而死。《中州集》卷五有小傳，《金史》卷一二四有傳。

〔三〕躋：登。

〔三〕拄笏：即拄笏看山。比喻朝廷官員的雅致和隱士情懷。典出《世説新語·簡傲》：「王子猷作桓車騎參軍，桓謂王曰：『卿在府久，比當相料理。』初不答，直高視，以手版拄頰云：『西山朝來，致有爽氣。』」横溪：即横溪翁馮延登。

又

獨占名山每羡渠〔一〕，京塵今日汙吟鬚〔二〕。西州十載經行處〔三〕，惆悵雲煙是畫圖。

【注】

〔一〕名山：指詩題中的崆峒山。

〔二〕京塵：亦作「京洛塵」。語自晉陸機《爲顧彦先贈婦》其一：「京洛多風塵，素衣化爲緇。」後以「京洛塵」比喻功名利禄等塵俗之事。吟鬚：謂推敲詩句而捋鬚吟哦。唐盧延讓《苦吟》：「吟安一個字，撚斷數莖鬚。」

〔三〕「西州」二句：元好問《國子祭酒權刑部尚書内翰馮君神道碑銘》載，馮延登興定五年（一二二一）出爲平凉路行尚書省左右司員外郎，元光初還鞏昌軍節度副使。後回京，正大三年出爲京兆行尚書省左司員外郎。又曾出使西夏、蒙古，句指此。

高博州憲 八首

憲字仲常，遼東人。祖衎，字穆仲，國初進士，仕至吏部尚書。伯父守義，大定十六年進士。父守信，以蔭補官〔一〕。叔守禮，宣徽使。仲常，黄華之甥〔二〕，幼學于外家〔三〕，故詩筆字畫俱有舅氏之風。天資穎悟，博學强記，在太學中諸人莫敢與抗〔四〕。泰和三年，乙科登第〔五〕。自言于世味澹無所好，惟生死文字間而已。使世有東坡〔六〕，雖相去萬里，亦當往拜之。屏山《故人外傳》説仲常年未三十〔七〕，作詩已數千首矣。釋褐博州防禦判官〔八〕。遼陽破〔九〕，没于兵間。

【注】

〔一〕蔭：庇蔭。封建時代子孫因先世有功勞而得到封賞。

〔二〕黄華：王庭筠，字子端，號黄華老人。大定十六年進士，仕至翰林修撰。金中期著名詩人，又工書善畫，山水墨竹享譽當世。

〔三〕外家：母親的娘家。舅家。

〔四〕太學：國學。古代設於京城的最高學府。西周已有太學之名。漢武帝元朔五年（前一二四）初置，東漢大爲發展。魏晉到明清，或設太學，或設國子學（國子監），或兩者同時設立，名稱不一，制度亦有變化，但均爲傳授儒家經典的最高學府。金代五品以上官員的子弟方可入國子監太學。《金史·選舉一》：「凡養士之地曰國子監，始置於天德三年，後定制，詞賦、經義生百人，小學生百人，以宗室及外戚皇后大功以上親、諸功臣及三品以上官兄弟子孫年十五以上者入學，不及十五者入小學。大定六年始置太學，初養士百六十人，後定五品以上官兄弟子孫百五十人，曾得府薦及終場人二百五十人，凡四百人。」

〔五〕乙科：指進士科及第中的乙等。

〔六〕東坡：宋代文豪蘇軾，號東坡居士。

〔七〕屏山：李純甫號。

〔八〕釋褐：指進士及第授官。博州：州名，金時屬山東西路，治今山東省聊城市。

〔九〕遼陽：府縣名，金時屬東京路。今遼寧省遼陽市。

元夕無燈〔一〕

九陌無燈夜悄然〔二〕，小紅時見點春煙〔三〕。多情惟有梅梢月，拍酒樓頭照管絃。

【注】

〔一〕元夕：舊稱農曆正月十五日爲上元節，是夜稱元夕，與「元夜」、「元宵」同。

〔二〕九陌：泛指都城大道和繁華鬧市。

〔三〕春煙：泛指春天的雲煙嵐氣等。

寄李天英〔一〕

稻秸蒼蒼陂已枯〔二〕，西風剪剪弄楸梧〔三〕。蒹葭水落魚梁迴〔四〕，蟋蟀聲高山驛孤〔五〕。社甕新成元亮酒〔六〕，并刀細落季鷹鱸〔七〕。作詩遠寄霜前雁〔八〕，人在海東天一隅〔九〕。

【注】

〔一〕李天英：李經，字天英。作詩極刻苦，喜出奇語，不蹈襲前人。李純甫譽爲「今世太白」。兩試不第後，東歸遼東，朝中諸賢作詩相送。《金史》卷一二六有傳，《中州集》卷五、《歸潛志》卷二有小傳。

〔二〕蒼蒼：茂盛，衆多。《詩·秦風·蒹葭》：「蒹葭蒼蒼，白露爲霜。」毛傳：「蒼蒼，盛也。」陂：池塘。

〔三〕剪剪：風拂或寒氣侵襲貌。楸梧：楸樹和梧桐樹，高大喬木，葉子寬大。

〔四〕蒹葭：蒹和葭，水草。魚梁：攔截水流以捕魚的設施。以土石築堤横截水中，如橋，留水門，置竹笱或竹架於水門處，攔捕游魚。

〔五〕山驛：山中驛站。

〔六〕元亮酒：陶淵明，字元亮，性嗜酒。

〔七〕并刀：亦稱「并州刀」、「并州剪」，以鋒利著稱。季鷹鱸：張翰所思念的鱸魚膾。《世説新語·識鑒》：張翰在洛，見秋風起，因思吴中菰菜羹、鱸魚膾，遂命駕便歸。

〔八〕霜前雁：杜甫《九日》「舊國霜前白雁來」鮑彪注引《夢溪筆談》曰：「北方白雁似雁而小，秋深則來，白雁至則霜降，北人謂之霜信。」

〔九〕海東：指大海以東地帶。此謂李天英所在的遼東。天一隅：天邊，指極遠的地方。

題新山寺壁

列壑攢峰發興新〔一〕，落花飛絮舞餘春。虚堂坐視三千界〔二〕，冠者相從五六人〔三〕。澗草軟宜承屐齒〔四〕，溪泉清可濯纓塵〔五〕。静聽山鳥松風裏〔六〕，始悟人間樂未真〔七〕。

【注】

〔一〕列壑：衆多的溝壑。攢峰：密集的山峰。宋王安石《和王微之登高齋三首》其二：「攢峰列壑動歸興，憂端落筆何崔嵬。」

〔二〕虚堂：高堂。三千界：「三千大千世界」的省稱。

〔三〕「冠者」句：用《論語·先進》「莫春者，春服既成，冠者五六人，童子六七人，浴乎沂，風乎舞雩，詠而歸」句。

〔四〕屐齒：屐底的齒。屐，木製之鞋。底下大多有二齒，以行泥地。《宋書・謝靈運傳》：「（謝靈運）常著木屐，上山則去前齒，下山去其後齒。」

〔五〕濯纓塵：洗濯冠纓。語本《孟子・離婁上》：「滄浪之水清兮，可以濯我纓。」後以「濯纓」比喻超脱世俗，操守高潔。

〔六〕「靜聽」句：《南史・隱逸傳下・陶弘景》：「特愛松風，庭院皆植松，每聞其響，欣然爲樂。」

〔七〕人間樂：指世俗之功名利禄，七情六欲。

焚香六言四首

抹利花心曉露〔一〕，薔薇萼底温風〔二〕。洗念六根塵外〔三〕，忘情一炷煙中〔四〕。

【注】

〔一〕抹利花：即茉莉花。

〔二〕薔薇：落葉灌木，莖細長，蔓生，枝上密生小刺，羽狀複葉，小葉倒卵形或長圓形，花白色或淡紅色，有芳香。花可供觀賞，果實可以入藥。此指這種植物的花。萼：在花瓣下部的一圈葉狀緑色小片。

〔三〕六根：佛教語。謂眼、耳、鼻、舌、身、意。根爲能生之意：眼爲視根，耳爲聽根，鼻爲嗅根，舌爲味根，身爲觸根，意爲念慮之根。句言洗淨俗欲凡心。

〔四〕忘情：無喜怒哀樂之情。《世説新語·傷逝》：「聖人忘情，最下不及情，情之所鍾，正在我輩。」

又

滿地落花春曉，一簾微雨輕陰。正要金蕉引睡〔一〕，不妨玉隴知音〔二〕。

【注】

〔一〕金蕉：金蕉葉，酒杯名。唐馮贄《雲仙雜録·酒器九品》：「李適之有酒器九品：蓬萊盞、海川螺、舞仙、瓠子卮、幔捲荷、金蕉葉、玉蟾兒、醉劉伶、東溟樣。」此處代酒。

〔二〕玉隴：鼻神。宋曾慥《類説》卷三七《至道章》：「髮神蒼華字太元……鼻神玉隴字靈堅。」二句言正需要美酒引發睡意，不妨礙鼻子嗅覺靈敏。

又

紙帳收煙密下〔一〕，松灰卷火常虚〔二〕。午寂春閑小睡，人間自有華胥〔三〕。

【注】

〔一〕紙帳：以藤皮繭紙縫製的帳子。明高濂《遵生八箋》卷八載其製法：「用藤皮繭紙纏於木上，以索纏緊，勒作皺紋，不用糊，以線折縫縫之。頂不用紙，以稀布爲頂，取其透氣。」句言紙帳中焚香的細煙消散在用透氣稀布封閉的帳頂之下。

〔二〕卷：斷絶。《史記·蘇秦列傳》：「我舉安邑，塞女戟，韓氏太原卷。」張守節正義：「劉伯莊云：『太原當爲太行，卷猶斷絶。』」句言松木灰燼無火而虛松。

〔三〕華胥：夢境的代稱。典出《列子·黄帝》：黄帝晝寢，而夢游於華胥氏之國。

又

沉水濃薰甲煎〔一〕，宫梅細點波津〔二〕。奕奕非煙非霧〔三〕，依依如幻如真〔四〕。

【注】

〔一〕沉水：即沉香，香木名。盛産於亞熱帶，木質堅硬而重，味香，爲著名薰香料。因置於水中則沉，故稱「沉水」。甲煎：香料名。以沉、麝、諸藥、花等物製成，可作口脂，也可入藥。北周庾信《鏡賦》：「朱開錦蹹，黛蘸油檀，脂和甲煎，澤漬香蘭。」倪璠注引陳藏器曰：「甲煎，以諸藥及美果花燒灰和蠟治成，可作口脂。」甲：指海螺介殼口圓片狀的蓋。明李時珍《本草綱目·介二·海螺》集解引蘇頌語：「雜衆香燒之益芳，獨燒則臭。今醫家稀用，惟合香者用之。」

〔二〕波津：波律國的一種大樹所溢出的樹脂。即波律膏，又名龍腦香。宋洪芻《香譜·龍腦香》：「《酉陽雜俎》云：『出波律國，樹高八九丈……乾脂謂之龍腦香，清脂謂之波律膏。』」

〔三〕「奕奕」句：本《史記·天官書》：「若煙非煙，若雲非雲，鬱鬱紛紛，蕭索輪囷，是謂卿雲。卿雲見，喜氣也。」

〔四〕依依：依稀貌；隱約貌。

長城

秦人一鎩連雞翼，六國蕭條九州一〔一〕。祖龍跋扈侈心開〔二〕，牛豕生民付碪礩〔三〕。詩書簡册一炬空〔四〕，欲與三五爭相雄〔五〕。阿房未了蜀山上〔六〕，石梁擬駕滄溟東〔七〕。生人膏血俱枯竭，更築長城限裘褐〔八〕。臥龍隱隱半天下〔九〕，首出天山尾遼碣〔一〇〕。豈知亡秦非外兵，宮中指鹿皆庸奴〔一一〕。驪原宿草猶未變〔一二〕，咸陽三月爲丘墟〔一三〕。黄沙白草彌秋塞，惟有坡陁故基在〔一四〕。短衣匹馬獨歸時，千古興亡成一慨。

【注】

〔一〕「秦人」二句：寫秦始皇消滅六國，統一中國。鎩：古兵器名。有長刃的矛。漢賈誼《過秦論上》：「鉏耰棘矜，不銛於鉤戟長鎩也。」此作動詞用，用鎩刺。連雞：縛在一起的雞。喻群雄相互牽掣，不能一致行動。語出《戰國策·秦策一》：「諸侯不可一，猶連雞之不能俱上於棲之明矣。」鮑彪注：「連，謂繩繫之。」

〔二〕祖龍：指秦始皇。《史記·秦始皇本紀》：「今年祖龍死。」裴駰集解：「祖，始也。龍，人君象。謂始皇也。」跋扈：驕横强暴。侈心：奢侈恣肆之心。

〔三〕生民：人民。碪礩：古代斬首或腰斬用的墊板。二句謂秦始皇驕横姿肆，魚肉人民。

〔四〕「詩書」句：指秦始皇焚書事。《史記·秦始皇本紀》：「臣（李斯）請史官非秦記皆燒之。非博士官所職，天下敢有藏《詩》《書》百家語者，悉詣守尉雜燒之。有敢偶語《詩》《書》者棄市，以古非今者族。」

〔五〕「欲語」句：指秦始皇初併六國，議名號，大臣以秦功越上古的三皇五帝，遂號皇帝事。

〔六〕「阿房」句：《史記·秦始皇本紀》：「先作前殿阿房，東西五百步，南北五十丈。上可以坐萬人，下可以建五丈旗。周馳爲閣道，自殿下直抵南山。表南山之顛以爲闕……乃寫蜀、荆地材皆至。」

〔七〕「石梁」句：《藝文類聚》卷七九引《三齊略記》：「始皇作石橋，欲過海觀日出處。于時有神人，能驅石下海。城陽一山石盡起立，嶷嶷東傾，狀似相隨而去。云石去不速，神人輒鞭之，盡流血，石莫不悉赤，至今猶爾。」

〔八〕生人：猶生民，指百姓。限：阻擋。裘褐：泛指禦寒衣服。此指北方匈奴等少數民族。

〔九〕卧龍：指長城。隱隱：威重貌。《文選·潘岳·閒居賦》：「煌煌乎，隱隱乎，兹禮容之壯觀，而王制之巨麗也。」李善注：「隱隱，盛也，一作殷殷。」

〔一〇〕天山：一名白山，在伊吾縣北一百二十里處。秦長城西起處。遼碣：遼東和碣石，地近渤海。秦長城東至處。

〔一一〕「宫中」句：用趙高「指鹿爲馬」事。《史記·秦始皇本紀》：「趙高欲爲亂，恐群臣不聽，乃先設驗。持鹿獻于二世，曰：『馬也。』二世笑曰：『丞相誤邪？謂鹿爲馬。』問左右，左右或默，或言馬以阿順趙高，或言鹿者。高因陰中諸言鹿者以法，後群臣皆畏高。」

〔一二〕驪原宿草：指秦始皇墓地。《漢書·劉向傳》：「秦始皇葬于驪山之阿，下錮三泉，上崇山墳，其高五十餘丈，周迴五里有餘。」《禮記·檀弓上》：「朋友之墓，有宿草而不哭焉。」孔穎達疏：「宿草，陳根也，草經一年則根陳也，朋友相爲哭一期，草根陳乃不哭也。」句謂秦始皇死後不久。

〔一三〕「咸陽」句：叙劉邦、項羽入咸陽，項羽放火燒毁秦宫事。《史記·項羽本紀》：「項羽引兵西屠咸陽，殺秦降王子嬰，燒秦宫室，火三月不滅。」

〔一四〕坡陁：起伏、不平坦。

王監使特起 七首

特起字正之，代州崞縣人〔一〕。智識精深，好學善論議，音樂技藝無所不能。長於辭賦，出入經史，摘其英華，以爲句讀〔二〕，如天造神出，至得意不減郭黼〔三〕。在張代州門下〔四〕，與屏山爲忘年友〔五〕。泰和三年進士甲科，調真定府録事參軍〔六〕，有惠政，民立碑頌其遺愛〔七〕。改令沁源〔八〕，又遷司竹監使〔九〕，朝議欲以館職召試，會卒。《遊龍德宮》聯句云：「棘猴未窮巧〔一〇〕，槐蟻或失王〔一一〕。」《賦雙峰競秀》云：「龍頭矗雙角，駞背堆寒峰。」《華山》云：「三峰盤地軸〔一二〕，一水落天紳〔一三〕。造化無遺巧〔一四〕，丹青總失真。」閑閑公屢哦此詩〔一五〕，以爲妙。

【注】

〔一〕崞縣：縣名，金時屬河東北路代州。今山西省原平市。

〔二〕句讀：古人指文辭休止和停頓處。文辭語意已盡爲句，未盡而須停頓處爲讀。此指（將前賢典籍中的精華）概括潤色成自己的篇章。

〔三〕郭黼：金代進士，以辭賦見長。劉祁《歸潛志》卷一〇載：「張仲淹復亨少爲進士，同郭黼、周詢、盧元中宏詞科。」

〔四〕張代州：張大節，字信之，代州五臺（今山西省五臺縣）人。天德三年進士。曾官工部侍郎，户部侍郎，中都路都轉運使等，剛直忠實，廉勤好學，才藝兼通，尤能勵勉後學。《金史》卷九七有傳，《中州集》卷八有小傳。

〔五〕屏山：李純甫（一一七七——一二二三），字之純，號屏山居士，弘州襄陰（今河北省陽原縣）人。承安二年進士。《金史》一二六有傳，《中州集》卷四、《歸潛志》卷一有小傳。

〔六〕真定：府名，金時屬河北西路。治今河北省正定縣。

〔七〕遺愛：指留於後世而被人追懷的德行、恩惠、貢獻等。

〔八〕沁源：縣名，金時屬河東南路沁州。今山西省沁縣。

〔九〕司竹監：官署名。漢有司竹長，北魏有司竹都尉。隋有司竹監，唐沿置，屬司農寺。掌種植竹葦，以供宫廷及各官署製造簾篚等，并以筍供宫廷食用。《金史》卷五七：「京兆府司竹監，管勾一員，從七品，掌耨養竹園採斫之事。司吏一人，監兵百人，給耨養採斫之役。」

〔一〇〕「棘猴」句：《韓非子·外儲説左上》：戰國宋有人請爲燕王在棘刺的尖端刻猴，企圖騙取優厚的俸禄，燕王發覺其虚妄，乃殺之。後以「棘猴」喻徒費心力或欺詐誕妄。元貢師泰《寄静庵上人》：「世事同蕉鹿，人心類棘猴。」

〔一一〕「槐蟻」句：用「槐安夢」典故。唐李公佐《南柯太守傳》載，淳于棼飲酒古槐樹下，醉後入夢，見一城樓題大槐安國。槐安國王招其爲駙馬，任南柯太守三十年，享盡富貴榮華。醒後見槐下有一大蟻穴，南枝又有一小穴，即夢中的槐安國和南柯郡。後用以比喻人生如夢，榮華富貴得失無常。宋姜夔《永遇樂·次韻辛克清先生》詞：「長干白下，青樓朱閣，往往夢中槐蟻。」

〔一二〕地軸：古代傳説中大地的軸。晉張華《博物志》卷一：「地有三千六百軸，犬牙相舉。」後泛指大地。

〔一三〕天紳：自天垂下之帶。多形容瀑布。唐韓愈《送惠師》：「是時雨初霽，懸瀑垂天紳。」

〔一四〕造化：自然界的創造者。亦指自然。《莊子·大宗師》：「今一以天地爲大鑪，以造化爲大冶，惡乎往而不可哉？」遺巧：未盡其巧，精美的技藝有所保留，没有充分發揮出來。《列子·周穆王》：「穆王乃爲之改築，土木之功，赭堊之色，無遺巧焉。」

〔一五〕閑閑公：趙秉文，號閑閑老人。哦：有節奏地誦讀詩文。

沁源山中〔一〕

野夫不識武城宰〔二〕，問之無言色微改。但説今年秋雨多，黄芪滿谷無人采〔三〕。踏遍西城錦石盤，暮投佛屋解征鞍。隔林依約見燈火，山谷人家初夜寒。

【注】

〔一〕沁源：縣名，金時屬河東南路沁州。今山西省沁縣。

〔二〕武城宰：武城的長官。《論語·陽貨》：「子之武城，聞絃歌之聲。」《論語·雍也》：「子游爲武城宰。子曰：『女得人焉耳乎？』」後以「武城宰」爲稱頌地方官注重禮樂教化的典故。此處自指。時王特起爲沁源令。

〔三〕黄芪：藥草名。多年生草本。夏季開花，黄色。根甚長，可入藥。

挽張代州詞 大節〔一〕

砥柱堂堂閲潰川，諫書一紙力回天〔二〕。兩朝眷倚傳龜玉〔三〕，五郡歡謡被管絃〔四〕。芟舍棠陰餘舊緑〔五〕，夜臺松月耿孤圓〔六〕。行人漫灑碑前淚〔七〕，誰識顔公是地仙〔八〕。

【注】

〔一〕張代州：張大節，字信之。見前「王監使特起」注〔四〕。

〔二〕「砥柱」二句：《金史·張大節傳》：「後河決於衛，横流而東，滄境有九河故道，大節即相宜繕堤，水不爲害。」《金史·河渠·黄河》：「十七年秋七月，大雨，河決白溝。……以尚書工部郎中張大節、同知南京留守事高蘇董役。」砥柱：以黄河三門峽砥柱山喻能負重任、支危局的人。潰川：指黄河決口横流。力回天：指使黄河回歸故道。

〔三〕「兩朝」句：張大節年八十卒，仕海陵、世宗、章宗三朝。在世宗、章宗朝被重用。「世宗嘗謂宰臣曰：『……張大節賦性剛直，果於從政，遠在王翛之上，惜乎用之太晚。』」章宗朝，屢請老，不許，知大興府，授震武軍節度使。復乞致仕，許之。授其子忻州刺史。事見《金史》本傳。龜玉：指龜甲和寶玉。古代認爲是國家的重器。《禮記·玉藻》：「執龜玉，舉前曳踵，蹜蹜如也。」

〔四〕「五郡」句：典出《論語·陽貨》：「子之武城，聞絃歌之聲。夫子莞爾而笑曰：『割雞焉用牛刀?』」及《論語·雍也》:「子游爲武城宰。」後以「武城絃歌」爲稱譽地方官政績的典故。句指張大節任地方官期間爲民造福、百姓歡欣事。張大節先後任横海軍節度使、中都路都轉運使、知太原府、知大興府、知廣寧府、震武軍節度使。在横海軍節度使任上時,擒巨盜,治河害。「郡境有巨盜久不獲,大節以方略擒之。後河決于衛,横流而東,滄境有九河故道,大節即相宜繕堤,水不爲害。」擢中都路都轉運使,上書爲河東減賦。在太原府,治獄出色,人以爲神。又將晉祠施錢還其廟,用於營繕。知大興府事,治有能名。移知廣寧府,復請老,授震武軍節度使。上書將銀冶之利,與民共用。事見《金史》本傳。

〔五〕茇舍:指草屋。棠陰:棠樹樹蔭,喻惠政或良吏的惠行。《史記·燕召公世家》:「召公巡行鄉邑,有棠樹,決獄政事其下,自侯伯至庶人各得其所,無失職者。召公卒,而民人思召公之政,懷棠樹不敢伐,歌詠之,作《甘棠》之詩。」

〔六〕夜臺:喻墳墓。《文選·陸機·挽歌詩》:「按轡遵長薄,送子長夜臺。」李善注:「阮瑀《七哀詩》曰:『冥冥九泉室,漫漫長夜臺。』」李周翰注:「墳墓一閉,無復見明,故云長夜臺。」

〔七〕碑前淚:即「峴山淚」。典出《晉書·羊祜傳》:「襄陽百姓於峴山祜平生遊憩之所建碑立廟,歲時饗祭焉。望其碑者莫不流涕,杜預因名爲墮淚碑。」此謂因懷念張大節恩惠德政而落淚。

〔八〕顔公:顔真卿。唐開元二十二年進士,仕玄宗、肅宗、代宗三朝,四次被任命爲御史,官至吏部尚書、太子太師,封魯郡公,人稱「顔魯公」。此處比張大節。地仙:方士稱住在人間的仙人。晉葛洪《抱朴子·論仙》：「按《仙經》云：『上士舉形昇虚，謂之天仙；中士游於名山，謂之地仙；下士先死後蜕，謂之屍解仙。』」

漫作

有時幽鳥話心事〔一〕，無限秋蟲誇口才〔二〕。北闕上書吾老矣〔三〕，東籬把菊思悠哉〔四〕。竹林留得巨源在〔五〕，蓮社招入淵明來〔六〕。不然餘子敗人意〔七〕，懷抱耿耿胡爲開〔八〕。

【注】

〔一〕有時：有時候。表示間或不定。

〔二〕無限：猶無數。謂數量極多。句謂無數秋蟲在没完没了地鳴叫，似乎在逞才鬬巧，令人厭煩。

〔三〕北闕：古代宫殿北面的門樓，臣子等候朝見或上書奏事之處。後用爲朝廷的别稱。唐孟浩然《歲暮歸南山》：「北闕休上書，南山歸敝廬。」吾老矣：《論語·述而》：「子曰：『甚矣，吾衰也。久矣，吾不復夢見周公。』」後用作慨歎衰老道窮之辭。

〔四〕「東籬」句：用陶淵明歸隱采菊東籬典。《飲酒》其五：「采菊東籬下，悠然見南山。」悠哉：悠閑自在。

〔五〕「竹林」句：南朝宋顔延之作《五君詠》述竹林七賢，以山濤、王戎顯貴而不予列入。見《宋書·顔延之傳》。巨源：山濤，字巨源。竹林七賢之一。

〔六〕「蓮社」句：宋無名氏撰《蓮社高賢傳》記述廬山東林寺十八高賢的事跡，有「不入社諸賢」類，陶淵明爲其中之一。蓮社：東晉慧遠大師居廬山，與劉遺民等同修淨土，寺中有白蓮池，因號蓮社。以上二句將陶淵明蓮社事與山濤七賢事對舉，與史肅《放言二首》中「蓮社從來說陶遠，竹林今不數山王」異曲同工。

〔七〕「不然」句：用「俗物來敗人意」典故。《世說新語・排調》：「嵇、阮、山、劉在竹林酣飲，王戎後往。步兵曰：『俗物已復來敗人意！』王笑曰：『卿輩意，亦復可敗邪？』」阮籍稱王戎爲俗人，會破壞大家的興致。不然：意外。《墨子・辭過》：「府庫實滿，足以待不然。」孫詒讓《閒詁》：「不然，謂非常之變也。」敗人意：掃興。

〔八〕耿耿：煩躁不安，心事重重。《詩・邶風・柏舟》：「耿耿不寐，如有隱憂。」《楚辭・遠遊》：「夜耿耿而不寐兮，魂營營而至曙。」洪興祖《補注》：「耿耿，不安也。」胡：誰。

偶作

人情爭勝似爭碁，死怕輸人一着遲〔一〕。黑白不分傍袖手〔二〕，年來吾亦愛吾癡〔三〕。

【注】

〔一〕一着：謂下棋落一子。

〔二〕袖手：藏手於袖。謂不欲參與其事。

〔三〕年來：謂今年。

絶句二首

山勢奔騰如逸馬〔一〕，水流委曲似驚蛇〔二〕。溪靈不欲露天巧〔三〕，眼力未到雲先遮。

【注】

〔一〕逸馬：奔逃的馬。猶常言的脱繮野馬。

〔二〕委曲：彎曲，曲折延伸。驚蛇：受驚後摇擺疾竄的蛇。

〔三〕天巧：不假雕飾，自然工巧。

又

鳥語留春春已迴，落花隨意卧蒼苔〔一〕。清明寒食因循過〔二〕，萱草薔薇次第開〔三〕。

【注】

〔一〕隨意：任意。

〔二〕寒食：寒食節。在清明前一二日，有禁煙、寒食、詠詩等習俗。因循：合觀對句「次第」，此有緊接意。

〔三〕次第：依次。

下第〔一〕

人間萬事等樗蒲，敢謂何人不得盧〔二〕。勝負到頭俱偶爾〔三〕，狂夫安用繞牀呼〔四〕。

【注】

〔一〕下第：科舉時代考試不中者曰下第，又稱落第。王特起年輕時屢試科場不中。劉祁《歸潛志》卷四：「年四十餘方擢第。」

〔二〕「人間」二句：謂人生如遊戲，人人都有得采獲勝的機會。樗蒲：古代博戲名。漢代即有之，晉時尤盛行。以擲骰決勝負，得采有盧、雉、犢、白等稱，視擲出的骰色而定。其術久廢。以擲采的投子最初是用樗木製成，故稱樗蒲。後爲擲骰的泛稱。

〔三〕偶爾：亦作「偶而」，偶然。

〔四〕狂夫：此處以欣喜若狂的賭徒喻科舉高中者。繞牀呼：指參加博戲者高呼得盧的狂熱亢奮態。鄭嵎《津陽門詩》：「繞牀呼盧恣樗博，張燈達晝相謾欺。」

李經 五首

經字天英，大定人〔一〕。作詩極刻苦，如欲絶去翰墨蹊逕間者〔二〕，李趙諸人頗稱道之〔三〕。嘗有詩云：「雁奴失寒更〔四〕，拍拍叫秋水〔五〕。天長夢已盡，秋思紛難理。」最爲得意。其餘或有不可曉者。累舉不第，卒。

【注】

〔一〕大定：金府名，屬北京路，治今内蒙古寧城西南。劉祁《歸潛志》和《金史》本傳均稱李經錦州人。據趙秉文《滏水集》卷一《反小山賦》：「無塵道人李天英家海壖。」海壖，即海邊，沿海地區。或《中州集》有誤。

〔二〕絶去翰墨蹊逕：徹底擺脱前人的言辭思路。

〔三〕李趙：李純甫與趙秉文。

〔四〕雁奴：雁群夜宿沙渚時，在周圍專司警戒，遇敵即鳴的雁。宋陸游《古意》其二：「寧爲雁奴死，不作鶴媒生。」錢仲聯校注：「曾慥《類説》卷五四引《玉堂閒话》：『鴈宿於江湖沙渚中，動計千百。尤者居中，令鴈奴圍而警採捕者。』」此處泛指雁。寒更：本指寒夜的更點。後借指寒夜。

〔五〕拍拍：象聲詞。鼓翅起飛聲。

雜詩五首

長河老秋涑，馬怯冰未牢。河山吟鞭底〔一〕，日暮風更號。

【注】

〔一〕吟鞭：詩人的馬鞭。多以形容行吟的詩人。

又

晨井凍不爨〔一〕，誰療壯士飢。天廄玉山禾，不救我馬爐〔二〕。

【注】

〔一〕爨：燒火做飯。

〔二〕「天廄」二句：化用李白《天馬歌》詩句：「雖有玉山禾，不能療苦飢。」天廄：天帝的馬舍。玉山禾：傳説中的崑崙山的木禾。爐：羸弱貌。

又

塵埃汩没伺候工〔一〕，離騷不振矜魚蟲〔二〕。風雲誰復話蓍蔡〔三〕，不圖履狶哀屠龍〔四〕。挾牋搨管坐書空〔五〕，咿嚘堂上酣歌鐘〔六〕。乃知造物戲兒童〔七〕，不妨遠目送歸鴻〔八〕。莫怪魏瓠無所容①〔九〕，此去未許江船東〔一〇〕。五經不掃途轍窮〔一一〕，門庭日月生皇風〔一二〕。太阿剖室礪以石〔一三〕，坐掃鸖鶴摇天雄〔一四〕。

【校】

①瓠：毛本作「匏」。

【注】

〔一〕「塵埃」句：言作詩爲求精巧翻檢古籍，而埋没於塵埃之中。

〔二〕魚蟲：《爾雅》有《釋魚》、《釋蟲》篇，後因指文字訓詁繁瑣。宋王安石《詳定試卷》其二：「細甚客卿因筆墨，卑於《爾雅》注魚蟲。」句謂今人已失騷人之精神，學到的只是作詩的一些皮毛和技巧。

〔三〕風雲：喻雄才大略。南朝梁鍾嶸《詩品》卷中：「（張華）雖名高曩代，而疏亮之士，猶恨其兒女情多，風雲氣少。」蓍蔡：猶蓍龜，筮卜。《楚辭·王褒·匡機》：「蓍蔡兮踴躍，孔鶴兮回翔。」王逸注：「蓍，筮也；蔡，大龜也。」後以喻德高望重的棟梁人物。明張居正《少師存齋徐相公七十壽序》：「天下方以公爲蓍蔡，何可一日無也。」句言人們只着眼細碎工巧，再無人從大處着眼，重視經世濟時的雄壯陽剛之氣。

〔四〕履狶：謂檢驗豬的肥瘦。語自《莊子·知北遊》：「正獲之問於監市履狶也，每下愈況。」郭象注：「狶，大豕也。夫監市之履豕，以知其肥瘦者，愈履其難肥之處，愈知豕肥之要。」屠龍：比喻技術雖高，但不實用。語出《莊子·列禦寇》：「朱泙漫學屠龍於支離益，單千金之家。三年技成，而無所用其巧。」宋黄庭堅《林爲之送筆戲贈》：「早年學屠龍，適用固疏闊。」句言不想自己空有一身本領而無用武之地，竟被世俗之人所譏。其意同明歸有光《乙卯冬留别安亭諸友》：「彈雀人多哭，屠龍世久嗤。」

〔五〕「挾牋」句：用「書空咄咄」典故，表歎息、憤慨、驚詫之意。《世説新語·黜免》：「殷中軍被廢，在信安，終日恒書空作字。揚州吏民尋義逐之，竊視，唯作『咄咄怪事』四字而已。」搦管：握筆；執筆爲文。

〔六〕咿嚘：象聲詞。形容歎息聲。歌鐘：歌樂聲。李白《魏郡别蘇明府因北遊》：「青樓夾兩岸，萬家喧歌鐘。」

〔七〕「乃知」句：《新唐書·杜審言傳》：「初，審言病甚，宋之問、武平一等省候何如，答曰：『甚爲造化小兒相苦，尚何言？』」造物與造化皆指天地萬物的創造者。「造化小兒」乃司命神的戲稱。句謂自己有才無用乃司命神所捉弄。

〔八〕「不妨」句：魏嵇康《兄秀才公穆入軍贈詩十九首》其十四：「目送歸鴻，手揮五絃。俯仰自得，游心太玄。」

〔九〕魏瓠：魏王瓠。喻大而無用之物。語本《莊子·逍遥游》：「魏王貽我大瓠之種，我樹之成，而實五石。以盛水漿，其堅不能自舉也。剖之以爲瓢，則瓠落無所容。非不呺然大也，吾爲其無用而掊之。」

〔一〇〕江船東：暗用《莊子·刻意》：「就藪澤，處閒曠，釣魚閒處，無爲而已矣，此江海之士，避世之人，閒暇者之所好也。」指歸遼東隱居。二句謂自己雖有才無用，不爲世所容，仍不甘心歸鄉隱居。

〔一一〕五經：五部儒家經典，即《詩》《書》《易》《禮》《春秋》。句謂通讀五經，亦未能改變無人問津、門庭冷落的境況。

〔一二〕皇風：皇天之風。

〔一三〕「太阿」句：用「豐城劍氣」典。《晉書·張華傳》：「初，吴之未滅也，斗牛之間常有紫氣……華聞豫章人雷煥妙達緯象，乃要煥宿，屏人曰：『可共尋天文，知將來吉凶。』因登樓仰觀，煥曰：『僕察之久矣，惟斗牛之間頗有異氣。』華曰：『是何祥也？』煥曰：『寶劍之精，上徹於天耳。』……因問曰：『在何郡？』煥曰：『在豫章豐城。』華曰：『欲屈君爲宰，密共尋之，可乎？』煥許之。華大喜，即補煥爲豐城令。煥到縣，掘獄屋基，入地四丈餘，得一石函，光氣非常，中有雙劍，并刻題，一曰龍泉，一曰太阿。」太阿：古寶劍名。相傳爲春秋時歐冶子、干將所鑄。《文選·李斯·上書秦始皇》：「垂明月之珠，服太阿之劍。」李善注：「《越絶書》曰：楚王召歐冶子、干將作鐵劍二枚，二曰太阿。」

〔四〕鸛鵒：疑爲「鸛鵝」之誤。《左傳·昭公二十一年》：「丙戌，與華氏戰於赭丘。鄭翩願爲鸛，其御願爲鵝。」杜預注：「鸛、鵝皆陳名。」

又

巖椒鬱雲〔一〕，日夕生陰。雨雪縞夜〔二〕，秋黃老林〔三〕。人煙墨突〔四〕，樵徑雲深〔五〕。

【注】

〔一〕巖椒：山頂。唐駱賓王《兵部奏姚州破賊設蒙儉等露布》：「凌石菌以開營，拒巖椒而峻壘。」陳熙晉注引《釋名》：「山頂曰冢，亦曰巔，亦曰椒。」鬱雲：積雲。

〔二〕縞：白色。用作動詞。指雪映使夜色變白。

〔三〕老：用作動詞，使樹林變老。

〔四〕人煙：住户的炊煙。亦泛指人家。墨突：熏黑的煙囱。

〔五〕樵徑：打柴人走的小道。

又

造物開巖地，巖帳揜劍壁〔一〕。苔花張古錦〔二〕，霜苦老秋碧〔三〕。日夕雲竇陰〔四〕，風鼓泉湧石。馬蹄忌磽確〔五〕，樵道生枳棘。盤盤出井底〔六〕，迴首悵如失。長老不耐事〔七〕，底事掛塵跡〔八〕。披雲出山椒〔九〕，白鳥表林隙。

【注】

〔一〕巖帳：形容山崖前傾包籠如帳幕的樣子。揜：掩。劍壁：峭壁。唐武元衡《同幕中諸公送李侍御歸朝》：「巴江暮雨連三峽，劍壁危梁上九霄。」

〔二〕古錦：年代久遠的錦緞。

〔三〕秋碧：指秋日澄碧的天空。此句被趙秉文歸入因着意求異而致「殊不可曉」一類。見趙秉文《滏水集》卷一八《復李天英書》。

〔四〕雲竇：雲層中的縫隙。

〔五〕磽確：指多石而堅硬的路。

〔六〕盤盤：指山路曲折回繞。李白《蜀道難》：「青泥何盤盤，百步九折縈巖巒。」

〔七〕長老：老年人。《管子·五輔》：「養長老，慈幼孤。」不耐事：忍受不了人事的煩擾。

〔八〕掛：牽扯。塵跡：指世俗奔走。

〔九〕披雲：指露出雲層。山椒：山頂。《文選·謝莊·月賦》：「菊散芳於山椒，雁流哀於江瀨。」李善注：「山椒，山頂也。」

梁太常持勝 一首

持勝字經甫，絳州人〔一〕。本名洵義，避宣宗諱改〔二〕。父襄，字公贊，大定初進士。質直尚義，有古人之風。仕至保太軍節度使〔三〕。有《諫興陵田獵表》傳於世。其《賀章宗即大位表》云：「曾天子，祖天子，世嫡相承。舜何人，予何人，自强不息。」又《自河南府倅移華州防禦使謝上表》云：「昔同雒尹，已陪嵩岳之呼；今領華防，願效封人之祝。」世亦稱之。經甫，泰和六年進士，制策優等，宏辭亦中選。爲人儀觀雄偉，以文武志膽見稱。貞祐初由太學博士爲咸平治中〔四〕，宗室承裕辟爲僚佐〔五〕。承裕死，太平謀不軌〔六〕，以兵脅經甫，使作文移〔七〕。經甫大駡不從，即日遇害。時年三十六。贈韓州刺史〔八〕。初赴官有詩云：「山雲欲雨花先慘，客路無人鳥亦悲。」人以爲讖云〔九〕。

【注】

〔一〕絳州：州名，金時屬河東南路，治今山西省新絳縣。

〔二〕宣宗：初名吾睹補，又名從嘉。貞祐元年登基前改名完顏珣。

〔三〕保太軍節度：金屬鄜延路，治鄜州。

〔四〕太學博士：《金史》本傳作「太常博士」。咸平：金府縣名。大定七年更名平郭縣，今遼寧省開原市。

〔五〕承裕：宗室子，本名完顔胡沙。至寧元年遷元帥右監軍兼咸平府路兵馬都總管。《金史》卷九三有傳。

〔六〕太平：宗室完顔太平，曾任薊州刺史、武衛軍副都指揮使，上京行省。其謀不軌事見《金史·梁持勝傳》：「興定初，宣撫使蒲鮮萬努有異志，欲棄咸平徙曷懶路。持勝力止之，萬努怒，杖之八十。持勝走上京，告行省太平。是時太平已與萬努通謀，口稱持勝忠，而心實不然，署持勝左右司員外郎。既而太平受萬努命，焚毀上京宗廟，執元帥承充，奪其軍。持勝與提控咸平治中裴滿賽不、萬户韓公恕約，殺太平，復推承充行省事，共伐萬努。事泄，俱被害。」

〔七〕文移：文書，公文。《後漢書·光武帝紀上》：「于是置僚屬，作文移，從事司察，一如舊章。」李賢注：「《東觀記》曰『文書移與屬縣』也。」

〔八〕韓州：金州名，屬咸平路，治今遼寧省昌圖縣。

〔九〕讖：讖語。迷信的人指將要應驗的預言、預兆。此句指不好的結局不幸被自己的詩文所言中。

海棠

野杏山桃委路塵，芳華都屬錦城春〔一〕。只緣造物偏留意，任使無香亦可人〔二〕。粉白漫誇妝樣巧，胭脂難染睡痕新。沉香亭子勾欄畔，消得君王比太真〔三〕。

【注】

〔一〕錦城：錦官城的省稱。故址在今四川省成都市南，後用作成都的别稱。海棠乃成都名花，人所共愛。二句言野杏山桃委棄於路塵，不像海棠那樣受人憐愛。

〔二〕可人：稱人心意。

〔三〕「沉香」二句：沉香亭，唐代宫中名亭。位于興慶宫内龍池東北。消得：值得，配得。太真：楊玉環，字太真。宋釋惠洪《冷齋夜話》引《太真外傳》：「上皇登沉香亭，詔太真妃子……妃子醉顏殘妝，鬢亂釵横，不能再拜。上皇笑曰：『豈是妃子醉，真海棠睡未足耳。』」二句言山野海棠之美。

愚軒居士趙元 三十四首

元字宜之，定襄人〔一〕。經童出身〔二〕，舉進士不中，以年及調鞏西簿〔三〕，未幾失明。自少日博通書傳，作詩有規矩。泰和以後，有詩名河東。李屏山爲賦愚軒有「落筆突兀無黄初」之句〔四〕，愚軒，宜之自號也。用是名益重。南渡以後，往來洛西山中〔五〕。閑閑公、雷御史、王子文、許至忠、崔懷祖皆愛之〔六〕，所至必虚左以待〔七〕。爲人有材幹，處事詳雅。既病廢，無所營爲，萬慮一歸於詩，故詩益工。若其五言平淡處，他人未易造也。宜之之父名淑，字清臣，由門資叙〔八〕，與先隴城爲莫逆交〔九〕。故好問交遊間得宜之之詩爲多。子顒，有隱節，今居鄉里。

【注】

〔一〕定襄：縣名，金時屬河東北路代州，今山西省定襄縣。

〔二〕經童：金舉試科目。《金史·選舉一》：「經童之制，凡士庶子年十三以下，能誦二大經、三小經，又誦《論語》諸子及五千字以上，府試十五題通十三以上，會試每場十五題，三場共通四十一以上，爲中選。」

〔三〕鞏西：指鞏州州治隴西，今甘肅省隴西縣。《山右石刻叢編》卷二三收趙元所撰《郭郛墓誌》，文末曰：「崇慶元年八月日，征事郎前鞏州隴西縣主簿致仕趙元撰。」

〔四〕李屏山：李純甫，號屏山居士。「落筆」句，見其《趙宜之愚軒》詩：「先生有膽乃許大，落筆突兀無黄初。」

〔五〕洛西山中：趙元南渡後居河南三鄉、盧氏、嵩山。

〔六〕閑閑公：趙秉文，號閑閑老人。雷御史：雷淵，官至監察御史。王子文：王彧，字子文，洺州（今河北省永年縣）人，承安中進士。嘗爲尚書省掾，後棄官去，往來登封、盧氏山中。改名知非，字無咎，自號照了居士。工於四六，詩亦有功。許至忠：許國，字至忠，懷州人。劉祁《歸潛志》卷五：「少擢第，有能名。性閒淡，不鋭仕進。居盧氏西山下，不赴調。數年後，召爲南京豐衍庫使，傾家貲市書，後告歸。趙閑閑諸公多重之。」崔懷祖：崔遵，字懷祖，北燕人。少日在太學，有賦聲。南渡後不就舉選，居嵩山二十年。懷祖喜賓客，有醞藉，從容文雅。《中州集》卷七有小傳。

〔七〕虛左以待：空着尊位恭候别人。語自《史記·魏公子列傳》：「公子從車騎，虛左，自迎夷門侯生。」

〔八〕門資：門第。叙：按規定的等級次第授官職。《周禮·天官·宮伯》：「凡在版者，掌其政令，行其秩叙。」鄭玄注：「叙，才等也。」賈公彦疏：「秩謂依班秩受禄；叙者，才藝高下爲次第。」

〔九〕隴城：隴城君。元好問嗣父元格曾任隴城縣令，故稱。

鄰婦哭

鄰婦哭，哭聲苦，一家十口今存五。我親問之亡者誰〔一〕，兒郎被殺夫遭虜。鄰婦哭，哭聲哀，兒郎未埋夫未迴。燒殘破屋不暇葺〔二〕，田疇失鋤多草萊〔三〕。鄰婦哭，哭不停，應當門户無餘丁〔四〕。追胥夜至星火急〔五〕，并州運米雲中行〔六〕。

【注】

〔一〕亡者：指死去和被抓走者。

〔二〕葺：修理。
〔三〕田疇：田地。草萊：雜生的草。
〔四〕「應當」句：指家中没有男子支撑門户。
〔五〕追胥：謂追租、催役的胥吏。
〔六〕「并州」句：時金軍正在雲中一帶抗擊蒙古軍隊的進犯，需從後方并州調運軍糧，北上雲中，作爲軍餉。并州：州名，治今山西省太原市。雲中：縣名，金代屬西京路大同府，今山西省大同市。

渡洛口〔一〕

一脈寒流兩岸冰，斷橋無力强支撑。忘機羡殺沙鷗好〔二〕，不省人間有戰爭。

【注】
〔一〕洛口：地名，在今河南省鞏義市東南，洛水入黄河處，又稱洛口鎮。《漢書·地理志》：「東過洛汭，至於大伾。」顔師古注：「洛汭，洛入河處，蓋今所謂洛口也。」
〔二〕忘機：消除機巧之心。常用以指與世無爭。

書懷繼元弟裕之韻四首〔一〕

蓍龜不須問〔二〕，我命只自知。多生墮宿業〔三〕，世網纏綿之〔四〕。驊騮受羈銜〔五〕，大笑跛鼈遲〔六〕。跛鼈亦復笑，縮首甘自卑。何必參漆園〔七〕，物理本自齊〔八〕。檳榔可消穀，志士常苦飢。穆之萬人雄，猶不免此譏〔九〕。我儒更多病，區區欲何爲。鐘鼎不可倖〔一〇〕，藜藿分所宜〔一一〕。安能如黄蜂，爲人填蜜脾〔一二〕。清白儻少汙，後人何所貽〔一三〕。初學悔大謬，篆刻工文辭。年來厭酸鹹，淡愛陶潛詩〔一四〕。愛詩固自佳，其如未忘機〔一五〕。回頭四十年，言動俱成非〔一六〕。誰能逐世利，日久常規規〔一七〕。惟當種溪田，與子常相期〔一八〕。

【注】

〔一〕元弟裕之：元好問，字裕之。貞祐四年南渡後與趙元同居洛西，其《繼愚軒和党承旨雪詩四首》後兩首與趙作同韻。

〔二〕蓍龜：古人以蓍草與龜甲占卜凶吉，因以指占卜算命。

〔三〕多生：佛教以衆生造善惡之業，受輪回之苦，生死相續，謂之「多生」。宿業：前世的善惡因緣。佛教相信衆生有三世因果，認爲過去世所作的善惡業因，可以産生今生的苦樂果報。

〔四〕世綱：比喻社會上法律禮教、倫理道德對人的束縛。纏綿：糾纏。

〔五〕驊騮：周穆王八駿之一。泛指駿馬。《荀子·性惡》：「驊騮、騹驥、纖離、緑耳，此皆古之良馬也。」楊倞注：「皆周穆王八駿名。」羈銜：束縛。羈：馬籠頭。銜：馬嚼子。

〔六〕跛鼈：瘸腿的鼈。亦泛指鼈。鼈行動遲緩，故稱。

〔七〕漆園：《史記·老莊申韓列傳》：「莊子者，蒙人也，名周。周嘗爲漆園吏。」張守節正義：「《括地志》云：『漆園故城在曹州冤句縣北十七里。』」後用爲莊子的代稱。隋王胄《酬陸常侍》：「吾歸在漆園，著書試詞理。」

〔八〕「物理」句：《莊子·齊物論》認爲宇宙間一切事物，如生死壽夭、是非得失、物我有無，都應當同等對待。

〔九〕「檳榔」四句：用劉穆之典故。《南史·劉穆之傳》：「（穆之）食畢求檳榔。江氏兄弟戲之曰：『檳榔消食，君乃常飢，何忽須此？』」檳榔樹的果實可供藥用，有消食、驅蟲等功效。

〔一〇〕鐘鼎：鐘鳴鼎食的省稱。喻富貴榮華。倖：希圖得到非分的財物或功名利禄等。

〔一一〕藜藿：皆野菜名，亦泛指粗劣的飯菜。《文選·曹植·七啟》：「予甘藜藿，未暇此食也。」劉良注：「藜藿，賤菜，布衣之所食。」

〔一二〕蜜脾：蜜蜂營造的釀蜜的蜂房。清西厓《談徵·名物部·蜜脾》：「今以蜂窩爲密脾，蓋形似也。《格物要論》：『蜂采百芳釀蜜，其房如脾，故謂之蜜脾。』」

〔一三〕貽：指給人留下話柄。

〔一四〕「初學」四句：言初學詩時致力於語言技巧，精雕細琢，片面走向形式華麗的邪路。近年來始以平淡自然爲美，所以特别喜愛陶淵明的詩。酸鹹：代指詩文的外在形式。元辛文房《唐才子傳·柳宗元》：「（柳）工詩，語意深切，『發纖穠於簡古，寄至味於澹泊，非餘子所及也。』」司空圖論之曰：『梅止於酸，鹽止於鹹，飲食不可無，而其美常在酸鹹之外。』」蘇軾《評韓柳詩》：「所貴乎枯澹者，謂其外枯而中膏，似澹而實美，淵明、子厚之流是也。」

〔一五〕忘機：消除機巧之心。

〔一六〕「回頭」二句：《淮南子·原道訓》：「故蘧伯玉年五十，而有四十九年非。」高誘注：「伯玉，衛大夫蘧瑗也。今年所行是也，則還顧知去年之所行非也。」

〔一七〕規規：淺陋拘泥貌。《莊子·秋水》：「子乃規規然而求之以察，索之以辯，是直用管闚天，用錐指地也，不亦小乎！」成玄英疏：「規規，經營之貌也。」

〔一八〕子：尊稱。指元好問。相期：相約。

又

窗扉有生意〔一〕，山間春到時。長安冠蓋塵〔二〕，遊哉不如兹。西疇將有事〔三〕，老農真吾師。不見元魯山〔四〕，夢寐役所思。遺山乃其後〔五〕，僻處政坐詩〔六〕。時復一相過，照眼珊瑚枝〔七〕。奇書多攜來，爲子卧聽之。

【注】

〔一〕生意：生機，此指春回大地，萬物復蘇。

〔二〕「長安」句：指京城世俗的紛擾、污濁。晉陸機《爲顧彦先贈婦》其一：「京洛多風塵，素衣化爲緇。」冠蓋：指官員的冠服和車乘。

〔三〕西疇：泛指田地。化用晉陶潛《歸去來兮辭》句：「農人告余以春及，將有事於西疇。」

〔四〕元魯山：用唐人元德秀典故。元德秀（六九六——七五四）：字紫芝，世居太原（今屬山西），後移居河南陸渾（今河南省嵩縣）。唐開元進士。爲人寬厚，道德高尚，學識淵博，爲政清廉，名重當時。房琯每見德秀，歎息曰：「見紫芝眉宇，使人名利之心都盡！」事見《新唐書·元德秀傳》。後常用以稱頌德行高潔。

〔五〕遺山：元好問，字裕之，號遺山。

〔六〕坐詩：安坐爲詩。

〔七〕珊瑚枝：由珊瑚蟲分泌的石灰質骨骼聚結而成的東西，狀如樹枝，多爲紅色，也有白色或黑色的。鮮豔美觀，可做裝飾品。常用喻極珍貴難得的詩文書畫。杜甫《奉同郭給事湯東靈湫作》：「飄飄青瑣郎，文采珊瑚鈎。」此稱譽元好問的詩。

又

少從白衫遊〔一〕，氣與山崢嶸〔二〕。一念墮文字，腸腹期拄撐〔三〕。多機天所災，室暗燈不熒〔四〕。拈書枕頭睡，鼻息春雷鳴〔四〕。泰山與鴻毛，何者爲重輕〔五〕。蹄涔與渤澥，誰能較虧盈〔六〕。如能平其心，一切當自平。

【注】

〔一〕白衫：猶白衣。古代平民服。士之未仕者亦穿白衫。唐李肇《國史補》卷下：「或有朝客譏宋濟曰：『近日白袍子何太紛紛？』濟曰：『蓋由緋袍子紫袍子紛紛化使然也。』」朱熹《朱子語録》：「紹興二年，士子猶著白涼衫。」

〔二〕崢嶸：卓越，不平凡。蘇軾《和劉景文見贈》：「元龍本志陋曹吴，豪氣崢嶸老不除。」

〔三〕「腸腹」句：喻容受很多，滿腹詩書。蘇軾《試院煎茶》：「不用撑腸拄腹文字五千卷，但願一甌常及睡足日高時。」意取宋劉過《吕大方以改之下第賦贈》：「撑腸文字五千卷，吟哦得意揚修鞭。」

〔四〕鼻息已雷鳴：指熟睡，鼾聲如雷。蘇軾《臨江仙》（夜歸臨皋）：「夜飲東坡醒復醉，歸來仿佛三更。家童鼻息已雷鳴。」

〔五〕「泰山」二句：語自漢司馬遷《報任少卿書》：「人固有一死，或重於泰山，或輕於鴻毛，用之所趨異也。」意取《莊子·齊物論》：「天下莫大於秋毫之末，而太山爲小。」

〔六〕「蹄涔」二句：謂蹄涔與渤澥不分高下，難論輸贏。蹄涔：即牛蹄涔。指一牛蹄深的水。渤澥：古代稱東海的一部分，即渤海。《初學記》卷六：「東海之别有渤澥，故東海共稱渤海，又通謂之滄海。」

又

嵩箕有奇姿〔一〕，出雲何悠然。雲山足佳處，留客今幾年。有子罷讀書，求種山間田〔二〕。栗里愧淵明〔三〕，香山慚樂天〔四〕。二老已古人，相望雲泥懸〔五〕。得酒邀月來，對影空自憐〔六〕。攝衣欲起舞，稚子不須牽。

【注】

〔一〕嵩箕：嵩山與箕山的并稱。

〔二〕有子：指元好問。興定元年，元好問舉試不遇後，遂絶意仕進，躬耕於嵩山。

〔三〕栗里：陶淵明家鄉。義熙四年，陶淵明因上京房屋失火，遷至栗里。

〔四〕香山：白居易晚年長期居住在洛陽香山，號「香山居士」。

〔五〕雲泥懸：若天上雲彩與地下泥土般懸殊。用杜甫《送韋書記赴西安》詩句：「夫子欻通貴，雲泥相望懸。」

〔六〕「得酒」二句：本李白《月下獨酌》：「花間一壺酒，獨酌無相親。舉杯邀明月，對影成三人。」

喜霽〔一〕

片段溪雲破〔二〕，縱横野水淙。人閑泥塞路，蠅動日烘窗。繞壁苔痕滿，侵堦樹影雙。還思釀新黍，甕面挹秋江〔三〕。

【注】

〔一〕霽：雨雪停止，天放晴。

〔二〕「片段」句：宋張先《河滿子》詞：「片段落霞明水底，風紋時動妝光。」

〔三〕甕面：酒甕口處的酒質量較佳，故古人稱好酒爲甕頭清。亦指初熟酒。唐何延之《蘭亭始末記》：「江東云缸面，猶河北稱甕頭，謂初熟酒也。」唐孟浩然《戲顏》：「已言雞黍熟，復道甕頭清。」秋江：喻酒之清澈明淨。

詩送辛敬之東歸二首〔一〕

風埃憔悴舊霜袍〔二〕，老去新詩價轉高。橡栗漫山猶可煮〔三〕，不須低首向兒曹〔四〕。

【注】

〔一〕辛敬之：辛愿，字敬之，號溪南詩老，又號女几野人。福昌（今河南省宜陽縣）人。博極群書，少有意功名，後棄科舉。與元好問、趙元、木庵英上人等交遊唱和。爲人質古疏放，不修威儀。喜作詩，五言尤工。元好問視其爲金之杜甫，趙元以李白後身稱之。《金史》卷一二七有傳，《中州集》卷一〇、《歸潛志》卷二有小傳。興定初，趙元卜居盧氏山中，辛愿前往拜訪，歸女几時，趙元作此詩送之。

〔二〕「風埃」句：形容辛敬之爲生計所迫，四處奔波，身心憔悴之狀。《中州集》卷一〇小傳：「田五六十畝，歲入不足，一牛屢爲追胥所奪，竟賣之以爲食。衆雛嗷嗷，張口待哺。雅負高氣，不能從俗俯仰，迫以飢凍，又不得不與世接。其枯槁憔悴，流離頓踣，往往見之于詩。」風埃：指世俗紛亂的現實社會。霜袍：白袍。士人未仕者所服。

〔三〕橡栗：櫟樹的果實。含澱粉，可食，味苦。也叫橡實、橡子、橡果。《莊子・盜蹠》：「晝拾橡栗，暮棲木上，故命之曰有巢氏之民。」

〔四〕低首：低頭。兒曹：此指權貴富豪。

又

文章無力命有在〔一〕，一點浩然天地間〔二〕。風雪滿頭人不識〔三〕，又攜詩藁出西山〔四〕。

【注】

〔一〕「文章」句：用李白《答王十二寒夜獨酌有懷》：「吟詩作賦北窗裏，萬言不值一杯水。」杜甫《天末懷李白》：「文章憎命達，魑魅喜人過。」言辛愿雖文筆甚佳，卻不能解脱貧困，命運坎坷，乃其分之所在。

〔二〕「一點」句：語本《孟子・公孫丑上》：「我善養吾浩然之氣……其爲氣也，至大至剛，以直養而無害，則塞於天地之間。」

〔三〕風雪：喻白髮。

〔四〕西山：指盧氏山。辛愿離開盧氏山東歸女几，故稱。

修城去 甲戌歲，忻城陷。官復完治，途中聞哀歎聲，感而有作〔一〕。

修城去，勞復勞，途中哀歎聲嗷嗷。幾年備外敵〔二〕，築城恐不高。城高慮未固，城外重三壕。一鍬復一杵，瀝盡民脂膏〔三〕。脂膏盡，猶不辭，本期有難牢護之。一朝敵至任椎擊①，外無强援中不支〔四〕。傾城十萬口②〔五〕，屠滅無移時〔六〕。敵兵出境已踰月，風吹未乾城下血。百死之餘能幾人，鞭背驅行補城缺〔七〕。修城去，相對泣，一身赴役家無食。城根運土到城頭，補城殘缺終何益。君不見得一李勣賢長城〔八〕，莫道世間無李勣〔九〕。

【校】

①椎：李本、毛本作「推」。

②口：李本、毛本作「户」。

【注】

〔一〕甲戌：金宣宗貞祐二年（一二一四）歲次甲戌。是年三月三日，蒙古軍攻破忻州城，屠城，死者十餘萬人。（《中州集》卷七「王萬鍾小傳」）五月，趙元作此詩。忻城：忻州城，今山西省忻州市忻府區。

〔二〕「幾年」句：元好問《南冠録引》：「迨大安庚午（一二一〇），府君卒官，扶護還鄉里……因循二三年，中原受兵，避寇陽曲、秀容之間，歲無寧居。」《金史·衛紹王》「大安三年十一月」下云，蒙古軍破武、朔等州，戰火波及忻、代等。

〔三〕脂膏：脂，牛羊油；膏，豬油。五代後蜀孟昶《戒石文》：「爾俸爾禄，民脂民膏。」此指民之物力。

〔四〕「一朝」句：《元史·太祖紀》載：癸酉（一二一三），成吉思汗率大軍圍金中都，未克，遂「分兵三道，命皇子朮赤、察合臺、窩闊臺爲右軍，循太行而南，取保、遂、安肅、安、定、邢、洺、磁、相、衛、輝、懷、孟，掠澤、潞、遼、沁、平陽、太原、吉、隰，拔汾、石、嵐、忻、代、武等州而還」。按《金史·宣宗紀》：貞祐二年（一二一四）正月蒙古兵方徇懷州，知入山西境在貞祐二年春。蒙古軍由南往北如入無人之境，金内地州縣大半殘破，故忻州外無强援，任蒙古軍摧殘。椎擊：捶打。

〔五〕傾城：全城，滿城。

〔六〕無移時：古代一天分爲十二時，無移時，謂不足一個時辰（兩個小時）。

〔七〕鞭背驅行：用鞭子抽打着以驅使前行。

〔八〕「君不見」句：李勣（五九四——六六九），原名徐世勣，字懋功。曹州離狐（今山東省菏澤市）人。唐初名將，曾破東突厥、高句麗，被封爲英國公，凌煙閣二十四功臣之一。一生歷事唐高祖、唐太宗、唐高宗三朝，出將入相，深得朝廷信任和重用。守并州十六年，突厥不敢南向，朝廷倚之爲長城。《舊唐書·李勣傳》：「太宗謂侍臣曰：『朕今委任李世勣于并州，遂使突厥畏威遁走，塞垣安靜，豈不勝遠築長城耶？』」句本此。

〔九〕「莫道」句：譴責金廷任人不以賢而以親。金末掌兵者多爲女真貴族，驕縱蠻横，不學無術，難堪重任。《元史·張德輝傳》載其應對元世祖「金以儒亡」的問題時曰：「金季乃所親睹，宰執中雖用一二儒臣，餘皆武弁世爵，及論軍國大事，又不使預聞。」劉祁《歸潛志》卷六亦曰：「南渡之後，爲將帥者多出於世家，皆膏粱乳臭子。」

田問秋日 三首

好雨知時便放晴，天和醖釀作西城〔一〕。秋收但得官軍飽〔二〕，未怕輸租遠十程〔三〕。

【注】

〔一〕醖釀：比喻事情逐漸達到成熟的準備過程。西城：即西成，謂秋天莊稼已熟，農事告成。《書·堯典》：「平秩西成。」孔穎達疏：「秋位在西，于時萬物成熟。」

〔二〕但得：只管。

〔三〕程：指以驛站郵亭或其他停頓止宿地點爲起訖的行程段落。二句謂官府只關注軍糧之需，不關心人民的疾苦。

又

禾穗纍纍豆角稠，嵩前村落太平秋〔一〕。熙熙多少豐年意〔二〕，都在農家社案頭〔三〕。

【注】

〔一〕嵩前：指嵩山地區。

〔二〕熙熙：豐盛貌。《逸周書·太子晉》：「萬物熙熙，非舜而誰能？」孔晁注：「熙熙，和盛。」

〔三〕社案：指秋社時祭神所擺的供桌。秋社是古代秋季祭祀土神的日子。宋陳元靚《歲時廣記·二社日》：「《統天萬年曆》曰：『立春後五戊爲春社，立秋後五戊爲秋社。』」

又

皤翁傴僂負薪行〔一〕，稚子跳梁剥棗聲〔二〕。不似二姑忙更殺〔三〕，晚春堆髻脱釵荆〔四〕。

【注】

〔一〕皤翁：白髮老人。傴僂：指脊梁彎曲，駝背。

〔二〕跳梁：猶跳躍。《莊子·逍遥遊》：「子獨不見狸狌乎？卑身而伏，以候敖者；東西跳梁，不辟高下。」成玄英疏：「跳梁，猶走擲也。」剥棗：用杆打棗。

〔三〕忙更殺：方言，指忙得很，忙得要命。

〔四〕釵荆：荆枝代作之釵。貧苦婦女的飾物。

客況〔一〕

盧山踏遍卻歸嵩〔二〕，世事悠悠付老慵〔三〕。樂近僧居非佞佛〔四〕，苦無田種强爲農。菊花雨似人情冷，梨葉霜如酒力濃。一十五秋河表客〔五〕，合教節物笑龍鍾〔六〕。

【注】

〔一〕客況：客居的境況及情思。

〔二〕盧山：盧氏山。趙元南渡洛西後，由盧氏山移居嵩山。

〔三〕悠悠：動盪，飄忽不定。《孔叢子·對魏王》：「今天下悠悠，士亡定處。」老慵：年老懶散。常爲老年人自謙之辭。

〔四〕佞佛：癡迷于佛教。

〔五〕一十五秋：十五年。貞祐二年兵亂後，趙元避兵南渡，由三鄉、盧氏而登封。可知詩作於正大五年。河表客：指客居河南。表：外。

〔六〕節物：依時間而變化的景物。龍鍾：衰老貌。

學稼〔一〕

不堪炊煮一箱書〔二〕，十口東西若可餬〔三〕。食禄已慚中隱吏〔四〕，墾山聊作下農夫〔五〕。稾遺場圃無多積〔六〕，子入官倉困遠輸〔七〕。近日愚軒睡眠少〔八〕，打門時復有追胥〔九〕。

【注】

〔一〕學稼：學種莊稼；務農。《論語·子路》：「樊遲請學稼，子曰：『吾不如老農。』」

〔二〕不堪：不可；不能。

〔三〕餬：糊口。填飽肚子。

〔四〕食禄：享受俸禄。中隱：閑官。唐白居易《中隱》：「大隱住朝市，小隱入丘樊。丘樊太冷落，朝市太囂諠。不如作中隱，隱在留司官。」

〔五〕下農夫：指種植條件較差而收穫少的農民。《管子·揆度》：「上農挾五，中農挾四，下農挾三。」漢王充《論衡·别通》：「耕夫多殖嘉穀，謂之上農夫；其少者，謂之下農夫。」

〔六〕稾：枯乾草木。此處指莊稼的秸稈，用作煮飯的柴禾。

〔七〕「子入」句：謂收拾乾淨的糧食須長途運送以入官倉。《孫子·作戰》：「國之貧於師者遠輸，遠輪則百姓貧。」

〔八〕愚軒：趙元自號。

〔九〕追胥：催租的胥吏、公差。

立秋日〔一〕

況味年來老比丘〔二〕，禪房三伏得遲留〔三〕。連宵雨作垂垂曉〔四〕，十口家貧盻盻秋〔五〕。熟未先須伺禾黍〔六〕，有無何暇問衣裘〔七〕。半生枉卻親燈火〔八〕，一事不成空白頭。

【注】

〔一〕立秋：二十四節氣之一。在陽曆八月七八或九日，農曆七月初。《逸周書·時訓》：「立秋之日，涼風至；又五日，白露降；又五日，寒蟬鳴。」

〔二〕況味：景況和情味。比丘：佛教語。梵語的音譯。和尚，僧人。

〔三〕「禪房」句：謂自己曾在三伏天中到禪房避暑。禪房：佛徒習靜之所。泛指寺院。三伏：即初伏、中伏、末伏。《初學記》卷四引《陰陽書》：「從夏至後第三庚爲初伏，第四庚爲中伏，立秋後初庚爲後伏，謂之三伏。」遲留：停留；逗留。

〔四〕垂垂：下落貌。宋蘇舜欽《送人還吴江道中作》：「江雲春重雨垂垂，索寞情懷送客歸。」

〔五〕盻盻：同「盼盼」，急切盼望貌。句言家無瓶儲，急盼秋收。

〔六〕禾黍：禾與黍。泛指黍稷稻麥等糧食作物。伺：伺弄，照料。此處指給莊稼施肥、澆水、鋤草等田間管理工作。

〔七〕衣裘：夏衣冬裘。《周禮·天官·宫伯》：「以時頒其衣裘。」鄭玄注：「衣裘，若今賦冬夏衣。」賈公彦疏：「夏時班衣，冬時班裘。」

〔八〕親燈火：親近燈火，代指挑燈夜讀，鑽研經史，寫作詩文。

村居夏日

官府不著名〔一〕，散跡村落深〔二〕。白雲自朝暮，青山無古今。愛此夏日永〔三〕，門巷多繁陰。呼兒具繩牀〔四〕，不履亦不簪。殷勤好風來〔五〕，爲我消煩襟〔六〕。一飽萬事了，何用腰黄金〔七〕。羈勒困名馬〔八〕，網羅多珍禽〔九〕。何如山鹿癡，呦呦戀長林〔一〇〕。

【注】

〔一〕「官府」句：謂自己不再爲官，官員名册中已没有自己的名字了。著名：具名。

〔二〕散跡：猶浪跡，行蹤無定。

〔三〕永：長。

〔四〕繩牀：即交椅，又稱胡牀。古時一種可以折疊的輕便坐具。
〔五〕殷勤：頻繁。好風：涼風。
〔六〕煩襟：煩悶的心情。
〔七〕腰黄金：腰纏萬貫，指富有。
〔八〕羈勒：馬絡頭。
〔九〕網羅：捕捉禽獸的用具，比喻束縛人的東西。二句亦《莊子·人間世》所云「山木自寇也，膏火自煎也」，言名馬、珍禽因有用，可愛而得禍。
〔一〇〕呦呦：象聲詞。鹿鳴聲。《詩·小雅·鹿鳴》：「呦呦鹿鳴，食野之蘋。」毛傳：「鹿得蘋，呦呦然鳴而相呼。」

次韻答裕之〔一〕

薄暮敲門喜客佳，水萍風絮共天涯〔二〕。行藏一話傾心肺〔三〕，古律三詩淬齒牙〔四〕。朱研不妨閑度日〔五〕，青山終得共飡霞。扶持老病須君輩，滿地豺狼萬里家。

【注】
〔一〕次韻：也稱步韻，和韻的一種，按照原詩的韻脚及用韻次序來和。裕之：元好問字。元好問原

詩中不存。

〔二〕水萍：水上浮萍。風絮：風中柳絮。比喻在外力的裹挾下隨處飄蕩，命運不由自己主宰。句謂自己與元氏皆被迫避亂南渡，流落洛西。

〔三〕行藏：指出處或行止。語本《論語·述而》：「用之則行，舍之則藏。」

〔四〕淬：以水浸滌，此喻激發砥勵。齒牙：稱譽。蘇軾《與王荆公書》：「願公少借齒牙，使增重於世。」

〔五〕朱研：即朱砂，閲讀時用以批注、評點。湌：同「餐」。

書懷

懶退無心廩與庖〔一〕，願攜諸子斸山磽〔二〕。閑消白日醒吟醉，猛省浮生夢幻泡〔三〕。窈窕雲山三兔窟〔四〕，漂摇風樹一鳩巢〔五〕。聯名便入村家社〔六〕，莫認公卿是故交〔七〕。

【注】

〔一〕廩與庖：糧倉庖廚。唐柳宗元《三戒·永某氏之鼠》：「因愛鼠，不畜貓犬，禁僮勿擊鼠。倉廩庖廚，悉以恣鼠，不問。」代指官俸食禄。

〔二〕斸：挖。此處指開墾、耕種。磽：地堅硬不肥沃。山磽：堅硬貧瘠的山地。

〔三〕浮生：語本《莊子・刻意》：「其生若浮，其死若休。」以人生在世，虚浮不定，因稱人生爲「浮生」。夢幻泡：即夢幻泡影。佛教用語。指世事無常，猶如夢境、幻影、泡沫、物影一樣，空虚不實。《金剛經》：「一切有爲法，如夢幻泡影，如露亦如電，應作如是觀。」

〔四〕窈窕：深遠貌；秘奥貌。雲山：遠離塵世的地方。隱者或出家人的居處。三兔窟：狡兔有三窟，喻多種避禍求生方法。

〔五〕漂摇：飄摇。鳩巢：舊題師曠《禽經》：「鳩拙而安。」舊題張華注：「鳩，鳲鳩也。《方言》云：蜀謂之拙鳥。不善營巢，取鳥巢居之，雖拙而安處也。」故用喻性拙不善經營謀生。以上二句又見趙元《題嵩陽歸隱圖》：「風煙萬頃一椽茅，丘壑端能傲市朝。窈窕雲山三兔穴，飄飄風樹一鳩巢。本來無取亦無與，只合自漁還自樵。三十六峰俱可隱，願從君後不須招。」見劉祁《歸潛志》卷二小傳。

〔六〕聯名：共同具名。

〔七〕公卿：泛指高官。

寄裕之 二首〔一〕

汩没兵塵滿鬢霜〔二〕，買鄰心樂古清涼〔三〕。閑陪老秀春行脚〔四〕，悶欠臞元夜對牀〔五〕。正欲脱身求兔窟〔六〕，誰能隨世轉羊腸〔七〕。南陽未比嵩陽好，滿眼交遊即故鄉〔八〕。

【注】

〔一〕裕之：元好問字。正大四年，元好問出仕内鄉令，遂移居内鄉。此時趙元在登封，故詩題曰寄。

〔二〕汩没：淹没。

〔三〕買鄰：《南史·吕僧珍傳》：「初，宋季雅罷南康郡，市宅居僧珍宅側。僧珍問宅價，曰：『一千一百萬。』怪其貴，季雅曰：『一百萬買宅，千萬買鄰。』」後因稱擇鄰而居爲「買鄰」。古清涼：指嵩山少室清涼寺。元好問《清涼相禪師墓誌銘》：「清涼，唐廢寺。」趙元正大初從盧氏移居登封。

〔四〕老秀：當指嵩山清涼寺某僧人。行脚：佛教語，指游方或參訪。

〔五〕臞：瘦，多指身體清瘦而精神矍鑠。蘇軾《王定國真贊》：「温然而澤者，道人之腴也；凛然而清者，詩人之臞也。」臞元：元好問體態清瘦，友人多戲稱之。除趙元外，劉昂霄《同敬之裕之游水谷分韻賦詩得荷風送香氣五字》其五：「迂辛與臞元，得句猶有味。」元好問清瘦的體貌特徵，在其《寫真自贊》中得到證實：「短小精悍，大有孟浪。」見《遺山集》卷三八。夜對牀：用蘇軾兄弟「夜雨對牀」典故。宋蘇轍《逍遥堂會宿》詩序：「轍幼從子瞻讀書，未嘗一日相舍。既壯，將游宦四方，讀韋蘇州詩至『安知風雨夜，復此對牀眠』，惻然感之，乃相約早退，爲閒居之樂。」後遂用夜雨對牀形容親友兄弟相聚時的歡樂之情。

〔六〕「正欲」句：言自己有意追隨在内鄉任縣令的元好問。時張仲經、杜仁傑、麻革等皆攜家往内鄉。

〔七〕「誰能」句：言世事起伏盤旋，如山間的羊腸小道，逢畏險窄，不能成行（往内鄉）。

〔八〕「南陽」二句：言嵩山有衆多的詩友，可視之爲故鄉，比旅居南陽要好。南陽：宋南陽郡，金稱鄧州，領内鄉、南陽等縣。嵩陽：即嵩山。

又

老懶愚軒百不能〔一〕，飽諳人意冷於冰〔二〕。清狂舊日耽詩客〔三〕，灰朽而今有髮僧〔四〕。夢裏紙衾三丈日〔五〕，話延雪屋一龕燈〔六〕。新開一逕通蘭若〔七〕，斬盡清涼舊葛藤〔八〕。

【注】

〔一〕愚軒：趙元自號。

〔二〕飽諳：熟知。人意：人情。

〔三〕清狂：放逸不羈。耽詩客：沉溺於詩的人。趙元以詩爲業，尤其在眼病失明之後。《中州集》小傳：「既病廢，無所營爲，萬慮一歸於詩，故詩益工。」

〔四〕灰朽：灰燼和腐木。比喻老邁無用、行將消亡。有髮僧：帶髮修行，猶在家習佛的居士。以有髮僧自稱，語自宋黄庭堅。吴曾《能改齋漫録》卷八載：黄庭堅自稱「是僧有髮，似俗無空，作夢中夢，見身外身」。金人多用之，如李遹《江村》：「陸地無根客，江村有髮僧。」趙秉文《遊草堂寺》：「憑誰守語草堂靈，我是無塵有髮僧。」等等。

〔五〕紙衾：紙被。古時用藤纖維紙製成的一種被子。柔軟而耐寒，古人常作爲饋贈之物。宋陸游

《謝朱元晦寄紙被》：「紙被圍身度雪天，白於狐腋軟於綿。」三丈日：言日高三丈方起。

〔六〕雪屋：大雪封門的房屋。隱者或僧侶的住房。唐鄭谷《郊園》：「煙蓑春釣靜，雪屋夜棋深。」一龕燈：一盞佛龕前的長明燈。

〔七〕蘭若：指寺院。梵語「阿蘭若」的省稱。意爲寂淨無苦惱煩亂之處。

〔八〕清涼：佛寺。此指佛門。葛藤：禪林用語。指文字語言一如葛藤之蔓延交錯，本用來解釋說明事相，反遭其纏繞束縛。

丙子夏卧病汗後有作〔一〕

枯腸得水若通靈〔二〕，涣汗週身一雨零。行客筋骸困方歇，醉人心骨唤初醒。病蟬移夢入新殻，老鶴息神梳舊翎〔三〕。乞得殘骸對兒女〔四〕，不愁無粟貯陶瓶。

【注】

〔一〕丙子：金貞祐四年（一二一六）歲次丙子。

〔二〕枯腸：饑渴之腸。蘇軾《汲江煎茶》：「枯腸未易禁三碗，坐數荒村長短更。」通靈：通于神靈。漢班固《幽通賦》：「精通靈而感物兮，神動氣而入微。」

〔三〕「病蟬」二句：謂病後獲得新生，應注意休養將息。

〔四〕殘骸：謙詞。意爲老朽之軀。

宿少林寺〔一〕

雙輪走雞棲〔二〕，下嶺分間道〔三〕。行行得精舍〔四〕，翠崦作迴抱。諸峰知客來，故故顏色好〔五〕。征衫滿塵土，慚愧方丈老。殷勤一瓣香〔六〕，爲我除熱惱〔七〕。世緣如落花〔八〕，籬䄂跡俱掃〔九〕。箇中有佳處〔一〇〕，行脚恨不早〔一一〕。一庵祖師傍〔一二〕，異日親結草〔一三〕。

【注】

〔一〕少林寺：佛教禪宗和少林派拳術的發源地。在河南省登封縣西少室山北麓，後魏太和二十年建。隋文帝改名陟岵，唐復名少林。寺西有塔林及唐宋以來的磚石墓塔二一八座。寺右有面壁石，西北有面壁庵，相傳即達摩面壁處。見《清一統志·河南府·寺觀》。

〔二〕雞棲：即雞棲車。古代一種製作簡陋的小車。

〔三〕間道：偏僻的小道。

〔四〕行行：不停地前行。精舍：僧人修煉居住之所。

〔五〕故故：故意，特意。

〔六〕殷勤：指熱情周到。一瓣香：猶一炷香。

〔七〕熱惱：亦作「熱腦」，佛教語，謂焦燥苦惱。
〔八〕世緣：俗緣。謂人世間事。
〔九〕籬衲：指籬旁落積如墊的花葉。二句謂世俗情事脱離身心，不僅如花之凋落，而且蕩然無存，無跡可尋，就像地上花葉被秋風掃蕩乾淨一樣。
〔一〇〕箇中：此中，這當中。
〔一一〕行脚：佛教僧人爲尋師求法而游食四方。此指自己到寺廟聆聽佛法。
〔一二〕祖師：佛教中創立宗派的人。此指達摩。相傳達摩在少林寺面壁九年，創立了達摩宗，即禪宗。
〔一三〕結草：結草爲廬，出家修行。二句謂自己將在少林寺西北達摩祖師的面壁庵傍邊搭築草庵修行。

晚出

坐久卧還起，畏此夏日長。出門鬢蓬鬆①〔一〕，西日明半牆。鳩鳴舍東柳，雌和牆南桑〔二〕。十日暑煩苦，一雨方論量〔三〕。偶然釋憂抱，露坐移繩牀〔四〕。群兒莫相催，老子便晚涼〔五〕。

【校】

①鬢：毛本作「髮」。

【注】

〔一〕鬢蓬鬆：頭髮鬆散雜亂，没有梳理。

〔二〕「鳩鳴」二句：言雨後天晴。宋陸佃《埤雅·釋鳥》：「鵓鳩灰色無繡項，陰則屏逐其匹，晴則呼之。」宋歐陽修《鳴鳩》：「天雨止，鳩呼婦歸鳴且喜，婦不亟歸呼不已。」

〔三〕論量：思量，渴念。

〔四〕繩牀：古時一種可以折疊的輕便坐具。

〔五〕老子：詩人自稱。

次韻裕之見寄 二首〔一〕

魚入深淵鶴在陰〔二〕，飛潛何幸遠庖砧〔三〕。乾坤萬里雲無跡，冰雪三冬柏有心〔四〕。故國鉤留清夜夢〔五〕，歲華分付白頭吟〔六〕。莘川擬作桃源隱〔七〕，共與青山閲古今。

【注】

〔一〕裕之：元好問，字裕之。其寄詩爲《寄答趙宜之兼簡溪南詩老》：「窗影朧朧納暝陰，風聲浩浩急霜砧。秋鴻社燕飄零夢，潁水嵩山去住心。黄菊有情留小飲，青燈無語伴微吟。故人憔悴蓬茅晚，料得老懷如我今。」見《遺山集》卷八。

〔二〕鶴在陰：《易·中孚》：「鶴鳴在陰，其子和之。我有好爵，吾與爾靡之。」孔疏：「不徇於外，自任其真者也。處於幽昧而行不失信，則聲聞於外，爲同類之所應焉。」後以「鶴鳴在陰」喻幽居養志而名著當世。

〔三〕庖砧：廚房切肉的砧板。

〔四〕「冰雪」句：本《論語·子罕》：「歲寒，然後知松柏之後凋也。」柏有心：指不畏嚴酷，堅定不移，依然故我的節操。

〔五〕故國：指故鄉。清夜：清靜的夜晚。句言自己避亂南渡後對故鄉魂縈夢繞，十分思念。

〔六〕歲華：時光，年華。南朝梁沈約《卻東西門行》：「歲華委徂貌，年霜移暮髮。」白頭吟：屬樂府《楚調曲》，相傳卓文君因司馬相如欲納妾而作，後用作女子失寵見棄、怨誹男子的典故。此用字面意，感傷年老體衰，白髮滿頭。

〔七〕莘川：在盧氏縣，元好問《寄趙宜之趙時在盧氏》有「莘川三月春事忙，布穀勸耕鳩喚雨」語。合觀元好問寄詩題爲「兼簡溪南詩老」，即三鄉詩人辛敬之，知時趙元擬移居盧氏縣而尚居三鄉。桃源：用陶淵明《桃花源記》典，指避亂隱居之所。

又

古屋颼颼四壁塵〔一〕，不堪幽獨足吟呻〔二〕。瓶儲看客常年慣〔三〕，傢俱爲農近日新〔四〕。世味飽嘗惟可睡，詩情漫苦不醫貧。相從分我西山半〔五〕，欲乞矅元伴老身。

【注】

〔一〕颼颼：陰冷貌。杜甫《積草嶺》：「颼颼林響交，慘慘石狀變。」仇兆鰲注：「颼颼、慘慘，皆形容積陰也。」

〔二〕幽獨：靜寂孤獨。《楚辭·九章·涉江》：「哀吾生之無樂兮，幽獨處乎山中。」

〔三〕瓶儲：指存糧極少。

〔四〕傢俱爲農：把傢俱改爲農具。

〔五〕西山：指盧氏一帶的山峰。句反用南朝梁陶弘景《詔問山中何所有賦詩作答》：「山中何所有？山中多白雲。只可自怡悦，不堪持贈君。」言若與我在一起，我就將盧氏縣一帶雲山分一半贈送。

題裕之家山圖〔一〕

繫舟盤盤連石嶺〔二〕，牧馬澄澄倒山影〔三〕。山光水氣相混涵，中有元家舊廬井。雁門一開豺虎場，駕言投跡嵩之陽〔四〕。青山偃蹇不可將〔五〕，十年竟墮兵塵黄。東巖風物知猶在〔六〕，説與寄庵神已會〔七〕。一揮淡墨能似之，清輝遠寄形骸外〔八〕。元家故山吾與鄰〔九〕，夢見不如畫圖真。舊曾行處聊經眼〔一〇〕，未得歸時亦可人〔一一〕。

【注】

〔一〕家山：家鄉之山，代指故鄉。此指繫舟山。家山圖：金興定五年，畫家李通爲元好問作《繫舟山圖》。元好問遂賦《家山歸夢圖》三首，趙秉文、楊雲翼、趙元、劉昂霄等皆題詩。

〔二〕繫舟：繫舟山。在山西省忻州市東南，元好問父讀書處。傳説上古洪水泛濫時，此地一片汪洋，大禹曾繫舟於此，故名。《山西通志》卷一七「忻州」：「繫舟山，在州南三十五里……上有銅環鐵軸，昔帝堯遇水繫舟於此。土人謂禹治水繫舟。」石嶺：石嶺關。在忻州城南與陽曲交界處，是晉北通往太原的交通要塞。《山西通志》卷九：石嶺關在忻州南四十里，乃并、代、雲、朔要衝之路。舊有戍兵，金置酒官，後廢，置巡檢司。

〔三〕牧馬：指牧馬河。發源于山西省陽曲縣西北白馬山麓，東北流經今忻府區、定襄縣，入滹沱河。澄澄：清澈明潔貌。

〔四〕「雁門」二句：言雁門關失守，蒙古兵長驅直入，忻、代任憑蒙古鐵蹄踐踏。元好問遂舉家避亂於河南，時居嵩山。其《故物譜》云：「兵退，予將奉先夫人南渡河，舉而付之太原親舊家。……是歲寓居三鄉。」雁門：山名，上有關城，在今山西省代縣北。駕言：駕，乘車；言，語助詞。語本《詩·邶風·泉水》：「駕言出遊，以寫我憂。」後用指代出行。嵩之陽：嵩山之南。

〔五〕偃蹇：高聳貌。《楚辭·離騷》：「望瑶臺之偃蹇兮，見有娀之佚女。」王逸注：「偃蹇，高貌。」

〔六〕東巖：地名，在繫舟山。「東巖夜月」爲忻州古景之一。元好問父德明曾於此讀書，自號「東巖」。

〔七〕寄庵：李遹，字平甫，自號寄庵，樂城（今河北省欒城縣）人。明昌二年進士。高才博學，無所不通。工畫，山水得前輩不傳之妙，龍虎亦入妙品。《中州集》卷六、《歸潛志》卷四有小傳。以上兩句交待作畫緣起。

〔八〕清輝：指繫舟、牧馬的山光水氣。形骸：形體，此處指畫面中的事物。

〔九〕「元家」句：趙元爲定襄人，定襄與忻州繫舟山接壤，故有此句。

〔一〇〕經眼：見過。

〔一一〕可人：稱人心意。

早發寶應龍門道中有感〔一〕

山僧送客客行東，迴首雲寮夢寐中〔二〕。人語咿呦村店火〔三〕，帽檐欹側石門風〔四〕。伊川遠映春冰緑〔五〕，少頂先攙曉日紅〔六〕。爲問年來幾還往，只應烏鵲識衰翁。

【注】

〔一〕寶應：即寶應寺。在洛陽龍門山。因建於唐肅宗寶應元年，故名。龍門：洛陽龍門山。

〔二〕雲寮：高山上的寺院。寮：僧舍。《釋氏要覽·住持》：「言寮者，《唐韻》云：同官曰寮。今禪居意取多人同居，共司一務，故稱寮也。」

〔三〕咿呦：象聲詞。形容人們的啼呼聲。

〔四〕攲側：傾斜。

〔五〕伊川：伊水，伊河。流經今河南省嵩縣及伊川境。

〔六〕少頂：嵩山西峰少室山。

欽若遽有商於之行，作長語爲别，兼簡仲澤弟一笑〔一〕

廬山鞋然深可居〔二〕，洛水蚓然清可漁〔三〕。嘉哉山水有如此，不能留客如蘧廬〔四〕。楚茅不入干王誅〔五〕，大帥分閫臨商於〔六〕。謀參帷幄渴英俊〔七〕，蒐羅遠到山間癯〔八〕。隴西四欽出將種〔九〕，人愛若也温而愉〔一〇〕。朅來誰飛薦鶚書〔一一〕，枕前墮檄催馳驅〔一二〕。行參幕賓亦大可，把酒當爲帥君賀。王家仲澤如仲宣〔一三〕，共看吐奇飛玉唾〔一四〕。一軍號令雅歌中，聲落荆蠻膽先破〔一五〕。愚軒退居如甑墮〔一六〕，閑暇多君時見過。明朝笑語隔關山〔一七〕，一月須拚面牆卧。

【注】

〔一〕欽若：李獻誠，字欽若，李獻甫之兄，興定五年進士。金末官陝州陝縣令。《中州集》卷一〇李獻甫小傳云：「獻甫字欽用，欽叔從弟也。兄欽止、欽若皆中朝名勝，家故將種，而同時四進士，人門之秀，映照一時。」劉祁《歸潛志》卷二李獻能小傳云：「追欽叔昆弟，皆以文學知名，從兄欽止獻卿先擢第，繼以欽叔，又繼以仲兄欽若獻誠，從弟欽用獻甫，故李氏有四桂堂。」商於：古代地名，「商地」和「於地」的合稱。轄區主要在今陝西省商洛市境内。完顔斜烈元光初率兵入商於，王渥、李獻誠皆曾入其幕。仲澤：王渥，字仲澤，太原人，興定二年進士。正大七年使宋，宋人目爲中州豪士。博通經史，有文采，善談論，工書法，妙於琴事，長於談論，詩其專門之學。《中州集》卷六有小傳。

〔二〕廬山：盧氏山。鉎然：刀劍尖端的形貌。趙元時居盧氏山避亂隱居，故有此句。

〔三〕洛水：古水名。即今河南省洛河。北魏酈道元《水經注・洛水》：「洛水出京兆上洛縣讙舉山。」蚓然：如蚯蚓般細長彎曲。

〔四〕蘧廬：旅舍。語自《莊子・天運》：「仁義，先王之蘧廬也，止可以一宿，而不可久處。」

〔五〕「楚茅」句：用楚國苞茅不入被伐典故。魯僖公四年春，齊侯以諸侯之師伐楚。楚子問何故，管仲對曰：「爾貢包茅不入，王祭不共，無以縮酒，寡人是徵。」事見《左傳・僖公四年》。干：招致。王誅：王師的討伐。李獻誠元光中于商於入完顔斜烈帥幕。金貞祐三年七月，宋罷輸金歲幣，故招致宣宗頻頻南侵。句指此。

〔六〕大帥：指完顔斜烈。分閫：指出任將帥或封疆大吏。

〔七〕帷幄：將帥的幕府、軍帳。《史記·太史公自序》：「運籌帷幄之中，制勝於無形。」渴英俊：求賢若渴。

〔八〕山間癯：隱居于山澤的瘦弱清廉的學士。語本《漢書·司馬相如傳》：「列仙之儒居山澤間，形容甚癯。」

〔九〕隴西：隴西李氏。是李姓中最顯要的一支。隴西泛指隴山以西今甘肅省東部地區。秦漢時期設置隴西郡，是李姓的郡望之一。唐《姓氏譜》：「李氏凡十三望，以隴西爲第一。」宋鄭樵《李氏源流》：「言李者稱隴西。」後世李氏多自稱隴西。四欽：指李家四兄弟欽叔、欽止、欽若、欽用。《中州集》卷一〇李獻甫小傳：「獻甫字欽用，欽叔從弟也。兄欽止、欽若，皆中朝名勝，家故將種。」

〔一〇〕若：他們（的）。指李氏四兄弟。

〔一一〕朅來：近來。薦鶚：推薦賢人。語自漢孔融《薦禰衡表》：「鷙鳥累百，不如一鶚。」故後人稱推薦賢能之書信爲薦鶚書。

〔一二〕檄：文體名。古官府用以徵召、曉喻、聲討的文書。此指完顔幕府用檄文徵召。

〔一三〕仲宣：王粲，字仲宣，山陽高平人，三國時曹魏名臣，「建安七子」之冠冕。《三國志·魏書·王粲傳》：「善屬文，舉筆便成，無所改定，時人常以爲宿構，然正復精意覃思，亦不能加也。」

〔一四〕玉唾：喻傑作、佳句。

〔一五〕荆蠻：古代中原人對楚、越或南人的稱呼。此指南宋。

〔一六〕愚軒：趙元自號。甑墮：晉袁宏《後漢紀·郭林宗別傳》：「鉅鹿孟敏字叔達……曾至市買甑，荷擔墮地，徑去不顧。時適遇林宗，林宗異而問之：『甑破可惜，何以不顧？』叔達曰：『甑既已破，視之無益。』林宗以爲有介決，與之言，知其德性。」句用此典，謂自己已辭官，對仕宦已不再留戀。

〔一七〕關山：指商於與盧氏間相隔遥遠。

丁亥三月二十五日雪〔一〕

夬變乾將至〔二〕，陰凝陽不流。雨飛猶帶雪，風急似號秋。草木無春意，關河慘客愁。天心寧易測〔三〕，三歎索冬裘〔四〕。

【注】

〔一〕丁亥：金哀宗正大四年（一二二七）歲次丁亥。

〔二〕夬、乾：皆爲《易》卦名。夬：五陰一陽。乾：六陽。《易·夬》孔穎達疏：「此陰消陽息之卦也。陽長至五，五陽共決一陰，故名爲夬也。」宋孫奕《履齋示兒編·雜記·卦配十二月》：「五陽而一陰則爲三月，其卦爲夬。六畫而皆陽則爲四月，其卦爲乾。」古人用六爻之變配月，陰極陽生。

坤卦六爻皆陰，其變自最下爻始。原六陰爻已變爲下五爻爲陽，只第六爻爲陰的夬卦，再變則是六陽爻的乾卦。詩題中的「三月二十五」表示三月將盡，四月將至，故云「夬變乾將至」。

〔三〕天心：猶天意。《書·咸有一德》：「克享天心，受天明命。」

〔四〕三歎：多次感歎，形容慨歎之深。

大暑〔一〕

旱雲飛火燎長空〔二〕，白日渾如墮甑中〔三〕。不到廣寒冰雪窟〔四〕，扇頭能有幾多風。

【注】

〔一〕大暑：二十四節氣之一。在農曆六月中，公曆七月二十三日或二十四日，時正值「中伏」前後，一年中最熱之時。

〔二〕旱雲：不能致雨的雲。《呂氏春秋·應同》：「旱雲煙火，雨雲水波。」

〔三〕白日：指熾熱的陽光。甑：古代炊具，底部有許多透蒸汽的小孔，放在鬲上蒸煮食物。言暑熱，人如在蒸籠中。

〔四〕廣寒：廣寒宮。月宮。《明皇雜記》記載，唐明皇與申天師中秋夜遊月宮，見榜曰廣寒清虚之府。

讀樂天無可奈何歌〔一〕

鳧脛苦太短〔二〕，蚿足何其多〔三〕。物理斬不齊，利劍空自磨〔四〕。老蹠富且壽，元惡天不訶。伯夷豈不仁，餓死西山阿〔五〕。天意寓冥邈〔六〕，人心徒揣摩。不如且飲酒，流年付蹉跎〔七〕。酒酣登高原，浩歌無奈何。

【注】

〔一〕詩題：樂天：唐代詩人白居易，號樂天居士。作有長詩《無可奈何歌》：「無可奈何兮，白日走而朱顏頽。少日往而老日催，生者不住兮死者不回。况乎寵辱豐悴之外物，又何常不十去而一來？去不可挽兮來不可推，無可奈何兮，已焉哉。……」

〔二〕鳧脛：野鴨的小腿。《莊子·駢拇》：「是故鳧脛雖短，續之則憂；鶴脛雖長，斷之則悲。」

〔三〕蚿：千足蟲。出自《莊子·秋水》：「夔憐蚿，蚿憐蛇，蛇憐風，風憐目，目憐心。」

〔四〕「物理」二句：謂事物千差萬别乃其本性使然，截鶴續鳧，只是徒勞而矣。强調順應自然與本性。

〔五〕「老蹠」四句：典出《史記·伯夷列傳》：「若伯夷、叔齊，可謂善人者非耶？積仁絜行如此而餓死……天之報施善人，其何如哉？盜蹠日殺不辜，肝人之肉，暴戾恣睢，聚黨數千人横行天下，竟以壽終，是遵何德哉？……余甚惑焉，儻所謂天道，是邪非邪？」老蹠：指盜蹠，春秋時大盜。《莊子·盜蹠》：「孔子與柳下季爲友，柳下季之弟名曰盜蹠。盜蹠從卒九千人，橫行天下，侵暴諸侯。」元惡：大惡之人；首惡。伯夷：商末孤竹君長子。相傳其父遺命要立次子叔齊爲繼承人。孤竹君死後，叔齊讓位給伯夷，伯夷不受，叔齊也不願登位，先後都逃到周國。武王滅商後，二人恥食周粟，采薇而食，餓死于首陽山。事見《吕氏春秋·誠廉》、《史記·伯夷列傳》。

〔六〕冥邈：邈遠。

〔七〕蹉跎：失意；虚度光陰。南朝齊謝朓《和王長史卧病》：「日與歲眇邈，歸恨積蹉跎。」

哀古道

山深道壞水縱橫，怪得春來少客行。不信天教人跡斷，水乾更遺蒺藜生〔一〕。

【注】

〔一〕蒺藜：一年生草本植物。莖平鋪在地，羽狀復葉，小葉長橢圓形，開黄色小花，果皮有尖刺。種子可入藥，有滋補作用。

薛鼎臣罷登封〔一〕

弄人鼓笛不相疑〔二〕，便着當場傀儡衣〔三〕。終日抱飢唯飲水，也和醉客一時歸〔四〕。鼎臣，材大夫，宰登封有惠政，今以例罷，故有上句。

【注】

〔一〕薛鼎臣：薛居中，字鼎臣，臨漳（今屬河南）人。泰和中進士。曾任王屋、登封縣令，有政聲。《金史·王浩傳》載，初，辟舉法行，縣官甚多得人。如登封薛居中等，皆清慎才敏，極一時之選。元好問《登封令薛侯去思頌》：「興定二年冬十月二日，詔以王屋令薛侯莅登封……明年，邑之民有借寇之舉。會官以辟舉令法有不便者，一切罷之。」

〔二〕弄人：古代百戲樂舞中扮演角色表演節目的優伶。唐代有弄假夫人即男扮女裝，演女角色。

〔三〕便：巧。傀儡衣：指木偶戲中木偶人穿的衣服。二句言弄人與木偶人穿着一樣的衣服共同表演，分不清哪個是真，哪個是假。古人常以傀儡戲喻官場，如元張養浩《雁兒落兼得勝令》：「由他傀儡棚頭鬧，且向昆侖頂上看。」二句言官場如戲場，真人假人、是非善惡難以分辨。

〔四〕「終日」二句：元好問《薛明府去思口號七首》其一：「能吏尋常見，公廉第一難。只從明府到，人信有清官。」其三：「麋鹿山中盡，公廚破幾錢。只從明府到，獵户得安眠。」其五：「驛舍無歌酒，清談了送迎。即看明府去，畫鼓有新聲。」二句謂薛鼎臣任登封縣令期間清正廉潔，生活簡樸，克己奉公，卻因辟舉法之例而一刀切，與那些用公款大吃大喝的縣令一併被罷，賢惡不分。

密國公璹 四十一首

密公字子瑜，興陵之孫〔一〕，越王之長子〔二〕。百年以來宗室中第一流人也。少日學詩於朱巨觀〔三〕，學書於任君謨〔四〕，遂有出藍之譽〔五〕。文筆亦委曲能道所欲言。朝臣自閑閑公、楊禮部、雷御史而下〔六〕，皆推重之。資雅重，薄於世味，好賢樂善，寒士有不能及者。明昌以來諸王法禁嚴，諸公子皆不得與外間交通。故公得窮日力於書，讀《通鑑》至三十餘過〔七〕。是非成敗，道之如目前。越王薨後，稍得出遊，文士輩亦時至其門。家所藏法書名畫幾與中秘等〔八〕。客至，貧不能具酒肴，設蔬飯與之共食，焚香煮茗，盡出藏書商略之〔九〕，談大定、明昌以來故事〔一〇〕，或終日不聽客去〔一一〕。風流蘊藉，有承平時王孫故態〔一二〕，使人樂之而不厭也。所居有樗軒，又有如庵，自號樗軒老人。其詩號《如庵小稿》。圍城中以疾薨〔一三〕，時年六十一。

【注】

〔一〕興陵：指金世宗完顏雍，死後葬於興陵（今北京市房山區）。

〔二〕越王：越王永功。世宗第三子。句所言越王之長子不確，密公應爲越王次子。《金史·越王永功傳》：「子福孫、壽孫、粘没曷。大定二十六年，詔賜福孫名璐，壽孫名璹，粘没曷名琳。」

〔三〕朱巨觀：朱瀾，字巨觀。金初詩人朱之才子，三鄉（今河南省宜陽縣）人。大定二十八年及第，歷諸王文學。明昌初任翰林待制。《中州集》卷七有小傳。

〔四〕任君謨：任詢，字君謨，易州軍市人。正隆二年進士。曾爲宫教。爲人慷慨多大節。書法爲當時第一，畫亦入妙品。家所藏法書名畫數百軸，日夕展玩，不知老之將至。年七十卒。《金史》卷一二五有傳，《中州集》卷二有小傳。

〔五〕出藍：即青出於藍，多用以比喻弟子勝過老師。

〔六〕閑閑公：趙秉文，號閑閑老人。楊禮部：楊雲翼，曾官禮部尚書。雷御史：雷淵，官監察御史。

〔七〕通鑑：即宋司馬光《資治通鑑》。過：次。

〔八〕中秘：指宫廷珍藏圖書文物之所。元好問《密公寶章小集》：「王家書絶畫亦絶，欲與中秘論低昂。」

〔九〕商略：品評，評論。

〔一〇〕故事：舊事，舊典章制度等。

〔一一〕不聽：不允許。

〔一二〕承平：治平相承；太平。故態：平素的舉止神態。

〔三〕圍城：指金哀宗天興元年（一二三二）蒙古軍圍汴京。

秋郊雨中

羸驂破蓋雨淋浪〔一〕，一抹煙林覆野塘〔二〕。不着沙禽閑點綴，只横秋浦更淒涼〔三〕。

【注】

〔一〕羸驂：駕車的瘦馬。破蓋：破漏的車篷。淋浪：流滴不止貌。

〔二〕煙林：煙霧籠罩的樹林。

〔三〕秋浦：秋日的水濱。

宴息二首〔一〕

宴息春光晚，閑眠晝景虚〔二〕。冥心居大道〔三〕，達理契真如〔四〕。樂對忘形友〔五〕，欣逢未見書。世間幽隱者，何必盡樵漁。

【注】

〔一〕宴息：閑居休息。

〔二〕晝景：白日的陽光。唐獨孤及《苦熱行》：「晝景艴可畏，涼飈何由發。」虛：指日光漸趨微弱。

〔三〕冥心：泯滅俗念，使心境寧靜。大道：指自然法則。《莊子·天下》：「天能覆之而不能載之，地能載之而不能覆之，大道能包之而不能辯之，知萬物皆有所可，有所不可。」

〔四〕達理：指莊子所倡達觀無爲之人生哲理。契：契合，相合。真如：佛教語。梵文意譯。謂永恒存在的實體、實性，亦即宇宙萬有的本體。與實相、法界等同義。范文瀾《唐代佛數·佛教各派》：「事物生滅變化，都不離真如。故真如即萬法(事物)，萬法即真如。真如與萬法，無礙融通。」句言老莊道學與佛學之理契合。

〔五〕忘形：《莊子·讓王》：「故養志者忘形，養形者忘利，致道者忘心矣。」忘形友：謂情趣投合、不受禮節拘束的朋友。

又

日日閑窗下，簞瓢樂不殊〔一〕。花魁穠且艷〔二〕，湖玉秀而臞〔三〕。憶友尋詩卷，思山展畫圖。丹青傳六逸〔四〕，能著老夫無。

【注】

〔一〕簞瓢：簞食瓢飲。用簞盛飯吃，用瓢舀水喝。後用爲生活簡樸，安貧樂道的典故。語自《論語·雍也》：「一簞食，一瓢飲，在陋巷，人不堪其憂，回也不改其樂。賢哉回也！」

〔二〕花魁：百花的魁首。此應指牡丹花。

〔三〕湖玉：湖中山石。

〔四〕「丹青」句：《新唐書・文藝傳中・李白》：「更客任城，與孔巢父、韓準、裴政、張叔明、陶沔居徂來山，日沉飲，號『竹溪六逸』。」唐鄭虔曾作《竹溪六逸圖》。《御定佩文齋書畫譜》卷九十九：「鄭虔遺蹟傳世絶少，新都王氏藏虔《竹溪六逸卷》，紙本，淺絳色，極佳，後有蘇子瞻題跋，米元暉鑒定，紹興御府等印記。」

梁臺〔一〕

汴水悠悠蔡水來〔二〕，秋風古道野花開。行人驚起田間雉，飛上梁王鼓吹臺。

【注】

〔一〕梁臺：梁王吹臺。舊址在今河南開封市東南禹王臺公園。相傳爲春秋時師曠吹樂之臺。漢梁孝王增築曰明臺。因梁孝王常案歌吹于此，故亦稱梁臺。三國魏阮籍《詠懷》其六十：「駕言發魏都，南向望吹臺。簫管有遺音，梁王安在哉！」

〔二〕汴水：汴河。源出滎陽，春秋時謂之邲水，發源于滎陽大周山洛口，經官渡，過陳留、杞縣，與泗水、淮河匯集。蔡水：《河南通志・河防》：「蔡水在開封府東南。自汴河分流爲蔡水，亦曰沙水，下流經通許、尉氏、扶溝、太康，至歸德府鹿邑縣合潁水。宋開寶中爲惠民河，爲漕運四河之一，後廢。」

自適

晴晝摇涼光〔一〕，長空澹虚碧〔二〕。燕鴻亦何爲，老翅南又北。衰柳墮殘葉，庭户覺岑寂〔三〕。幽人誦佛書〔四〕，清香縈几席。西方病維摩〔五〕，東皋醉王績〔六〕。俱到忘言地〔七〕，佳處略相敵。小齋蝸角許〔八〕，夜卧膝仍屈。能以道眼觀〔九〕，寬大猶四極〔一〇〕。有書貯實腹，無事梗虚臆〔一一〕。謝絶聲利徒〔一二〕，尚友古遺直〔一三〕。

【注】

〔一〕晴晝：晴朗的白天。摇：謂光芒閃動。

〔二〕澹：廣漠貌，清深貌。虚碧：指清澈碧藍的天空。

〔三〕岑寂：寂寞，孤獨冷清。

〔四〕幽人：指幽居之士。詩人自謂。

〔五〕「西方」句：用佛經典故。《維摩經·文殊師利問疾品》載：佛在毘耶離城庵摩羅園，城中五百長者子至佛所請説法時，居士維摩詰故意稱病不往。佛遣舍利弗及文殊師利等問疾。文殊問：

居士是疾何所因起？維摩詰答曰：一切衆生病，是故我病；若一切衆生得不病者，則我病滅。後用以謂佛教徒生病。

〔六〕「東皋」句：王績：字無功，絳州龍門（今山西省河津市）人。隋末舉孝廉，除秘書正字。貞觀初，以疾罷歸河渚間，躬耕東皋，自號「東皋子」。性簡傲，嗜酒，能飲五斗，自作《五斗先生傳》，撰《酒經》、《酒譜》、《醉鄉記》。新、舊唐書有傳。

〔七〕忘言：謂心中領會其意，不須用言語來説明。語本《莊子·外物》：「言者所以在意，得意而忘言。」

〔八〕蝸角：蝸牛的觸角。比喻微小之地。

〔九〕道眼：指莊子的達觀。《莊子·齊物論》：「天下莫大於秋毫之末，而太山爲小。」

〔一〇〕四極：四方極遠之地。

〔一一〕梗虛臆：梗塞心胸。句言没有不順心的事爲自己添堵。

〔一二〕聲利：猶名利。

〔一三〕尚友：上與古人爲友。《孟子·萬章下》：「以友天下之善士爲未足，又尚論古之人；頌其詩，讀其書，不知其人，可乎？是以論其世也，是尚友也。」遺直：指直道而行、有古人遺風的人。《左傳·昭公十四年》：「叔向，古之遺直也。治國制刑，不隱於親，三數叔魚之惡，不爲末減。」杜預注：「言叔向之直，有古人遺風。」

城西

雁帶邊聲遠，牛橫廢壠長〔一〕。人居似河朔〔二〕，岡勢接滎陽〔三〕。禾短新村墅，沙平古戰場〔四〕。悠然望西北〔五〕，暮色起悲涼。

【注】

〔一〕壠：田埂。

〔二〕河朔：古代泛指黄河以北地區。《書·泰誓中》：「惟戊午，王次於河朔。」孔傳：「戊午渡河而誓，既誓而止於河之北。」

〔三〕滎陽：縣名，金時屬南京路鄭州，今河南省滎陽市。

〔四〕古戰場：滎陽是歷史上的軍事重鎮。春秋時，晉楚爭霸大戰於此；楚漢戰爭時，劉邦與項羽于此長期對峙，最終以鴻溝爲界中分天下；唐初有著名的「虎牢之戰」。

〔五〕悠然：憂思感傷貌。宋梅堯臣《朔風寄永叔》：「悠然傷我心，歷亂非可擬。」金宣宗貞祐二年遷都汴京後，河朔多被蒙古軍侵占。金國土日縮，國勢日蹙。句指此。

送王生西遊　飛伯〔一〕

紫陘仙人今淵雲〔二〕，騎風御氣七尺身〔三〕。丈夫恥與噲等伍〔四〕，故作野鶴昂雞群〔五〕。往年書劍游梁日〔六〕，咳唾中間滿珠璧〔七〕。温子徒勞手八叉〔八〕，蘇老猶迷日五色〔九〕。慨然拂袖遊嵩陽〔一〇〕，西南陌上書傳香。仲宣堂堂舍我去〔一一〕，舉杯卻愁愁更長〔一二〕。去程相近黄花節〔一三〕，三十六峰如玉列〔一四〕。龍門楓葉墮紅綃〔一五〕，洛浦蘆花舞晴雪〔一六〕。勳名細事猶秋毫〔一七〕，政可痛飲讀離騷〔一八〕。天津月照紫綺裘〔一九〕，緱嶺風吹青玉簫〔二〇〕。我無羽翼隨君起，浩歌相送秋光裏。憑高西望青茫茫，落日無情下寒水〔二一〕。

【注】

〔一〕王生：王鬱，字飛伯，大興人。儀狀魁奇，目光如鶻。閉門讀書，不接人事。爲文法柳宗元，歌詩俊逸效李白。避亂南渡後，與李純甫、元好問、劉祁等交遊，文名甚著。汴京城圍，伺機偷出，爲兵士所得，其將遇之甚厚。徑行無機防，爲其下所忌，見殺，年三十餘。《金史》卷一二六有傳，《中州集》卷七有小傳。西遊：劉祁《歸潛志》卷三王鬱小傳：「正大五年，先生年二十五矣，來游京師……明年，以兩科舉進士，不中，西遊洛陽。」

〔二〕紫陘仙人：劉祁《歸潛志》小傳謂王鬱曾隱於河南新鄭西南之陘山，故稱。淵雲：漢代文學家王褒和揚雄的并稱。褒字子淵，雄字子雲，皆以賦著稱。晉潘岳《西征賦》：「長卿、淵雲之文，子長、政駿之史。」

〔三〕騎風御氣：乘風飛行。句謂王鬱有仙風道骨。

〔四〕「丈夫」句：《史記・淮陰侯列傳》載，漢高祖貶韓信爲淮陰侯，「信由此日夜怨望……嘗過樊將軍噲，噲跪拜送迎……信出門，笑曰：『生乃與噲等爲伍。』」後因用「與噲等爲伍」稱不願與平庸之輩爲伍。

〔五〕野鶴昂雞群：猶鶴立雞群。比喻人的才能或儀表卓然出衆。晉戴逵《竹林七賢論》：「嵇紹入洛，或謂王戎曰：『昨于稠人中始見嵇紹，昂昂然若野鶴之在雞群。』」

〔六〕「往年」句：劉祁《歸潛志》轉引王鬱所作自傳《王子小傳》云：「正大五年，先生年二十五矣，來遊京師，諸公倒屣爭識其面。宰相聞其名，取其所作文章，將薦之，事中格。樗軒、閑閑朝廷二大老，皆致禮于先生，交館之。」劉祁《歸潛志》卷三小傳云：「已而入南京，見趙、雷諸公，皆稱之不已。布衣少年，名動京師。」書劍：代指學文和學武。唐孟浩然《自洛之越》：「遑遑三十載，書劍兩無成。」梁：汴京。

〔七〕咳唾：稱美他人的言語、詩文等。李白《妾薄命》：「咳唾落九天，隨風生珠玉。」

〔八〕「温子」句：温子：唐詩人温庭筠。舊題宋尤袤《全唐詩話・温庭筠》：「庭筠才思豔麗，工于小賦，每入試，押官韻作賦，凡八叉手而八韻成，時號温八叉。」

〔九〕「蘇子」句：用蘇軾「失取李廌」典故。明彭大翼《山堂肆考》卷八三：「李廌，字方叔，華州人。嘗以文謁蘇軾于黄州。軾謂其筆墨瀾飜，有飛沙走石之勢，蓋張耒、秦觀之流也。及鄉舉試禮部時，東坡知貢舉，欲私之，既而下第。乃作詩自責曰：『與君相從非一日，筆勢翩翩疑可識。平生謾説古戰場，過眼終迷日五色。』」

〔一〇〕「慨然」句：謂王鬱府試落第，拂袖西遊。嵩陽：嵩山之陽。

〔一一〕仲宣：王粲，字仲宣，山陽高平人，三國時曹魏名臣，「建安七子」之冠冕。《三國志·魏書·王粲傳》：「善屬文，舉筆便成，無所改定，時人常以爲宿構，然正復精意覃思，亦不能加也。」此以王粲比王鬱，稱其才思敏捷。堂堂：形容志氣宏大。

〔一二〕「舉杯」句：李白《宣州謝朓樓餞别校書叔雲》：「舉杯消愁愁更愁。」

〔一三〕黄花節：重陽節。王鬱正大六年八月府試落第，西游洛陽，時近重陽。

〔一四〕三十六峰：在河南省登封縣少室山，上有三十六峰。李白《贈嵩山焦煉師》詩序：「余訪道少室，盡登三十六峰。」從開封到洛陽，途經少室山。

〔一五〕龍門：龍門山，在洛陽。楓葉：楓樹葉。亦泛指秋令變紅的其他植物的葉子。常用以形容秋色。

〔一六〕洛浦：洛水之濱。漢張衡《思玄賦》：「載太華之玉女兮，召洛浦之宓妃。」

〔一七〕勳名：功名。秋毫：鳥獸在秋天新長出來的細毛。喻細微之物。此處用以安慰科考失利的王鬱，稱功名微不足道。

〔一八〕離騷：泛指詞賦、詩文。

〔一九〕「天津」句：用李白典故。李白《金陵江上遇蓬池隱者》（時于落星石上以紫綺裘换酒爲歡）：「解我紫綺裘，且换金陵酒。」天津：原指銀河。隋煬帝遷都洛陽，以洛水中貫，有天漢津梁氣象，因建橋，名曰天津。唐白居易《和友人洛中春感》：「莫悲金谷園中月，莫歎天津橋上春。」

〔二〇〕「緱嶺」句：用王子喬吹簫成仙典故。《列仙傳》載：周靈王太子王子喬，喜愛吹笙，常引得鳳凰和鳴。後被道士浮丘公接上嵩高山，樂不思歸。三十年後，讓人傳語：「告我家：七月七日待我於緱氏山巔。」至時果乘白鶴駐山頭。

〔二一〕寒水：指秋季的洛河水。

王生以秋騷見示復以此謝之〔一〕

三年京國與君遊〔二〕，每恨知君尚未周。始露雄文陵楚些〔三〕，又登長陌佩吴鈎〔四〕。燈殘茅店雞催曉，霜落金風雁唤秋〔五〕。後夜文星出西洛〔六〕，仲宣知在水南樓〔七〕。

【注】

〔一〕王生：王鬱，詳前詩注〔一〕。秋騷：秋日的情懷。詩亦作於王鬱秋末辭汴往洛陽時，按此，《秋騷》乃因正大六年府試失敗後抒發懷才不遇之作。

〔二〕三年京國：王鬱正大五年初入京師，與完顔璹初識。正大六年西遊洛陽，按此，「三年」爲誇張的説法，指較長時間。

〔三〕楚些：代《楚辭》。因《楚辭》許多篇章詩句的句尾用「些」字，故後人以「楚些」代楚地樂調或《楚辭》。

〔四〕長陌：長路。鉤：兵器，形似劍而彎曲。吳鉤：春秋吳人善鑄鉤，故稱。後也泛指寶刀利劍。句本唐李賀《南園》：「男兒何不帶吳鉤，收取關山五十州。」

〔五〕金風：秋風。《文選·張協·雜詩》：「金風扇素節，丹霞啟陰期。」李善注：「西方爲秋而主金，故秋風曰金風也。」

〔六〕後夜：後日之夜。文星：星名。即文昌星，又名文曲星。相傳文曲星主文才，後亦指有文才的人。西洛：指汴京之西的洛陽。王鬱正大六年落第後，西遊洛陽。見劉祁《歸潛志》卷三引其自作小傳。

〔七〕仲宣：此以王粲比王鬱。水南：洛陽地名。元好問《滿江紅·再過水南》：「問柳尋花，津橋路，年年寒節。佳麗地，梁園池館，洛陽城闕……記水南，昨暮賞春回，今華髮。」

自題寫真〔一〕

枯木寒灰久亦神〔二〕，因緣來現胙公身〔三〕。只緣酷愛東坡老，人道前身趙德麟〔四〕。 樗軒嘗封胙國公〔五〕，故云。

【注】

〔一〕寫真：畫像。

〔二〕枯木寒灰：《莊子·齊物論》：「形固可使如槁木，而心固可使如死灰乎？」後以「枯木死灰」形容心不爲外物所動。《宣和畫譜·道釋二》：「大抵釋氏貌像多作慈悲相，趺坐即結跏，垂臂則袒肉，目不高視，首不軒舉，淡然如枯木死灰。」蘇軾《自題金山畫像》亦用此形容：「心似已灰之木，身如不繫之舟。」

〔三〕因緣：佛教語。佛教謂使事物生起、變化和壞滅的主要條件爲因，輔助條件爲緣。《翻譯名義集·釋十二支》：「前緣相生，因也；現相助成，緣也。」胙公：完顔璹嘗封胙國公。《金史》卷八五本傳：「貞祐中，封胙國公。」

〔四〕「只緣」二句：言因爲自己特别喜歡蘇軾，故人們説自己是趙德麟轉生再世。東坡：蘇軾號東坡居士。前身：前生。佛教語。謂上一輩子，相對「今生」而言。趙德麟（一〇六一——一一三四）：名令畤，初字景貺，後改字德麟，涿郡（今天津市薊縣）人。元祐六年官潁州簽書判官，與蘇軾友好，有詩文唱和，情誼甚篤，因此被列入「元祐黨籍」。趙令畤爲宋太祖次子趙德昭之玄孫，又喜與元祐名流交往，與完顔璹以皇室宗親喜交當時文人士大夫相仿，故有此二句。

〔五〕樗軒：密國公完顔璹自號。

黄華畫古柏〔一〕

黄華老人畫古柏，鐵簡將軍挽大弨〔二〕。意足不求顔色似〔三〕，荔支風味配江瑶〔四〕。鐵簡萬户，以神射名天下〔五〕。

【注】

〔一〕黄華：王庭筠，自號黄華山主、黄華老人。詩、書、畫皆精，書畫學宋米芾。

〔二〕鐵簡將軍：即鐵簡萬户烏延查剌，力大無窮，善使鐵簡。鐵簡：一種類似鞭的鐵製兵器。大弨：大弓。句用喻畫中古柏的彎曲蒼勁。

〔三〕「意足」句：本宋陳與義《和張矩臣水墨梅五絶》其四：「意足不求顔色似，前身相馬九方皋。」暗用九方皋相馬重意氣天機、忽略牝牡驪黄典故，謂王黄華繼承了宋代文人畫重神似不重形似的傳統。蘇軾《書鄢陵王主簿所畫折枝二首》其一：「論畫以形似，見與兒童鄰。賦詩必此詩，定非知詩人。詩畫本一律，天工與清新。」其《又跋漢傑畫山二首》：「觀士人畫，如閲天下馬，取其意氣所到。」

〔四〕「荔支」句：用蘇軾稱贊荔支典故。其《四月十一日初食荔支》：「似開江瑶斫玉柱，更洗河豚烹腹腴。」自注云：「予嘗謂荔支厚味高格兩絶，果中無比，惟江瑶柱、河豚魚近之耳。」江瑶：亦作「江鰩」，一種海蚌。殻略呈三角形，表面蒼黑色。生活於海邊泥沙中。肉味鮮美。

〔五〕鐵簡萬户：《金史·烏延查剌傳》載：「烏延查剌，銀青光禄大夫蒲轄奴子也。力兼數人，勇果無敵。……查剌左右手持兩大鐵簡，簡重數十斤，人號爲『鐵簡萬户』。」神射：謂射藝精湛神奇。

書龍德宮八景亭〔一〕

刻桷朱楹墮紺紗〔二〕，裙腰草色趁堦斜〔三〕。誰知剥落亭中石〔四〕，曾聽宣和玉樹花〔五〕。

【注】

〔一〕龍德宮：宋代宮殿名。位于外城，景龍江以北，與皇城有夾城相連。宋徽宗退位後居於此。劉祁《歸潛志》卷七：「南京同樂園，故宋龍德宮，徽宗所修。其間樓閣花石甚盛，每春三月花發，及五六月荷花開，官縱百姓觀，雖未嘗再增葺，然景物如舊。正大末，北兵入河南，京城作防守計，官盡毁之。」據此可知，龍德宮至金末尚爲士民遊覽勝地。

〔二〕刻桷：有繪飾的方椽。朱楹：堂屋前部的朱紅柱子。紺：黑裏透紅的顔色。也稱紅青、紺紫。

〔三〕「裙腰」句：言如緑腰裙般的小草長滿石級兩旁。唐白居易《杭州春望》：「誰開湖寺西南路，草緑裙腰一道斜。」趁：追隨。

〔四〕剥落：指石頭表層成片地脱落。李白《襄陽歌》：「君不見晉朝羊公一片石，龜頭剥落生莓苔。」

〔五〕宣和：宋徽宗最後一個年號（一一一九——一一二五）。玉樹花：即《玉樹後庭花》，樂府清商曲，吴聲歌曲名。南朝陳後主制。其辭輕蕩，而其音甚哀，故後多稱亡國之音。

思歸〔一〕

四時唯覺漏聲長〔二〕，幾度吟殘蠟燼釭〔三〕。驚夢故人風動竹〔四〕，催春羯鼓雨敲窗〔五〕。新詩淡似鵝黄酒〔六〕，歸思濃如鴨緑江〔七〕。遥想翠雲亭下水〔八〕，滿陂青草鷺鷥雙〔九〕。

【注】

〔一〕詩題：金貞祐南渡後，南遷士人懷念北方家園。此詩即是宗室完顔璹表達濃鬱思鄉情結的代表作，其内涵與一般客子思鄉有異。劉祁《歸潛志》卷一完顔璹小傳載，天興初，蒙古進軍河南，璹論及時事，曰：「如得完顔氏一族歸我國中（指金國發祥地），使女直不滅，則善矣，餘復何望？」

〔二〕四時：古人將一天分爲朝、晝、夕、夜（朝、暮、晝、夜）。《左傳·昭公元年》：「君子有四時，朝以聽政，晝以訪問，夕以脩令，夜以安身。」漏聲：漏壺滴水聲。古人以漏壺爲計時工具。

〔三〕釭：同「釭」。燈。

〔四〕故人風動竹：化用唐李益《竹窗聞風早發寄司空曙》句：「微風驚暮坐，臨牖思悠哉。開門風動竹，疑是故人來。」

〔五〕催春羯鼓：元陶宗儀《説郛》卷十九上引《羯鼓録》云：「明皇尤愛羯鼓、玉笛，云『八音之領袖』。時春雨始晴，景色明麗，帝曰：『對此豈可不爲判斷。』命取羯鼓，臨軒縱擊，曲名《春光好》。回顧柳杏，皆已微坼。」羯鼓：古代打擊樂器的一種，南北朝時傳入内地，形如漆桶。《通典·樂四》：「羯鼓，正如漆桶，兩頭俱擊。以出羯中，故號羯鼓，亦謂之兩杖鼓。」《太平廣記》卷二百五引《羯鼓録》：「頭如青山峰，手如白雨點。按此即羯鼓之能事。山峰取不動，雨點取其急。」古人以雨點形容敲擊鼓時動作的歡快，此句翻其意而用之，以歡快的羯鼓聲形容雨點敲窗聲之稠密。

〔六〕鵝黄酒：因色如鵝雛般淡黄而得名。後泛指好酒。宋祝穆《方輿勝覽》載，鵝黄爲漢州酒名，蜀中無能及者。

〔七〕鴨緑江：源出吉林省東南長白山主峰白頭山附近，向西南流，注入黄海。因其水碧緑似鴨頭而得名。其流域爲女真族發祥地之一。

〔八〕翠雲亭：金中都（今北京市）玉泉山下有芙蓉殿行宫，中有翠雲亭，金章宗曾於此避暑。但按詩之意脈，應在鴨緑江一帶。

〔九〕陂：湖泊池塘。鷺鷥：鷺科鳥類，又名白鷺。此泛指水鳥。

如庵樂事〔一〕

人間最美安心睡，睡起從容盥漱終。七卷蓮經爇沉水〔二〕，一杯湯餅潑油葱〔三〕。因循默坐規禪老〔四〕，取次拈詩教小童〔五〕。炕暖窗明有書册，不知何者是窮通〔六〕。

【注】

〔一〕如庵：完顏璹所居室名。《中州集》小傳：「所居有樗軒，又有如庵，自號樗軒老人。其詩號《如庵小稿》。」

〔二〕蓮經：即《法華經》，全稱爲《妙法蓮華經》。釋迦牟尼佛晚年在王舍城靈鷲山所説，爲大乘佛教初期經典之一。爇沉水：點燃用沉香等做的香火。

〔三〕湯餅：水煮的麵食。用蘇軾《和參寥見寄》詩句：「待我西湖借君去，一杯湯餅潑油蔥。」

〔四〕因循：照舊，依舊。

〔五〕取次：依次。拈詩：集會作詩的一種方式。讓各人自認或抓鬮確定詩題、韻部，按此依次作詩。小童：幼童，小孩。

〔六〕窮通：困厄與顯達。《莊子·讓王》：「古之得道者，窮亦樂，通亦樂，所樂非窮通也；道德於此，則窮通爲寒暑風雨之序矣。」

題晉卿玉暉寶繪①〔一〕

顧陸張吴寶繪堂〔二〕，風花雪月保寧坊〔三〕。錦囊玉軸三千幅〔四〕，翠袖金釵十二行〔五〕。數筆丹青參李范〔六〕，一時遷謫爲蘇黄〔七〕。太原珍玩名天下〔八〕，舊跡猶憑古印章〔九〕。

【校】

① 詩題毛本作「題晉卿王詵圖繪」。

【注】

〔一〕晉卿：王詵，字晉卿，祖籍太原。北宋開國功臣王全斌之後。宋神宗熙寧二年娶公主，爲駙馬都尉。喜愛書畫，收藏甚豐。亦作畫，以山水見長。《宣和畫譜》：「駙馬都尉王詵……寫煙江遠壑柳溪漁浦……皆詞人墨。」玉暉：指寶貴的書畫。《五禮通考》卷九三：「文金晶瑩，册玉輝潤。」寶繪：堂名，王詵藏書畫之所。詵建寶繪堂，蓄其所有書畫，蘇軾爲作《王君寶繪堂記》。

〔二〕顧陸張吴：六朝時四位傑出的畫家，指南朝梁顧愷之、張僧繇，宋陸探微，三國吴曹不興。顧愷之、張僧繇，畫山水不以筆墨勾勒，史稱「没骨山水」。陸探微，用筆「連綿不斷」，稱爲「一筆畫」。曹不興，善畫龍、虎、馬及人物佛畫。見張彦遠《歷代名畫記》。宋蘇轍《王詵都尉寶繪堂詞》：「噴振風雨馳平岡，前數顧陸後吴干。」

〔三〕風花雪月：泛指四時景色。保寧坊：唐初晉王府所在地。此處代王詵府第。

〔四〕錦囊玉軸：玉軸裝裱，盛以錦囊。借指名貴的書畫作品。宋蘇轍《王詵都尉寶繪堂詞》：「錦囊犀軸堆象牀，竿叉連幅翻雲光。」

〔五〕翠袖金釵：代歌妓美女。金釵十二行：唐人詩句多用金釵十二事，如白居易《酬思黯戲贈》：「鍾乳三千兩，金釵十二行。」明彭大翼《山堂肆考·角集》：「白樂天嘗言牛思黯（僧儒）自誇前後服鍾乳三千兩，而歌舞之妓甚多。故答思黯詩云：『鍾乳三千兩，金釵十二行。』」

〔六〕丹青：指作畫。李范：李成和范寬。北派山水的代表畫家。宋米芾《畫史》：「王詵學李成皴法，以金碌爲之，似古今觀音寶陁山狀作小景，亦墨作平遠，皆李成法也。」

〔七〕蘇黄：蘇軾和黄庭堅。元豐二年，王詵因受蘇軾牽連貶官，落附馬都尉，責授昭化軍節度行軍司馬，均州安置，移潁州安置。句指此。

〔八〕太原：王詵祖籍，故以代之。珍玩：珍貴的玩賞物，指古董、字畫等。

〔九〕印章：指字畫上的圖章。句言憑藉畫上那些古印章就可知道畫的來歷及其價值。

得友人書〔一〕

聞有書來喜欲狂，紫芝眉宇久難忘〔二〕。別離惟歎我頭白，詩句屢成君馬黄〔三〕。公幹羈棲猶洛下〔四〕，孔明高卧尚南陽〔五〕。冷官領取閑中趣〔六〕，遠勝區區夢蟻忙〔七〕。

【注】

〔一〕詩題：清人施國祁《元遺山詩集箋注·補載》輯録此詩，認爲其友人即元好問。按詩有「紫芝眉宇」，時人多以此指元氏。詩中「南陽」亦與元好問官内鄉的行跡吻合。

〔二〕紫芝眉宇：用唐人元德秀典故。元德秀（六九六——七五四）：字紫芝，世居太原（今屬山西），後移居河南陸渾（今河南省嵩縣）。唐開元進士。爲人寬厚，道德高尚，學識淵博，爲政清廉，名重當時。房琯每見德秀，歎息曰：「見紫芝眉宇，使人名利之心都盡！」事見《新唐書・元德秀傳》。後常用以稱頌德行高潔。時人多用此典指元好問。如雷淵《次裕之韻兼及景玄弟》「紫芝可惜不偕來」，趙秉文《寄裕之》「紫芝眉宇何時見」等。

〔三〕君馬黄：語本《詩・周南・卷耳》：「陟彼高崗，我馬玄黄。」玄黄，疾病的通稱。此指友人外出坎坷艱辛。句言友人佳妙的詩作往往成就于馬背艱辛中。

〔四〕「公幹」句：劉楨，字公幹。東平（今屬山東）人。漢魏間文學家。「建安七子」之一。建安中，劉楨被曹操召爲丞相掾屬。後因不敬獲罪服勞役，又免罪署爲小吏。羈棲：指羈管棲居。洛下：指洛陽。句謂自己雖爲宗室，實同囚犯，仍羈管于京城。元好問《如庵詩文序》：「自明昌初鎬、厲等二王得罪後，諸王皆置傅與司馬、府尉、文學，名爲王府官屬，而實監守之。府門啟閉有時，王子若孫及外人不得輒出入。出入皆有籍，訶問嚴甚。金紫若國公（璹）雖大官，無所事事，止于奉朝請而已。」

〔五〕「孔明」句：諸葛亮，字孔明，號卧龍，琅琊陽都（今山東省沂南縣）人，三國時期蜀漢丞相。早年躬耕於南陽。句謂友人有曠世奇才而尚未被量才重用。

〔六〕冷官：地位不重要、事務不繁忙的官職。宋陸游《登塔》：「冷官無一事，日日得閒遊。」

〔七〕夢蟻忙：用槐安夢典故。事見唐李公佐《南柯太守傳》。後多比喻人生如夢、富貴無常。二句兼慰自己與友人雖皆爲閒置冷官，卻因禍得福，有閒適之樂，遠勝于那些爲虚幻名利而奔波的權貴。

内族子鋭歸來堂〔一〕

一旦能知夢裏真〔二〕，平生看破主中賓〔三〕。歸來堂上忘形友〔四〕，名利場邊税駕人〔五〕。東郭風煙宜蕙帳〔六〕，南山猿鶴識綸巾〔七〕。清尊雅趣閑棊味，盞盞冲和局局新〔八〕。

【注】

〔一〕内族：指皇家宗室。《金史・宗室表》：「大定以前稱宗室，明昌以後避睿宗諱，稱内族，其實一而已，書名不書氏。」鋭：其人事蹟不詳。歸來堂：取晉陶淵明「歸去來」之意。

〔二〕「一旦」句：暗用莊子夢蝶典（《莊子・齊物論》）。宋王安石《游土山示蔡天啟秘校》：「公能覺如夢，自喻一蝴蝶。」

〔三〕主中賓：佛教用語。唐臨濟義玄禪師提出四句賓主以提示禪機。《景德傳燈録》卷十三：「曰：『如何是主中賓？』師曰：『加鑾兩曜新。』」

〔四〕忘形：指超然物外，忘了自己的身體。語本《莊子・讓王》：「故養志者忘形，養形者忘利，致道者忘心。」

〔五〕名利場：爭名逐利的場所。此指冠蓋顯達聚集的京都。稅駕：猶解駕，停車。《史記·李斯列傳》：「物極則衰，吾未知所稅駕也。」司馬貞索隱：「稅駕，猶解駕，言休息也。」李斯言己今日富貴已極，然未知向後吉凶，正泊在何處也。」句言歸來堂主人雖爲皇室，身在京都，在爭名奪利競爭激烈的京都卻能抽身于名利場，急流勇退，明哲保身。

〔六〕「東郭」句：用謝靈運東郭圍湖造田典故。《宋書·謝靈運傳》：「會稽東郭有回踵湖，靈運求決以爲田，太祖令州郡履行。」東郭：指東城外，東郊。蕙帳：帳的美稱。南朝齊孔稚珪《北山移文》：「蕙帳空兮夜鵠怨，山人去兮曉猨驚。」

〔七〕南山：指終南山。代歸隱之處。綸巾：冠名。古代有青色絲帶的頭巾。指閒適瀟灑的裝束。

〔八〕冲和：濃淡適中，味道平和。

題潘閬夜歸圖〔一〕

不是詩人灞水壖〔二〕，又非野老曲江邊〔三〕。風姿便認王摩詰〔四〕，蘊藉還疑李謫仙〔五〕。驢背倒騎蓮岳下〔六〕，牛腰穩跨竹林前〔七〕。掀髯對月餘高興〔八〕，明日佳篇幾處傳。

【注】

〔一〕潘閬：字夢空，號逍遥子。宋初著名隱士、文人。曾兩次坐事亡命。真宗時釋其罪，任滁州參軍。有詩名，風格類孟郊、賈島。潘閬爲人狂放不羈，舉止怪異，嘗倒騎毛驢行于華山道中。北宋畫家許道寧創作《潘閬倒騎驢圖》，將其倒騎驢的形象畫入圖中，流傳於世。見郭若虚《圖畫見聞志》卷四。完顔璹所題《潘閬夜歸圖》不知何人所畫，但據詩中内容亦倒騎驢的形象。

〔二〕詩人灞水壖：指唐代詩人孟浩然雪中騎驢，灞橋覓詩。明張岱《夜航船》：「孟浩然情懷曠達，嘗冒雪騎驢尋梅，曰：『吾詩思在灞橋風雪中驢背上。』」壖：邊沿餘地。

〔三〕「又非」句：杜甫嘗困守長安，詩多篇涉及曲江。如《哀江頭》：「少陵野老吞聲哭，春日潛行曲江曲。」野老：杜甫號杜陵野老。曲江邊：代指長安。曲江：在今陝西省西安市東南。秦爲宜春苑，漢爲樂游原，有河水水流曲折，故稱。

〔四〕便：宜。王摩詰：唐代詩人王維，字摩詰。風姿俊美，儀表不俗。

〔五〕李謫仙：唐孟棨《本事詩・高逸》：「李太白初自蜀至京師，舍於逆旅。賀監知章聞其名，首訪之。既奇其姿，復請所爲文。出《蜀道難》以示之。讀未竟，稱歎者數四，號爲『謫仙』。」後遂以此稱譽。蘊藉：指風度飄逸。

〔六〕「驢背」句：叙潘閬倒騎驢事。宋吕希哲《吕氏雜記》卷下：「（潘閬）自華山東來，倒騎驢以行。」明都穆《南濠詩話》：潘逍遥寓居錢塘。嘗一至陝觀華山，留題云：「高愛三峰插太虚，昂頭吟望倒騎驢。傍人大笑從他笑，終擬全家向上居。」時魏野仲先居陝，有《贈逍遥》詩云：「從此華山圖籍上，更添潘閬倒騎驢。」蓮嶽：指華山。

〔七〕牛腰：牛的腰部，用喻詩文數量之大。李白《醉後贈王歷陽》：「書禿千兔毫，詩裁兩牛腰。」王琦注：「言其卷大如牛腰也。」元張可久《水仙子·和逍遥韻》：「新詩裝卷束牛腰，大字鈔書損兔毫。」竹林：竹林七賢，代指阮籍、嵇康等魏晉詩人。句言潘閬的詩作堪與魏晉先賢媲美。

〔八〕掀髯：笑時啟口張須貌；激動貌。

漫賦

貧知囊底一錢無，老覺人間萬事虚。富貴儻來終作麽〔一〕，勳名便了又何如〔二〕。季鷹未飽松江鱠〔三〕，魯望將成笠澤書〔四〕。自是杜門無客過〔五〕，不關多病故人疏〔六〕。

【注】

〔一〕儻來：意外得來，偶然得到。《莊子·繕性》：「軒冕在身，非性命也。物之儻來，寄者也。」成玄英疏：「儻者，意外忽來者耳。」作麽：怎樣。

〔二〕勳名：功名。便：即使。了：了卻。此處意爲（願望）達到。

〔三〕「季鷹」句：用晉張翰見秋風思歸典故。《世説新語·識鑒》：張翰在洛。見秋風起，因思吴中菰菜羹、鱸魚膾，遂命駕便歸。句言自己客居他方，未能歸隱故鄉。

〔四〕「魯望」句：陸龜蒙，字魯望，别號天隨子，江蘇吴江人。唐朝文學家，曾任湖州、蘇州刺史幕僚，後隱居松江甫里。著有《笠澤叢書》，其詩以寫景詠物爲主。

〔五〕杜門：閉門。

〔六〕多病故人疏：唐孟浩然《歲暮歸南山》：「不才明主棄，多病故人疏。」元好問《如庵詩文序》：「自明昌初鎬、厲等二王得罪後，諸王皆置傅與司馬、府尉、文學，名爲王府官屬，而實監守之。府門啟閉有時，王子若孫及外人不得輒出入。出入皆有籍，訶問嚴甚。金紫若國公（璹）雖大官，無所事事，止於奉朝請而已。」

寓跡

寓跡中山記昔年〔一〕，西溪卜築欲終焉〔二〕。飄零何在五株柳〔三〕，離亂難歸二頃田〔四〕。漫叟未能忘野寺〔五〕，道人猶解識林泉〔六〕。吾鄉已宅無何有〔七〕，一笑醯雞盡甕天〔八〕。

【注】

〔一〕中山：指山中。如《荀子·富國》：「使處女嬰寶珠，珮寶玉，負戴黄金，而遇中山之盜，……由將不足以免。」

〔二〕卜築：擇地建築住宅，即定居之意。《梁書·處士傳·劉訏》：「曾與族兄劉歊聽講於鍾山諸寺，因共卜築宋熙寺東澗，有終焉之志。」終焉：終老於此。

〔三〕五株柳：晉陶淵明宅前的五棵柳。代宅第。見其《五柳先生傳》。句言自己身不由己，漂泊他方，其歸隱之地又在何方？

〔四〕離亂：遭亂。二頃田：《史記·蘇秦列傳》：「蘇秦喟然歎曰：『……且使我有洛陽負郭田二頃，吾豈能佩六國相印乎？』」句言蒙古頻頻南侵，自己由中都南遷汴京，離東北家園更遠，欲歸更難。劉祁《歸潛志》卷一完顔璹小傳載，天興初，蒙古進軍河南，璹論及時事，曰：「如得完顔氏一族歸我國中（指金國發祥地），使女直不滅，則善矣，餘復何望？」

〔五〕漫叟：無拘無束的老人。野寺：野外廟宇。

〔六〕林泉：山林與泉石。指隱居之地。

〔七〕無何有：即無何有之鄉。多指虚幻的境界。語自《莊子·逍遥遊》：「今子有大樹，患其無用，何不樹之於無何有之鄉，廣莫之野。」成玄英疏：「無何有，猶無有也。莫，無也。謂寬曠無人之處，不問何物，悉皆無有，故曰無何有之鄉也。」

〔八〕醯雞：即蠛蠓。古人以爲是酒醋上的白黴變成。《列子·天瑞》：「醯雞生乎酒。」醯雞甕天：蠓於甕中觀天，與蛙坐井觀天同義。宋黄庭堅《再次韻奉答子由》：「似逢海若談秋水，始覺醯鷄守甕天。」二句感傷東北故地已屬蒙古或叛軍，金朝國勢日蹙，國土日縮。

秋晚出郭閑遊

塵中俗事海漫漫〔一〕，暫出城闉借眼寬〔二〕。沙麓去邊群牧小〔三〕，野雲平處一鵰盤。殘荷露水秋光晚，衰柳摇風古渡寒。此幅大年横景畫〔四〕，魯岡圖上似曾看〔五〕。

【注】

〔一〕海漫漫：衆多貌。

〔二〕闉：古指甕城的門。

〔三〕沙麓：沙丘。去邊：無邊。群牧：成群的牲畜。

〔四〕大年：北宋畫家趙令穰，字大年。《畫禪室隨筆》卷二：「趙大年畫平遠，絶似右丞，秀潤天成，真宋之士夫畫。」

〔五〕魯岡：即魯岡集，地名。在汴京東北封丘縣境。

老境〔一〕

老境唯禪況〔二〕，幽居似寶坊〔三〕。酒杯盛硯水，經卷貯詩囊〔四〕。懶甚書彌少〔五〕，閑多夢自長。不知何處雨，徑作夜來涼〔六〕。

【注】

〔一〕老境：老年時期的景況。

〔二〕禪況：僧人坐禪的景況。

〔三〕幽居：深居。寶坊：佛教語，寺院的美稱。

〔四〕「經卷」句：謂其詩作如禪家之詩，用典運思皆本佛經，如把經卷裝入詩囊。

〔五〕書：寫字。

〔六〕徑：捷速。

北郊晚步

陂水荷凋晚〔一〕，茅檐燕去涼。遠林明落景〔二〕，平麓淡秋光〔三〕。群牧歸村巷，孤禽立野航〔四〕。自諳閑散樂，園圃意尤長。

【注】

〔一〕陂：池塘。

〔二〕落景：落日的餘輝。

〔三〕麓：山脚下的樹林。

〔四〕野航：指農家小船。元王禎《農書》卷一七：「野航，田家小渡舟也。或謂之舴艋，謂形如蚱蜢，因以名之。」

閑詠

歲晚陶元亮〔一〕，平生馬少遊〔二〕。凋殘半枯木〔三〕，浩蕩一虚舟〔四〕。鶴望塵迷眼〔五〕，雞棲屋打頭〔六〕。瓶儲尚蕭索〔七〕，焉敢計菟裘〔八〕。

【注】

〔一〕「歲晚」句：以陶淵明晚年隱居任真自適自況。

〔二〕「平生」句：馬少遊乃漢伏波將軍馬援從弟。志向淡泊，知足求安，無意功名，優遊鄉里。《後漢書·馬援傳》：「吾從弟少游常哀吾慷慨多大志，曰：『士生一世，但取衣食裁足，乘下澤車，御款段馬，爲郡掾史，守墳墓，鄉里稱善人，斯可矣。』」後世作爲士人不求仕進、知足求安的典型。句以馬少遊一生胸無大志、知足常樂自況。

〔三〕枯木：比喻頹喪之心或老朽之人。北周庾信《小園賦》：「心則歷陵枯木，髮則睢陽亂絲。」

〔四〕虚舟：隨波逐流、無人駕馭的船隻。《莊子·山木》：「方舟而濟於河，有虚船來觸舟。」常比喻人事飄忽，播遷無定，難以預料與掌控。二句暗用蘇軾《自題金山畫像》：「心似已灰之木，身如不繫之舟。」

〔五〕鶴望：企足引頸而望。《三國志·蜀志·張飛傳》：「今寇虜作害，民被荼毒，思漢之士，延頸鶴望。」塵迷眼：《世説新語·輕詆》：「庾公（亮）權重，足傾王公（導）。庾在石頭，王在冶城坐，大風揚塵，王以扇拂塵，曰：『元規（庾亮字）塵污人。』」後用喻達官貴人的權勢和卑污。句言自己引領而望，期盼賢臣治世，國家中興，然當朝權貴卑污不堪，所行之事與己之願違。

〔六〕雞棲：雞棲息之所，雞窩。屋打頭：指壯志難酬。用唐張彖典故。五代王仁裕《開元天寶遺事》卷上：「張生及第，釋褐授華陰尉。時縣令太守俱非其人，多行不法。張生有吏道，勤於政事，每申舉一事，則太守令尹抑而不從。張生曰：『大丈夫有凌霄蓋世之志，而拘於下位，若立身於矮屋中。使人抬頭不得。』遂拂衣長往，歸遁於嵩山。」句言其蝸室簡陋狹小，動輒碰頭，其志向也如此跼蹐難安。

〔七〕瓶儲：指少量存糧。蕭索：蕭條，淒涼。

〔八〕菟裘：士大夫告老退隱的處所。語自《左傳·隱公十一年》：「使營菟裘，吾將老焉。」二句言眼前自己的基本生存條件尚難保障，豈敢奢想别置退隱之所。

池蓮

輕輕姿質淡娟娟〔一〕，點綴圓池亦可憐。數點忽飛荷葉雨，暮香分得小江天。

【注】

〔一〕娟娟：姿態柔美貌。

梁園〔一〕

一千八里汴堤柳〔二〕，三十六橋梁苑花。縱使風光都似舊，北人見了也思家。

【注】

〔一〕梁園：也稱兔園。西漢梁孝王所建的東苑。故址在今河南省商丘市東南。園林規模宏大，方三百餘里，宮室相連屬，供遊賞馳獵。梁孝王在此廣納賓客，當時名士司馬相如、枚乘、鄒陽等均爲座上客。事見《史記·梁孝王世家》。

〔二〕汴堤：隋堤。隋煬帝開運河所築的大堤。隋大業元年，開通濟渠，渠旁築御道，栽植緑柳成行，供煬帝楊廣乘龍舟游江南時觀賞。北宋時稱汴河，故曰汴堤。

釋迦出山息軒畫〔一〕

龐眉袖手出巖阿〔二〕，及至拈花事已訛〔三〕。千古雪山山下路，杖藜無處避藤蘿〔四〕。

【注】

〔一〕釋迦出山：佛傳畫題之一。又作出山如來、出山像。相傳釋迦在雪山苦行林中修苦行，成道之後，頭頂明星，全身放光而出山。自宋以降，此故事成爲畫家描繪、文人賞玩之題材。元好問有《出山像》七絶。息軒：楊邦基，字德茂，號息軒，華陰（今陝西省華陰市）人，金天眷二年進士，仕至秘書郎、禮部尚書。善畫鞍馬，時人比之北宋李公麟。趙秉文《題楊秘監畫馬》：「驊騮萬匹落人間，一紙千金不當價。」稱其爲「三百年來無此筆」。《金史》卷九〇有傳、《中州集》卷八有小傳。

〔二〕龐眉：眉毛黑白雜色。形容年老貌。巉阿：山的曲折處。《文選・潘岳・河陽縣作》：「川氣冒山嶺，驚湍激巉阿。」吕良注：「巉阿，山曲也。」

〔三〕拈花：即拈花一笑。佛教禪宗公案之一。《五燈會元・七佛・釋迦牟尼佛》：「世尊在靈山會上，拈花示衆，是時衆皆默然，唯迦葉尊者破顔微笑。世尊云：『吾有正法眼藏，涅槃妙心，實相無相，微妙法門，不立文字，教外别傳，付囑摩訶迦葉。』」事已訖：世尊臨入涅槃，文殊大士請佛再轉法輪，世尊咄曰：「文殊，吾四十九年住世，未曾説一字。」可與卷八路仲顯《楊秘監釋迦出山像》「自從此老出山隅，惱亂蒼生底事無」合觀。

〔四〕杖藜：謂拄着手杖行走。藜，野生植物，莖堅韌，可爲杖。藤蘿：葛藤。禪林謂文字語言一如葛藤之蔓延交錯，用來解釋説明事相，反遭其纏繞束縛，有礙悟道。句言釋迦牟尼從來就是以著經來布道的。

過胥相墓〔一〕

亭亭華表映朱門〔二〕，始見征西宰相尊〔三〕。下馬讀碑人不識〔四〕，夷山高處望中原〔五〕。

【注】

〔一〕胥相：胥鼎，字和之，代州繁峙（今山西省繁峙縣）人。大定末進士，入官以治能稱，遷大理丞，至寧間，由户部尚書拜參知政事。貞祐四年守平陽有功，拜樞密副使、權尚書左丞。興定初，進平章政事，封莘國公。四年致仕。哀宗即位，復拜平章政事，封英國公。正大三年卒。《金史》卷一〇八有傳，《中州集》卷九有小傳。

〔二〕華表：古代設在陵墓前兼作裝飾用的巨大柱子。又名「墓表」。多爲石造，柱身往往雕有紋飾。

〔三〕征西宰相：貞祐南渡，胥鼎爲汾陽軍節度使，改知平陽府事，兼河東南路兵馬都總管，權宣撫使。貞祐四年，蒙古兵圍平陽，急攻十餘日，鼎退之。鎮守河東一方，朝廷倚重。又移鎮陝西。河東、陝西爲汴京西面門户，胥鼎於此抵禦蒙古進攻。《金史》本傳贊曰：「南渡以來，書生鎮方面者，惟鼎一人而已。」又曰：「汝礪、行信拯救於内，胥鼎、侯摯守禦於外，訖使宣宗得免亡國，而哀宗得有十年之久，人才有益於人國也若也哉！」二句言胥墓規制等級甚高，由此可見國家對他的尊禮。

〔四〕「下馬」句：《中州集》卷九胥鼎小傳載，雷淵爲胥鼎作神道碑，謂其才兼漢唐名相數公之長。元氏謂：「希顔此論，似涉過差。至於爲國朝名相，以度量雄天下，則在公爲無媿矣。」可見墓碑之評價，在當時已有異議。句言人們敬仰胥鼎，拜謁其墓，但對墓碑之定論并不是完全領會的。

〔五〕夷山：汴京城東門外的一座土山，因山頂夷平取名夷山。明李濂《汴京遺跡志》卷四：「夷山在裏城内，安遠門之東。以山之平夷而得名也。亦名夷門山。」中原：指黄河北已淪喪的故土。句言登高望遠，從時局大勢着眼，才能充分認識到胥鼎的才能和功績，更爲準確地理解墓碑的評價。

秋日小雨

白鷺徘徊花鴨遊，城南城北幾汀洲。緑荷風底飛來雨，做弄今年甲子秋〔一〕。

【注】

〔一〕做弄：作成，漸漸形成。甲子：金章宗泰和四年（一二〇四）歲次甲子。

東郊瘦馬

此歲無秋畎畝空〔一〕，病驂難遺芻枯叢〔二〕。倉儲自益駑駘肉〔三〕，獨爾空嘶苜蓿風〔四〕。

【注】

〔一〕畎畝：田地，田野。《國語·周語下》：「天所崇之子孫，或在畎畝，由欲亂民也。」韋昭注：「下曰畎，高曰畝。畝，壟也。」

〔二〕病驂：病馬。枯叢：枯萎的叢生植物。

〔三〕倉儲：倉庫中儲存的糧食或其他物資。駑駘：指劣馬。《楚辭·九辯》：「卻騏驥而不乘兮，策駑駘而取路。」

〔四〕苜蓿：植物名。一年生或多年生。可供飼料。原産西域，漢武帝時張騫使西域，始從大宛傳入。《史記·大宛列傳》：「(大宛)俗嗜酒，馬嗜苜蓿。漢使取其實來。於是天子始種苜蓿、蒲陶肥饒地。」嘶苜蓿風：形容駿馬的雄姿及其因没有得到應有的待遇而向西域故鄉淒唳悲鳴。二句暗喻朝政多用碌碌無能之輩，有真知灼見者無權參與改變時局，只能向着已淪陷的故國方向感慨而已。

枕上聽雨

卧聽羯鼓打涼州〔一〕，元是芭蕉細雨秋。庭際玉簪開幾許〔二〕，小窗特地暮香幽。

【注】

〔一〕羯鼓：古代打擊樂器的一種。詳前《思歸》注〔五〕。涼州：樂府曲名，屬宫調曲。原是涼州一帶的地方歌曲，唐開元中由西涼府都督郭知運進。西域樂曲節奏歡快，故用以借喻雨點之密集。

〔三〕玉簪：花名。多年生草本植物。花未開時如簪頭，故名。秋季開花，色白如玉，芳香濃鬱，夜間開放。

溪景

飛飛鷗鳥自徜徉，也解新秋受用涼〔一〕。日暮碧溪微雨過，滿風都是藕花香。

【注】

〔一〕新秋：初秋。受用：享受，享用。

題紙衣道者圖〔一〕

紫袍披上金横帶〔二〕，藜杖拖來紙掩襟〔三〕。富貴山林爭幾許〔四〕，萬緣唯要總無心〔五〕。

【注】

〔一〕紙衣道者：禪僧。《曹山本寂禪師語録》卷一載：「紙衣道者來參。師問：『莫是紙衣道者否？』云不敢。師曰：『如何是紙衣下事？』道者云：『一裘才掛體，萬法悉皆如。』師曰：『如何是紙衣下用？』道者近前應諾，便立脱。」《古尊宿語録》卷四十八：「山云：『汝只解恁麽去，不解恁麽來。』道者忽然開眼。」元好問有《馬雲卿畫紙衣道者像》：「太古清風匝地來，紙衣長往亦悠哉。鐵牛力負黄河岸，生被曹山挽鼻回。」紙衣，紙製之衣服。宋蘇易簡《文房四寶·紙譜》：「山居者常以紙爲衣，蓋遵釋氏云，不衣蠶口衣者也。」

〔二〕紫袍：紫色朝服。本爲高官所服。唐白居易《初授秘監拜賜金紫閑吟小酌偶寫所懷》：「紫袍新秘監，白首舊書生。」金横帶：金飾的腰帶。古代帝王、后妃、文武百官所服腰帶，有革、金、玉、銀等差别。

〔三〕來：語助詞，無實義。紙掩襟：以紙爲衣，遮護身體。

〔四〕富貴山林：指仕宦與隱居。爭：差異。

〔五〕萬緣：一切的因緣。指世俗的一切欲望追求。唐白居易《端居詠懷》：「從此萬緣都擺落，欲攜妻子買山居。」無心：佛教語。指解脱欲念的真心。

春半喜晴

陰寒二月雪含雲，兩日開晴淑景新〔一〕。借問海棠紅幾許，杏花楊柳不曾春。

【注】

〔一〕淑景：指春光。

漁父詞二首〔一〕

楊柳風前白板扉〔二〕，荷花雨裏緑蓑衣。紅稻美，錦鱗肥，漁笛閑拈月下吹。

【注】

〔一〕漁父詞：詞牌名，吟詠漁父之樂，唐張志和創，單調，二十七字，平韻。

〔二〕白板扉：指不施油漆的木門扇。

又

釣得魚來卧看書，船頭穩置酒葫蘆〔一〕。煙際柳，雨中蒲，乞與人間作畫圖。

【注】

〔一〕酒葫蘆：盛酒的葫蘆，盛酒的器具。

馬伏波〔一〕

可歎迂疏一老翁〔二〕，豈堪牀下拜梁松〔三〕。明珠薏苡猶難辨〔四〕，萬里爭教論杜龍〔五〕。

【注】

〔一〕馬伏波：東漢建武十七年，光武帝拜馬援爲伏波將軍，平息交阯郡叛亂。事見《後漢書·馬援傳》。

〔二〕迂疏：猶言迂腐疏闊，只認死理，不知變通。

〔三〕「豈堪」句：《後漢書·馬援傳》載，梁松，字伯孫，尚光武女舞陰長公主，遷虎賁中郎將，寵幸莫比。「援嘗有疾，梁松來候之，獨拜牀下，援不答。松去後，諸子問曰：『梁伯孫帝婿，貴重朝廷，公卿已下莫不憚之，大人奈何獨不爲禮？』援曰：『我乃松父友也。雖貴，何得失其序乎？』松由是恨之。」

〔四〕「明珠」句：《後漢書·馬援傳》：「初，援在交阯，常餌薏苡實，用能輕身省欲，以勝瘴氣。南方薏苡實大，援欲以爲種。軍還，載之一車……及卒後，有上書譖之者，以爲前所載還皆明珠文犀……帝益怒，援妻孥惶懼……詣闕請罪，帝乃出松書以示之，方知所坐。」

〔五〕「萬里」句：《後漢書·馬援傳》載，馬援在交阯，不遠萬里寄家書誡兄子云：「吾欲汝曹聞人過失，如聞父母之名，耳可得聞，口不可得言也……龍伯高敦厚周慎，口無擇言，謙約節儉，廉公有威，吾愛之重之，願汝曹效之。杜季良豪俠好義，憂人之憂，樂人之樂，清濁無所失，父喪致客，數郡畢至，吾愛之重之，不願汝曹效也。」杜龍：指杜季良、龍伯高，皆後漢時人。

留侯〔一〕

辟穀輕身慕赤松〔二〕，不知誰舉傅春宫①〔三〕。君方避溺猶居水〔四〕，忍使餘波及四翁〔五〕。

【校】

① 傅：底本原作「傳」，因形似而誤，從毛本。

【注】

〔一〕留侯：張良，字子房。漢朝開國元勳之一。秦末，張良運籌帷幄，輔佐劉邦平定天下，以功封留侯。事見《史記·留侯世家》。

〔二〕「辟穀」句：《史記·留侯世家》載張良曰：「爲帝者師，封萬户，位列侯，此布衣之極，於良足矣。願棄人間事，欲從赤松子遊耳。」乃學辟穀，導引輕身。赤松：赤松子，相傳爲上古時神仙。司馬貞索隱引《列仙傳》：「神農時雨師也，能入火自燒，崑崙山上隨風雨上下也。」《淮南子·齊俗訓》：「今夫王喬、赤松子吹嘔呼吸，吐故納新。」高誘注：「赤松子，上谷人也，病癘入山，導引輕舉。」

〔三〕傅春宫：《史記·留侯世家》載，漢十一年，漢高祖率兵往擊黥布。張良病中彊起，送高祖出征。上曰：「子房雖病，彊卧而傅太子。」時叔孫通爲太傅，留侯行少傅事。傅：少傅。春宫：即東宫。

太子宫。

〔四〕避溺：指防止淹死。句言張良身居險惡的官場，自顧尚且不暇。

〔五〕「忍使」句：《史記・留侯世家》載，劉邦欲廢太子，立戚夫人子趙王如意。吕氏遣吕澤强邀張良問計。張良曰：「此難以口舌爭也。顧上有不能致者，天下有四人……今公誠能無愛金玉璧帛，令太子爲書，卑辭安車，因使辯士固請，宜來。」（上）召戚夫人指示四人者曰：「我欲易之，彼四人輔之，羽翼已成，難動矣。吕后真而主矣。」四翁：商山四皓，秦末著名隱者。東園公、綺里季、夏黄公、角里先生。

對鏡二首

鏡中色相類吾深〔一〕，吾面終難鏡裏尋。明月印空空受月，是他空月本無心〔二〕。

【注】

〔一〕色相：佛教語，指萬物的形貌。《涅槃經・德王品四》：「（菩薩）示現一色，一切衆生各各皆見種種色相。」此指詩人的相貌、體態。

〔二〕「明月」二句：寓「色即是空」之佛理。佛教認爲萬物皆由因緣而生，其色相雖異，而本質皆是虚幻不實的。二句以月喻色，以空喻空明清淨的禪心，意近唐劉禹錫《摩鏡篇》：「白日照空心，圓光走幽室。」

又

明明非淺亦非深，何事癡人泥影尋〔一〕。照見大千真法體，不關形相不關心〔二〕。

【注】

〔一〕「明明」二句：謂鏡中人影是虛幻不實的，而癡迷之人卻留戀鏡前，執著不移地從鏡中之影尋找自我。

〔二〕「照見」二句：謂詩人從鏡中看到自己的人影是虛幻不實的，既非自己的形相，亦非自我的本真，遂悟得「色即是空」之佛理。大千真法體：指佛教所云四大皆空之佛理的真諦。

夏晚登樓

登樓晚暑復相攻，快意清風忽此逢。雲似碧山天似水，霽波平浸兩三峰〔一〕。

【注】

〔一〕霽波：平靜的水波。此承上句「天似水」，喻明淨的青空。兩三峰：承上句「雲似碧山」，狀雲彩的形態。

華亭〔一〕

世尊遺法本忘言〔二〕，教外別傳意已圓〔三〕。隻履攜將葱嶺去〔四〕，不妨來上月明船〔五〕。

【注】

〔一〕華亭：指高僧船子德誠（八二〇——八五八），四川遂寧人，得法於藥山惟儼禪師。奉師三十年後，離藥山，隱居於秀州華亭（今上海市松江區）吳江畔，以小舟渡人，時人稱「船子和尚」。

〔二〕「世尊」句：《五燈會元·七佛·釋迦牟尼佛》：「世尊在靈山會上，拈花示衆，是時衆皆默然，唯迦葉尊者破顔微笑。世尊云：『吾有正法眼藏，涅槃妙心，實相無相，微妙法門，不立文字，教外別傳，付囑摩訶迦葉。』」世尊：釋迦牟尼佛。遺法：指前代傳下的佛法。《隋書·經籍志四》：「每佛滅度，遺法相傳，有正、象、末三等淳醨之異。」忘言：指禪宗所謂「不立文字，教外別傳」。

〔三〕教外別傳：禪宗指不依賴佛經，而靠自身感悟來體會佛理。不重經教，而以自悟心性爲主。

〔四〕隻履：用禪宗初祖菩提達摩「隻履西歸」典故。《景德傳燈録》卷三載：達摩因人所嫉而屢遭毒害，一連幸免五次，至第六次，以化緣已畢，遂不復救之，端居而逝。三載後，魏臣宋雲奉使西域，於葱嶺見手攜隻履的菩提達摩。問其往何，對曰：西天去。宋雲歸來，向孝宗奏明其奇遇。詔令開棺驗屍，僅一隻履存焉。詔令取遺履於少林寺供養。

〔五〕月明船：指船子和尚渡人用的小舟。船子德誠《垂釣偈》其二：「千尺絲綸直下垂，一波纔動萬波隨。夜靜水寒魚不食，滿船空載月明歸。」